HEYNE BÜCHER

SCIENCE FICTION

Herausgegeben
von Wolfgang Jeschke

Von Caroline Janice Cherryh erschienen in der Reihe
HEYNE SCIENCE FICTION & FANTASY:

Brüder der Erde · 06/3648
auch in: Chroniken der Zukunft,
hrsg. von Wolfgang Jeschke, Band 1 · 06/1001
Weltenjäger · 06/3772
Der Biß der Schlange · 06/4081
Die letzten Städte der Erde · 06/4174

DIE MORGAINE-TRILOGIE
Das Tor vor Ivrel · 06/3629
Der Quell von Shiuan · 06/3732
Die Feuer von Azeroth · 06/3921
Alle drei Romane in einem Band als illustrierte Sonderausgabe unter dem Titel:
Tore ins Chaos · 06/4204

EALD-ZYKLUS:
Stein der Träume · 06/4231
Der Baum der Schwerter und Juwelen (in Vorb.)

DIE DUNCAN-TRILOGIE
(auch ZYKLUS DER STERBENDEN SONNEN)
Kesrith – die sterbende Sonne · 06/3857
Shon'jir – die sterbende Sonne · 06/3936
Kutath – die sterbende Sonne · 06/3948

DER PELL-ZYKLUS
Pells Stern · 06/4038
Kauffahrers Glück · 06/4040
40000 in Gehenna · 06/4263
Die Kif schlagen zurück (in Vorb.)

DER CHANUR-ZYKLUS
Der Stolz der Chanur · 06/4039
Das Unternehmen der Chanur · 06/4264
Die Rache der Chanur (in Vorb.)

Darüber hinaus:
Kassandra
in: SF Story Reader 13
hrsg. von Wolfgang Jeschke · 06/3685
und in: Science Fiction Jubiläumsband
25 Jahre Heyne Science Fiction & Fantasy 1960–1985,
Das Lesebuch
hrsg. von Wolfgang Jeschke · 06/4000
Hestia
in: Heyne SF Jahresband 1982,
hrsg. von Wolfgang Jeschke · 06/3870

C. J. CHERRYH

DAS UNTERNEHMEN DER CHANUR

Zweiter Roman des Chanur-Zyklus

Science Fiction

Deutsche Erstveröffentlichung

WILHELM HEYNE VERLAG
MÜNCHEN

HEYNE SCIENCE FICTION & FANTASY
Band 06/4264

Titel der amerikanischen Originalausgabe
CHANUR'S VENTURE
Deutsche Übersetzung von Thomas Schichtel
Das Umschlagbild schuf Tony Roberts
Die Karte zeichnete Christine Göbel

Redaktion: Wolfgang Jeschke

Printed in Germany 1986
Umschlaggestaltung: Atelier Ingrid Schütz, München
Satz: Schaber, Wels
Druck und Bindung: Elsnerdruck, Berlin

ISBN 3-453-31243-0

RAUMGEBIET DES PAKTES

Raumtiefe = +/− 40 Lichtjahre

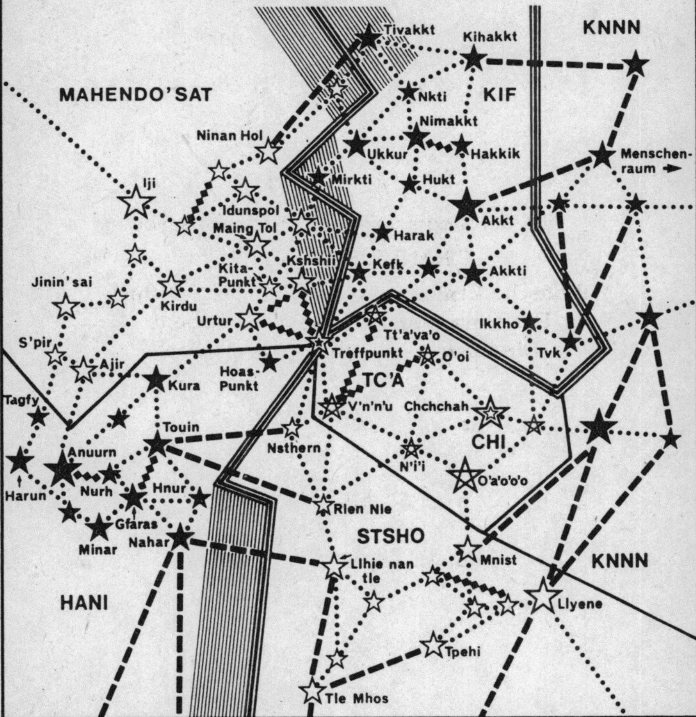

SYMBOLE

- = Heimatsystem
- = ein kontrolliertes System und/oder Orbitalstation
- = ein Sprungpunkt und/oder kleine Handelsstation

GRENZEN

- = freundschaftlich
- = verboten
- = umstritten

ROUTEN

- = Routen, die nur von Knnn-Schiffen beflogen werden können
- = Routen, die nur von Schiffen ohne Fracht beflogen werden können
- = Routen, die auch von Schiffen mit Fracht beflogen werden können

Bitte beachten Sie: Oft stehen Sterne scheinbar dicht nebeneinander, während sie durch die Tiefe des Raums weit voneinander getrennt sind. Ebenso steigen die Routen zwischen den Systemen auf und ab, entsprechen also nicht den dargestellten Entfernungen je nach Vektor zum Betrachter.

ERSTES KAPITEL

Es war nicht ungewöhnlich, auf der Treffpunkt-Station alten Freunden zu begegnen, denn ein halbes Dutzend Arten kamen hierher, um Handel zu treiben; und ein solcher alter Freund kam Pyanfar Chanur entgegen, als sie die *Stolz* gerade ins Dock gefahren hatte. Sie war eine Hani, diese Pyanfar Chanur, Mähne und Bart aus rotgoldenen Locken, das Fell geschmeidig. Am linken Ohr trug sie die goldenen Ringe erfolgreicher Fahrten, und am untersten Ring hing eine riesige Perle in Tropfenform. Die bauschige Kniehose war aus Seide, mit zart angedeuteten orangefarbenen Streifen; um die Taille trug Pyanfar einen Gürtel, von dem Schnüre herabbaumelten, an denen kostbare Steine und Gold und Bronze hingen. Pyanfar sah wirklich nicht schlicht aus, sondern strahlte Reichtum und Würde aus, und sie zog die Augen auf sich, wo sie erschien.

Und als sie um eine Sammlung von Containern herumging, die darauf warteten, vom Dock abgeholt zu werden, erspähte sie eine fast nackte Gestalt in dunklem Fell: ein Mahendo'sat – eine alltägliche Begegnung überall auf der Treffpunkt-Station. Aber dieser Mahendo'sat breitete die Arme aus. Seine Augen leuchteten auf, und sein breites *mahen* Gesicht verzog sich zu einem charmanten Lächeln. Es zeigte stumpfe Primatenfänge, die alle mit Gold bedeckt waren.

»Pyanfar!« schrie er.

»Sie!« Pyanfar blieb abrupt stehen. »Sie!« Sie schlug die angebotene Umarmung aus und stolzierte schnell an ihm vorbei. Sie wollte, daß er sich anstrengte.

»Ha, Hani-Kapitän!« rief der Mahe hinter ihr her. »Sie wollen Geschäft?«

Sie drehte sich um, stemmte die Hände in die Hüften und wartete, bis der Mahe sie einholte, entgegen ihrem besseren

Wissen. Eine schwere Hand sank auf ihre Schulter herab, und der Mahe zeigte wieder sein vergoldetes Grinsen.

»Lange her«, meinte Goldzahn.

»Verdammt nochmal, grinsen Sie mich nicht an! Wollen Sie *mich* zum Lächeln bringen, Sie mahen Bastard? Wie sind Sie in den Hafen gekommen?«

»Gerade angelegt. Finden meine gute Freundin hier. Hübsche Überraschung, ah?« Er lachte, klopfte ihr auf den Rücken, legte ihr einen dürren, rauhpelzigen Arm um die Schultern und schob sie zu den Schiffsliegeplätzen hin. »Haben Geschenk, Hani.«

»Geschenk!« Pyanfar grub ihre Krallen in die Decksplatten, widerstand dieser Kameradschaft, war sich bewußt, daß sie wahrscheinlich Zeugen hatten, daß eine Reihe grinsender Mahendo'sat vor einer von Containern umstandenen Ladezone faulenzte. Ein Schiffseingang klaffte vor ihr. Zweifellos die *Mahijiru*. »Sie schulden mir etwas, Mahe, schulden mir etwas für Werkzeuge und zwei gute Schweißgeräte, für vorgetäuschte Reparaturen, für falsches Spiel ...«

»Gutes Freund, Pyanfar Chanur.« Ein kräftiger Arm schob sie durch die versammelten Mahendo'sat auf die Rampe zu, und sie drehte sich um und warf einen entrüsteten Blick nach hinten, bevor Goldzahn sie noch fester mit dem Arm umklammerte und eilig die Rampe hinauf trieb. »Gutes Freund. Nicht vergessen, daß ich habe Ihre Hals gerettet, ah?«

»Geschenk«, murmelte sie, während sie den Zugang hinaufstolzierte. »Geschenk.« Aber sie ging und blieb dann in der Schleuse stehen, während einige der Mahendo'sat, die hinter ihnen hergekommen waren, an ihnen vorbei in die inneren Korridore strömten. Goldzahn wurde für den Moment ernst, und das gefiel ihr noch weniger. Sie legte die Ohren an. »*Was* für ein Geschenk, hm?«

Der Mahe blinzelte, entschieden ein Blinzeln, dieser Händler, der keiner war, der etwas vorspielte, was nicht stimmte, mit seiner *Mahijiru*, die gar nicht der langsame

Frachter war, nach dem sie aussah. »Gut, Sie in eine Stück zu sehen, Hani.«

»Ach?« Sie schürzte in besserer Laune die Lippen, in absichtlich guter Laune. Sie schlug dem Mahe auf den Arm, hatte die Krallen aber nicht ganz eingezogen. »Auch gut, Sie zu sehen, Ana Ismehanan-min. Spielen Sie immer noch den Kaufmann?«

»Wir machen Geschäfte manchmal, um ehrlich zu bleiben.«

»Geschenk, ah?«

Der Mahe blickte nach links, wo sich die hochragende schwarze Wand der Mahe-Besatzung teilte. Pyanfar sah hin – und ihre Ohren gingen hoch und der Unterkiefer fiel herab angesichts der schlaksigen Erscheinung dort in der Stsho-Kleidung, am Eingang zu den innersten Korridoren der *Mahijiru*. Ein überwiegend haarloses Gesicht mit Mähne und Bart wie gesponnenes Tageslicht; ein Gesicht wie kein anderes im zivilisierten Weltall.

»O Götter!« rief sie, warf sich herum und eilte zur Luftschleuse, aber die Mahendo'sat hatten dort den Weg verstellt.

»Pyanfar«, sagte der Mensch.

Sie drehte sich um, die Ohren angelegt. »Tully«, sagte sie verzweifelt und verlor auch noch den Rest ihrer Würde, als der Mensch herbeieilte und die Arme um sie schloß. Seine Kleider verströmten mahen Gestank.

»Pyanfar«, sagte Tully. Er richtete sich auf und überragte sie, grinste wie ein Mahe und versuchte es zu unterdrücken, denn er wußte es besser. *»Py-anfar.«* Seine Freude war unverkennbar.

Das war schon die Grenze seines Konversationsvermögens. Dieser Mund war nicht für die Hani-Sprache geeignet. Goldzahn legte Tully besitzergreifend die Hand auf die Schulter und drückte zu.

»Hübsches Geschenk, ah, Pyanfar?«

»Wo haben Sie ihn gefunden?«

Der mahen Kapitän zuckte die Achseln. »Kommen ganze

Weg von mahen Händlername *Ijir,* lange Zeit mahen Schiff, ganze Zeit wollen Sie, Pyanfar Chanur, verrücktes, durchgedrehtes Mensch. Kommen, finden Sie – kommen, finden Sie! Alles was er wissen.«

Sie blickte auf zu Tully, der dort stand, während er innerlich vor etwas überfloß, der unmöglich dort etwas zu suchen haben konnte, wo er sich jetzt befand als Passagier der Mahendo'sat, Lichtjahre entfernt vom Menschenraum, in einer Zone, zu der die Menschheit keinen Zugang hatte.

»Nein«, sagte Pyanfar zu Goldzahn. »Nein. Auf gar keinen Fall. Er ist Ihr Problem.«

»Er wollen finden *Sie*«, beharrte Goldzahn. »Freund. War Ihre Rührseligkeit?«

»Mögen die Götter Sie verdammen, Goldzahn. Warum? Weswegen? Was will er?«

»Wollen sprechen mit Ihnen. Ihr Freund, Hani, gute Freund, ah?«

»*Freund!* Sie ohrenloser, räudiger Bastard! Gerade habe ich meine Papiere wieder in Ordnung bekommen ... *Wissen Sie, was das kostet?*«

»Handel.« Goldzahn kam herbei und legte ihr den Arm verschwörerisch um die Schulter. Sie stand reglos wie ein Fels und schenkte ihm nur ein kaltes Grinsen. »Handel, Hani. Sie wollen machen Geschäft?«

»Und Sie wollen diesen Arm verlieren?«

Primatenfänge leuchteten golden. »Reich, Hani. Reich – und mächtig. Sie wollen dieses Menschengeschäft? Sie haben. Schauen Sie an dieses Gesicht!«

»Habe ich eine Wahl?«

Das Grinsen wurde noch breiter. »Treue Freund. Wollen Sie tun etwas für mich? Wollen Sie machen diese Mensch glücklich, ah? Wollen ihn bringen zu Persönlichkeit? Wollen ihn bringen zu *Han?* Machen alle glücklich. Haben Geschäft, Hani. Gewinne!«

»Sicher, Gewinne.« Sie schob ihn auf Armeslänge zurück und starrte hinauf in das ernste mahen Gesicht. »Gewinne wie letztesmal, über den Kopf wachsende Rechnungen, Hani

sechs Monate lang vom Treffpunkt ausgesperrt und die *Stolz* ein götterverdammtes Jahr lang draußen ...«

»Wie Stsho haben großes Dankbarkeit, daß Hani retten ihre Haut, ah?«

»Ganz wie die Mahendo'sat. Ganz wie der Mahe, der mich hereingelegt hat ...«

Schwarze Handflächen wurden gehoben. »Nicht mein Fehler. Nicht mein Fehler. Stsho schließen Treffpunkt, was ich mache?«

»Die Geschäfte selbst machen, was sonst? Welche Route sind Sie geflogen?«

»Sie ihn nahmen, ah?«

»Sie haben ihn hergebracht. Freund. Alles ihres. Wie auch der Prozeß. Erklären *Sie* es den Stsho!«

»Habe *Geschäfte,* Pyanfar ...«

»Und werden gesperrt? Verdammt sollen Sie sein, Sie ohrenloser Irrer! Versuchen Sie, meinen restlichen Geschäften den Garaus zu machen? Die Stsho ...«

»Pyanfar.« Er packte sie an beiden Schultern. »Pyanfar. Ich sagen Ihnen, ein Papier diese Mensch hat, er lesen für Sie dieses Papier. Sie ihn schicken, diese Menschheit. Sie bieten Handel. Großes Geschäft, vielleicht viel großes Sache als Pakt je gesehen. Sie haben Anteil.«

Sie atmete tief und lange ein, roch das Mahe-Aroma. »Gefälligkeiten, Goldzahn?«

»Ah«, lachte er und drückte ihr die Schulter mit einer Kraft, die geeignet war, Knochen zu zerbrechen. »Versprechen, Hani. Ich mache Versprechen, und halten. Habe Geschäft. Müssen gehen. Sie nehmen diese Mensch. Gebe ich nicht Versprechen, Sie bekommen Anteil von Menschengeschäft? Ich halten. Diese Mensch kommen zu mir, ich finde meine alte Freundin Pyanfar für ihn. Sie wollen Anteil, Sie nehmen. Aber Sie müssen machen dieses Sache.«

»Jetzt kommen wir der Geschichte näher. Warum?«

»Habe Geschäft. Müssen gehen arrangieren.«

»Habe Geschäft ... *Wie* sind Sie hergekommen? Wie kommt es, daß Sie zufällig gerade hinter mir einfahren?«

»Wissen Sie kommen, alte Freundin. Ich lieg draußen und warten.«

»Woher wollten Sie das wissen? Nicht einmal *ich* wußte es, bis auf Kura die Papiere freigemacht wurden.«

»Haben Kontakte. Wissen Sie bekommen dieses Stsho-Sache geklärt. So Sie kommen hierher schnell.«

»Zur Hölle mit Ihnen, Mahe! Das ist eine Lüge!«

Dunkle Augen glitzerten, und der Blick wanderte. »Sagen wir, dann ich folgen Ihnen von Urtur.«

»Mit *ihm?* Aus dem mahen Raum? Unmöglich, Sie Arschkriecher. Wie haben Sie es arrangiert?«

Die Hand fiel von ihrer Schulter. »Sie harte Händlerin, Hani.«

»Sagen wir doch lieber, daß die Stsho die *Mahijiru* aus den Docklisten des Treffpunktes herausgehalten haben. Sagen wir doch lieber, daß Sie die ganze Zeit hier waren, ohne auf den Listen zu erscheinen. Und auf mich gewartet haben.«

»Sie haben große Argwohn.«

»Ich habe einen verdammt großen Argwohn, Sie ohrenloser Bastard. Sagen Sie mir die Wahrheit!«

»Vielleicht.«

»Sie wissen es.«

»Vor wem verstecken Sie sich dann?« Und nach einem weiteren Gedanken: *»Ihr Götter!«*

»Haben Kif-Probleme.«

»Zur Hölle mit Ihnen! Dann nehmen *Sie* ihn! Kümmern Sie sich um diese Sache und ...«

»Gute, tapfere Freundin. Kif-Spione bereits da. Auch *Han*-Spione. *Han*-Delegiertenschiff in Hafen. Wissen, wir uns treffen. Nach dem hier sie werden haben großes Neugier. Also, Sie bereits Risiko eingegangen, Hani! Nicht wollen auch noch Profit! Nebenbei, Sie verletzen seine Gefühle. Verletzen meine auch.«

Sie stand längere Zeit, ohne sich zu bewegen. Ihre Krallen fuhren aus. Sie zog sie wieder ein und holte tief und langsam Luft. »Zur Hölle mit ...«

»Geben Ihnen fairen Handel, Pyanfar. Nummer eins feinen Handel. Erstklassig. Wissen, Sie haben Schwierigkeiten; Sie haben *Han*-Schwierigkeiten. Sie versprechen Menschengeschäft, Sie nicht bekommen. Verlieren Gesicht. Sie haben Gefährtenprobleme ...«

»Halten Sie den Mund!«

»Ich halten Versprechen, Pyanfar. Sie wollen Anteil von Profit, Sie müssen haben Anteil von Risiko.«

»Anteil am Selbstmord! Für wen halten Sie mich eigentlich?«

»Sie bekommen Menschengeschäft, Ihre Feinde Sie nicht können angreifen, ah, Hani-Kapitän? Dem *Han* – es nicht gefallen, daß Sie verlieren Gesicht. Sie werden reich, retten Leben von Bruder, behalten Ihres Gefährten. Behalten die *Stolz*.«

Eine enge Dunkelheit umschloß ihre Sicht, ein Jägerblick, der auf Goldzahn gerichtet war. Sie konnte nicht mehr gut hören, so fest hatte sie die Ohren angelegt. Sie richtete sie bewußt wieder auf und sah sich um, blickte in Tullys besorgtes Gesicht.

»Ich nehme ihn«, sagte sie zu Goldzahn mit einem kurzen, erstickten Atemzug. *»Falls ...«*

»Falls?«

»... falls wir einen Kreditbrief für Mahe-Einrichtungen bekommen. Überall gut. Unbegrenzt.«

»Gott! Sie denken, ich Persönlichkeit?«

»Ich denke, daß Sie das nächstbeste sind, Sie lumpenohriger, hinterhältiger Bastard. Ich denke, Sie haben diese Macht; ich denke, Sie haben jeden götterverdammten Kredit, den Sie wollen, wie das, was Sie mir auf Kirdu eingebrockt haben, wie ...«

»Sie träumen.« Goldzahn legte sich eine Hand mit den stumpfen Krallen auf die Brust. »Ich Kapitän. Haben keine Kredit dieser Art.«

»Leben Sie wohl!« Sie drehte sich um und bleckte die Zähne angesichts der Menge, die ihr den Rückzug versperrte. »Bewegen Sie diesen Haufen, oder soll ich es an Ihrer Stelle tun?«

»Ich schreiben«, sagte er.

Sie betrachtete ihn mit angelegten Ohren. Streckte die Hand aus.

Er streckte seine zu einem der Mahe neben ihm aus. »Schreibzeug!« sagte er, und der andere verschwand eilig im inneren Korridor, wobei die nackten mahen Füße und die nicht eingezogenen Krallen auf dem Boden prasselten.

»So ist es besser«, meinte Pyanfar.

Goldzahn machte ein finsteres Gesicht, nahm das Schreibzeug, das ihm der atemlose Mahe brachte, nahm den Stift davon ab und schrieb. Er zog eine Signatur aus dem Gürtel, der seinen Brustkorb umspannte, und setzte sie ein; daraufhin spuckte das Gerät ein mit dem Siegel versehenes Dokument aus. Goldzahn hielt es Pyanfar hin.

»Ich werde das zunächst übersetzen«, sagte sie.

»Sie wirklich ein Bastard.« Goldzahns Grinsen wirkte erstaunlich hani in seinem dunklen mahen Gesicht. »Ganz gewiß ein Bastard. Nein ...« Er zog das Dokument zurück, als sie die Hand danach ausstreckte; er drehte sich um und reicht es statt dessen Tully, der sie beide verwirrt betrachtete. »*Er* soll halten. Er bringen. Mit übrigen Dokumenten.«

»Falls dieses Papier nicht sagt, was es besser sagen würde ...«

»Machen Sie was? Werfen gute Freund Tully hinaus durch Luftschleuse? Sie nicht machen.«

»O nein, so etwas tue ich nicht. Ich bezahle Schulden dort, wo sie fällig sind, alter Freund.«

Goldzahn grinste noch breiter. Er schob das Schreibgerät zurück in die Hände des Mahe und schlug Pyanfar auf den Arm. »Sie mir danken eines Tages.«

»Darauf können Sie wetten! Alles, was ich schulde. Ich finde einen Weg. Wie wollen Sie ihn zur *Stolz* schaffen? Sagen Sie mir das! Wenn Sie mit ihm einfach zu meiner Schleuse hinaufspazieren, richte ich Ihnen die Ohren!«

»Haben spezielle Container.« Goldzahn streckte die Hand aus. »Zollpapiere«, verlangte er, und einer von der Mannschaft reichte ihm ein Schreibzeug. »Sie übernehmen

Fracht, ah? *Shishu*-Obst. Getrockneten Fisch. Haben vier Container. Einer gut ausgerüstet, Nummer eins gute Lebenserhaltung. Bringen ihn so hinüber!«

Sie schüttelte den Kopf, um ihn klarzubekommen, und starrte dann wieder Goldzahn an. »Ich werde verrückt. Dieser Trick hat schon weiße Haare. Warum, bei allen Göttern, rollen Sie ihn nicht einfach in einen Teppich und laden ihn so bei mir ab? Oder schicken ihn in einem Korb? Gute Götter, was mache ich nur hier?«

»Immer noch gutes Trick. Sie wollen dies ehrliche Bürger, Sie bezahlen Zoll, ha?«

Sie legte die Ohren fest an, ergriff den Vertrag und setzte ihre Unterschrift heftig hinzu, handgeschrieben. Sie gab die Dokumente dem Mahe-Mann zurück, der sich nicht traute, ihr irgendeine Art von Gesichtsausdruck zu zeigen.

»Fisch«, sagte sie angewidert.

»Geringster Zoll. Was Sie wollen, vielleicht zahlen mehr? Ich Ihnen sage, alles arrangiert.«

»Da wette ich.«

»Zoll stellen keine Fragen. Nummer eins geregelt.«

»Ich habe Fragen. Ich habe viele Fragen. Sie hängen mir etwas an, Sie arschkriechender Bastard. Also mache ich dieses Geschäft. Aber bei den Göttern, sagen Sie mir alles, was Sie wissen! *Was* für Kif-Probleme? Wo arbeiten sie? Sind sie Ihnen in diesem Moment direkt auf den Fersen?«

»Haben immer Kif an Treffpunkt.«

»Warum, bei allen Göttern, kommen Sie dann her? Was machen Sie hier? Wissen die Kif, was Sie haben?«

Goldzahn zuckte die Achseln. »Vielleicht.«

»Seit wann? Wie lange stecken Sie da schon drin?«

Ein zweites Achselzucken. »Päckchen. In Päckchen haben Papier Ihnen sagen. Tully bringen in Container. Sie nehmen, Sie lesen alles. Sie machen schnell. Gehen Maing Tol, gehen Persönlichkeit. Erhalten viele Hilfe dort.«

»Sind sie Ihnen auf den Fersen?«

Ein drittes Achselzucken.

»Goldzahn, Sie Bastard, wie dicht?«

»Haben Probleme«, sagte Goldzahn.

Sie wog das ab. Die *Mahijiru* in Schwierigkeiten. Ein mahen Jagdschiff mit mehr Kif-Problemen, als es bewältigen konnte. »Sie haben also welche. Wohin wenden Sie sich jetzt?«

»Beste Sache, Sie nicht fragen.«

»Menschenraum?«

»Vielleicht tief in Stsho-Gebiet. Lesen Päckchen. Lesen Päckchen, meine Freundin.«

»Zum Teufel mit Ihnen!«

»Zum Teufel mit Ihnen auch!« sagte Goldzahn ernst. Seine Ohren blieben aufgerichtet. Feine Runzeln umgaben seine dunklen Augen. »Gott uns retten. Brauchen Sie, Pyanfar. Brauchen sehr!«

»Huh.« Sie richtete die Ohren mit einem Ruck auf, daß die Ringe leise klimperten. »Ich habe kein göttergesegnetes Kriegsschiff, Mahe.«

»Wissen das.«

»Sicher, sicher.« Sie entfernte sich ein paar Schritte, um wieder frei atmen zu können. Sie betrachtete Tully, der vielleicht ein wenig verstand. Stets mehr, als er sagte.

Tully würde sie nicht belügen. Soviel glaubte sie zu wissen. Sein Schweigen jetzt und dieser gleichmäßige, nicht ausweichende Blick bürgten für seine Ehrlichkeit in dieser Sache.

»Wann bringen zu Ihnen?« fragte Goldzahn.

Pyanfar wandte sich wieder zu ihm um. »Habe einen Termin im Stationsbüro. Muß dorthin. Muß meine Leute benachrichtigen. Muß ihnen sagen ... Sie machen mir eine Menge Probleme, hören Sie? Und seien Sie ja vorsichtig!« Sie fuhr eine Kralle aus und stieß Goldzahn fest an die Brust, so daß er zusammenzuckte. »Seien Sie vorsichtig mit dieser Lieferung! Seien Sie verdammt vorsichtig, verstanden?« Sie meinte damit zweierlei.

»Verstanden«, sagte Goldzahn in vollem Ernst. Er verstand beides. Sie wußte es.

»Bin für drei Tage in diesem Hafen«, sagte sie. »Muß drei

Tage herausschinden, während die götterverdammten Kif überall herumschnüffeln. Fliege ich die *Stolz* früher hinaus, gibt es große Schwierigkeiten. Viel Aufmerksamkeit. Wann fliegen Sie ab?«

»Machen Lieferung, warten eines Weile, dann fort. Haben keines Fracht außer falsche Containern ich Ihnen geben.«

»So.« Sie wandte sich ab und begegnete Tullys Augen, tätschelte ihn sanft auf den Arm, denn sie erinnerte sich daran, wie empfindlich seine Haut war. »*Sicher,* verstehst du? Du tust, was sie sagen. Keine Angst. Diese Mahendo'sat bringen dich zu mir. Verstehst du?«

»Ja«, sagte Tully und bedachte sie mit dem Blick, der typisch für ihn war, mit diesem verzweifelt intensiven, blassen Starren.

Pyanfars Ohren zuckten, und ihre Nüstern weiteten sich angesichts der Witterung von etwas, was nicht in Ordnung war und dabei mehr umfaßte als nur die Treffpunkt-Station, mehr als einen korrupten Stsho und gesperrte Routen und xenophobische Stsho-Räte daheim auf Llyene, die in heller Aufregung waren über die Menschheit, die Stsho-Raum *durchqueren* wollte. Mahen Schiebungen. Kif-Gier. Pyanfar blickte wieder auf Goldzahn. »Geschenke. Ein sehr schönes Geschenk. Ha!«

Goldzahn hob den Kopf, die braunen Augen halb geschlossen. »Sage Ihnen dies, altes Freundin. Kif nicht vergessen. Sie mich jagen. Bald Sie jagen. Nicht Rache. Kif-Vorstellung. *Skikkik.* Jagen mich, jagen Sie. Tully kommen her ... haben wirklich schöne Schwierigkeit diesmal. Diese Sache Tully bringen uns nur ... machen schneller Dinge. Machen Zeitplan unser, nicht von Kif.«

»Nun«, sagte sie. »Ich nehme also dieses Geschenk an. Ich mag es nicht, wenn Dinge von hinten an mich heranrükken. Achten Sie auf sich! Fliegen Sie weit, Mahe! Machen Sie es gut! Wünsche Ihnen Glück.«

»Sie haben«, sagte Goldzahn. »Wünschen Ihnen Glück, Hani.«

Sie zuckte unschlüssig mit den Ohren, drehte sich dann

um und stolzierte zur Luftschleuse hinaus, durchquerte die sich teilende Menge hochgewachsener Mahendo'sat.

Glück!

Wirklich Glück.

Sie war geistig nicht dabei, als sie das Dock hinabging. Ihre Gedanken beschäftigten sich damit, die Sorgen der Vergangenheit und der Zukunft zu sortieren – *gefährlich,* dachte sie, als sie Spuren irgendeines Duftes auffing, der weder von Mahendo'sat noch von Stsho stammte und den sie nicht identifizieren konnte, nicht in diesem großen kalten Raum.

Vielleicht eine Fracht. Vielleicht etwas anderes. Ihre Nase zuckte, und sie spürte einen Juckreiz zwischen den Schulterblättern.

Sie sah sich nicht um, hier auf den Docks des Treffpunkts, während sie über die kalten Decksplatten trottete, vorbei an offenstehenden Schiffseingängen, aus denen ihr freundlichere Gerüche entgegenwehten. Weitere Hani-Schiffe lagen am Treffpunkt. Sie hatte die Liste studiert, bevor sie mit der *Stolz* eingefahren war: *Marrars Goldene Sonne; Ayhars Wohlstand;* und, o ja, *Ehrrans Wachsamkeit.* Dieses Schiff. Dieses Schiff, das Goldzahn erwähnt hatte, wenn auch nicht namentlich ... diese Augen des *Han,* die im Moment sicher auf andere Geschäfte gerichtet waren, die aber in der Lage waren, kleine verstohlene Bewegungen zu erkennen – wie zum Beispiel einen Chanur-Kapitän, der mahen Schiffe besuchte.

Ein Dutzend weitere mahen Schiffe lagen im Hafen: *Tigimiransi, Catimin-shai* und *Hamarandar* waren einige, die sie seit Jahren kannte. Und vertraute Stsho-Namen wie *Assustsi, E Mnestsist, Heshtmit* und *Tstaarsem Nai.* Weiter herum um das Rad des Treffpunktes, hinter der großen Schleuse, die Sauerstoff- und Methan-Atmer trennte, trugen die Schiffe seltsamere Namen, Tc'a- und Knnn- und Chi-Namen, falls die Knnn überhaupt Namen hatten. *Tho'o'oo* und *T'T'Tmmmi* waren Tc'a/Chi-Schiffe, die Pyanfar schon früher auf Docklisten gesehen hatte.

Und Kif. Natürlich waren auch Kif da. Sie hatte besondere Aufmerksamkeit darauf verwandt, diese Namen zu kennen, bevor sie die *Stolz* ins Dock fuhr ... Namen wie *Kekt* und *Harukk, Tikkukkar, Pakakkt, Maktikkh, Nankktsikkt, Ikhoikttr.* Kif-Namen prägte sich Pyanfar ein, wo immer sie auf welche stieß, eine Frage der Taktik – sich an ihre Routen zu erinnern, wo sie anlegten, wohin sie flogen und womit sie Handel trieben.

Die Kif hatten Pyanfars Routen während des letzten Jahres mit ebensoviel Interesse überwacht. Sie war sich dessen sehr sicher.

Sie bummelte nicht auf den Docks herum, aber sie legte auch keine besondere Eile an den Tag, die vielleicht von alleine schon Aufmerksamkeit erweckte. Sie betrachtete dies und das mit normaler Neugier, und mit demselben alltäglichen Schrittempo spazierte sie zur nächsten Komzelle in der Reihe der Dockbüros, tastete Chanurkredit ein und drückte den Kode für die Stations-Komverbindung zur Brücke der *Stolz.* Sie wartete. Der Kom pfiff und klickte neun Durchläufe lang, ohne daß jemand antwortete.

Ein Kif stand auf den Docks. Sie entdeckte die hochgewachsene schwarzgewandete Gestalt drüben bei den Schiffen, wo sie sich mit einem Stsho unterhielt, der energisch mit den bleichen Armen wedelte. Pyanfar stand mit dem Rücken an der Plastikwand und beobachtete dieses Gespräch durch den Schleier des übrigen Verkehrs aus vorbeikommenden Servicefahrzeugen und Fußgängern, meistens Stsho, in hellen Kleidern und elegant; da und dort auch Mahendo'sat, dunkel und geschmeidig. Etwas Geflügeltes schoß vorbei, klein und auf dem Weg hinauf in die fernen Höhen des kalten Docks.

Nur die Götter mochten wissen, was *das* war!

Klick. »Chanurs Stolz«, meldete sich endlich eine Stimme. »Sie sprechen mit dem Deckoffizier.«

»Haral, zum Teufel mit dir! Wie lange dauert das?«

»Käpt'n?«

»Wer ist draußen?«

»Draußen?«

»Ich möchte, daß die Fracht inventarisiert wird! Verstanden? Ich möchte, daß ihr alle euch daranmacht, und zwar sofort. Keinen Ausgang. Falls eine draußen ist, holt sie auf der Stelle zurück.«

»Aye«, antwortete die Stimme zurückhaltend. »Aye, Käpt'n.« Die Stimme klang fragend.

»Tu es einfach!«

»Aye. Aber – Käpt'n?«

»Was ist?«

»*Na* Khym ist draußen.«

»*Götter* und Donner!« Das Herz sank ihr in die Kniekehlen. »Wohin ist er gegangen?«

»Das wissen wir nicht. Zum freien Markt, denke ich ... Gibt es Probleme?«

»Ich komme zurück. *Hol ihn zurück,* Haral! Ich möchte, daß ihr ihn findet!«

»Aye, Käpt'n.«

Sie knallte den Empfänger hin und eilte zum Schiff zurück. *Khym,* um der Götter willen! Ihr Gefährte, hinausspaziert im vollsten Vertrauen, daß saubere Papiere auch Sicherheit bedeuteten ... auf einer Stsho-Handelsstation, auf der Waffen nicht zugelassen waren ... wie er auch auf Urtur und Hoas, unter Mahendo'sat, das Schiff verlassen hatte; wie er auch auf den letzten beiden Märkten nach eigenem Gutdünken umhergewandert war – männlich, ohne Pflichten und gelangweilt.

Götter. O Götter!

Der Kif fiel ihr wieder ein und sie blickte zurück, warf einen unklugen Blick über die Schulter, gab damit den Rest ihrer Vorsicht auf.

Der Kif war immer noch da und blickte an dem gestikulierenden Stsho vorbei in ihre Richtung, wirkte schwarz und grimmig und interessiert.

Pyanfar warf sich wieder herum und eilte so schnell dahin, wie ihre Beine sie trugen, vorbei an der *Mahijiru* hinter ihrer verdunkelten (gestörten?) Registertafel, vorbei an einem Liegeplatz nach dem anderen in der kalten, stsho-gefertigten Luft.

Sie schnappte ernsthaft nach Luft, als sie in Sichtweite des Liegeplatzes der *Stolz* kam. Alles war dort zum Stillstand gekommen. Die Maschinen, die eigentlich damit beschäftigt sein sollten, das Schiff zu entladen, standen still, die Container noch auf der Rampe. Haral wartete draußen auf Pyanfar, eine rotgoldene Gestalt mit blauer Kniehose; und als sie Pyanfar entdeckte, kam sie ihr eilig entgegen.

»Käpt'n ...« Haral ruchtschte herbei und bremste mit über die Platten scharrenden Krallen. »Wir suchen nach ihm.«

»Kif sind unterwegs«, sagte Pyanfar. Das war schon genug. Haral legte die Ohren an, und ihre Augen weiteten sich. »Der Ehrran-Clan ist im Hafen vertreten. Ich will Khym *zurückhaben,* Haral! Hat er darüber gesprochen, wohin er wollte? Was hatte er vor?«

»Er hat nichts gesagt, Käpt'n. Wir waren alle beschäftigt. Er war bei uns an der Rampe. Als wir uns einmal umdrehten, war er verschwunden.«

»Zur Hölle mit ihm!«

»Kann nicht weit gekommen sein.«

»Mit Sicherheit nicht.« Sie nahm den Taschenkom, den Haral ihr reichte, und heftete ihn sich an den Gürtel, wie auch Haral einen trug. »Wer ist auf der Brücke?«

»Niemand. Ich bin allein zurückgeblieben.«

»Hilfy ist auch mit draußen.«

»Sie war die erste.«

»Mach dicht und komm mit!«

»Aye!« bellte Haral, wirbelte auf den Fersen herum und lief los.

Pyanfar schritt weiter.

Der Markt, überlegte sie. Der berühmte freie Markt des Treffpunktes war der bei weitem wahrscheinlichste Ort, um zu suchen. Flitterzeug und Exotika. Sachen fürs Auge.

Vielleicht hatte er es vor dem Markt mit den Restaurants versucht.

Oder mit den Bars im Vergnügungsviertel.

Zum Teufel mit ihm! Zum Teufel mit ihrer eigenen Dummheit, ihn überhaupt an Bord genommen zu haben! Auf Anuurn bezeichnete man sie als verrückt. In Zeiten wie dieser glaubte sie es selbst fast.

Sie atmete bereits schwer und hatte Seitenstechen, als Haral wieder herbeigerannt und an ihre Seite kam.

»Er ist nicht hier«, sagte Hilfy – die jüngste auf der *Stolz:* an ihrem linken Ohr hing nur ein Ring, der Bart zeigte sich erst in Ansätzen, ihre Kniehose bestand aus dem groben blauen Stoff, wie ihn Hani-Mannschaften trugen, obwohl sie *Ker* Hilfy war, Chanurs Erbin. Sie begegnete Tirun Araun zwischen zwei Gängen des Dock-Basars, zwischen Stapeln von Stoff, Lebensmitteln und dem nervösen Getue von Stsho-Geschäftsleuten. Flötende Schreie exotischer Nichtintelligenzler, die hier rechtmäßig zum Verkauf angeboten wurden, die Rufe von Händlern und Passanten, Musik aus den Bars entlang des Marktplatzes – hallten von den großen Höhen dieses Raumes als ein vermischtes Tosen wider. Farben führten hier einen Aufstand durch. »Ich war in jedem Gang, Tirun ...«

»Versuchen wir es mit dem Vergnügungsviertel«, schlug Tirun vor, eine ältere Raumfahrerin. Ihr Bart war voll, die Mähne hing ihr wild um die Schultern. Ihr linkes Ohr zuckte, und ein halbes Dutzend Ringe schlugen aneinander. »Komm schon! Ich nehme die geraden Nummern, du die ungeraden. Wir nehmen uns jede Bar im Bereich vor. *Er* hat das vielleicht auch getan, aber das wissen nur die Götter.«

Hilfy schluckte schwer und rannte los, ohne die Befehle in Frage zu stellen, wie auch Haral nicht groß gefragt hatte, was denn geschehen war, sondern einfach akzeptiert hatte, daß etwas schiefgelaufen war. Sehr schief. Es war ein kodierter Ruf, die Docks zu räumen. Sofort. Hilfys Ohren blieben von allein zurückgelegt; sie richtete sie mit krampfartiger Anstrengung wieder auf, während sie den Lärm nach einer Hani-Stimme durchforschte, nach einer Hani-Stimme von irgendwoher aus der Reihe der Raumfahrerbars, die den Markplatz säumten.

Kein Zeichen von irgendeinem Handel in der ersten Bar in der Reihe. Nur Mahendo'sat waren darin, hupende Musik und das heisere Kreischen und das Stampfen betrunkener Raumfahrer.

Hilfy kreuzte Tiruns Weg, als sie hinausging, und sie verteilten sich auf die dritte und vierte Bar.

Stsho, diese Höhle. Aber sie erspähte das Rotgold von Hani-Rücken, die sich um einen Spieltisch drängten, und sie tauchte hindurch und rutschte auf den Knien bis an den Rand. Eine ältere Hani-Raumfahrerin drehte sich um und betrachtete sie, und weitere Augen rings um den Tisch richteten sich ebenfalls auf sie. Hilfy verbeugte sich hastig und packte die Kante.

»Hilfy Chanur *par* Faha, mögen die Götter auf euch herabschauen ... haben Sie einen Hani-Mann gesehen?«

Ohren wurden rings um den Tisch zurückgelegt und wieder aufgerichtet, sechs Ohrenpaare, die schwer mit Ringen behangen waren – Gesten, denen keine Nüchternheit innewohnte. »Götter – was hast du nur getrunken, Kind?«

»Tut mir leid.« Das war ein Fehler. Sie richtete sich hastig wieder auf und wollte davoneilen, aber die Raumfahrerin schwankte im Stehen und ruderte wild mit den Armen um Gleichgewicht, während sie sich schwankend aus dem Plastiksitz erhob und heraufkam, um Hilfy am Arm zu packen. »Hani-Mann, he? Brauchst du Hilfe, Chanur? Wo hattest du diese Vision, he?«

Hämisches Gelächter erhob sich, dann Flüche – auf jemanden war getreten worden. Die übrigen Hani standen auf. Hilfy riß sich los und floh. »He!« hörte sie hinter sich, ein Hani-Husten und betrunkenes Brüllen.

»Bezahlen!« Ein schrilles Stsho-Trällern von der anderen Seite. »Bezahle, Hani-Bastard ...«

»Berechnen Sie es der *Ayhars Wohlstand!*«

»O Götter!« Hilfy tauchte zum Ausgang weg, als dort gerade die Gestalten von zwei kifischen Kunden aufragten.

Schwarze muffige Gewänder streiften sie mit einem Geruch, bei dem es ihr kalt den Rücken hinunterlief. Sie schob sich an ihnen vorbei, ohne zurückzublicken oder innezuhalten. *»Hani-Pöbel!«* hörte sie ein Zischen hinter sich, als sich der Lärm eines betrunkenen Zusammentreffens mit kifischen Stimmen vermischte.

Hilfy schoß durch die äußere Tür in das Licht des Marktes, blinzelte und zögerte auf einem Fuß, hörte durch den Lärm des Marktes hindurch hinter sich das Geräusch von Hani in voller Verfolgung. Kein Anzeichen von Tirun. Hilfy neigte sich vor und sprintete los, stürzte sich in die nächste Bar in ungerader Folge – wieder Stsho, nichts von einem Hani zu sehen. Sie stürmte wieder hinaus, mußte durch die hereindrängende Meute des Ayhar-Clans hindurch, die dort im Eingang in fröhlicher Unordnung wieder wendete.

Immer noch keine Tirun. Hilfy tauchte in die nächste ungerade Nummer, wieder eine Stsho-Höhe, und sah dort eine hochgewachsene rote Gestalt und hörte die Stimmen, darunter eine tiefere Hani-Stimme, als in diesem Hafen je vernommen worden war, das Geschnatter von Stsho-Flüchen und das Knurren von Mahendo'sat.

»*Na* Khym!« rief Hilfy, abgrundtief erleichtert. »*Na* Khym!« Sie schlängelte sich durch die hochaufragende Menge an der Bar und packte ihn am Arm. »Onkel – dank den Göttern! Du solltest zu Pyanfar kommen! Sofort! Auf der Selle, *Na* Khym!«

»Hilfy?« fragte er, alles andere als konzentriert. Er stand schwankend da, einen Kopf größer als sie und von doppelter Schulterbreite, die narbige Nase verwirrt gerümpft. »Versuche gerade, diesen Burschen zu erklären ...«

»Er *ist* es!« schrie eine Hani-Stimme von der Tür her. »Bei den Göttern – was macht *der* denn hier?«

Khym zuckte zusammen und sah sich um, den Rücken zur Bar, zeigte eine bedenkliche Miene angesichts der betrunkenen Ayhar-Raumfahrer.

»He!« Eine zweite Hani-Stimme aus den Reihen der Ayhar. »Chanur! Seid ihr verrückt, Chanur? Was wollt ihr denn damit erreichen, he, daß ihr ihn hier heraus bringt? Nehmt ihr keine Rücksicht auf ihn?«

»Komm doch!« flehte Hilfy. »*Na* Khym ...« Sie zog an dem schweren Arm, spürte die Spannung darin. »Um der Götter willen, *Na* Khym – wir haben einen Notfall!«

Vielleicht drang das durch. Khym erschauerte, ein scharfes Zittern, wie ein Erdbeben durch festes Gestein.

»Weg, weg, weg!« schrillte ein Stsho in Pidgin. »Verlassen Sie meine Bar!«

Hilfy zog mit aller Kraft. Khym gab nach und folgte ihr durch die Gruppe der Hani, die murmelnd und mit geweiteten Augen auswichen, dann vorbei an der schwarzen Wand aus neugierigen Mahendo'sat und dem Glitzern ihres Goldes.

Eine andere schwarze Wand formte sich quer über das hellere Licht von draußen. Sich bauschende Gewänder blockierten den Weg zur Tür – zwei große unansehnliche Gestalten.

»Chanur«, sagte ein Kif mit seiner trockenen, schnalzenden Stimme. »Chanur nimmt seine Männer mit hinaus. Es braucht Hilfe.«

Hilfy blieb stehen, und auch Khym tat es, ein Grollen in der Kehle. »Tu es nicht«, sagte Hilfy, »tu es nicht ... Khym, um der Götter willen, wir wollen einfach nur hinausgehen. Wir wollen keinen Kampf.«

»Lauf!« zischte der Kif. »*Lauf,* Chanur! Ihr seid schon früher vor Kif weggelaufen.«

»Komm!« Hilfy legte den Arm fest um Khyms Ellbogen. Sie führte Khym durch die Menge zur Tür hin, vorbei am ersten streifenden Gewand, versuchte unbeteiligt auszusehen und darauf zu achten, was die dunklen Kif-Hände unter dem dunklen Stoff taten.

»Hilfy«, sagte Khym.

Sie blickte auf. Der ganze Eingang stand voller Kif.

»Er hat ein Messer!« Eine Hani-Stimme. *»Paß auf, Kind ...«*

Etwas kam durch die Luft geflogen, eine Fahne aus Bier

6·85·2

und Schaum hinter sich her ziehend, und traf einen kifischen Kopf. »Getroffen!« jauchzte eine mahen Stimme begeistert. Kif sprangen, Khym sprang. Hilfy schlug mit entblößten Krallen nach einem Kif, und Körper umklammerten einander im Eingang. *Yiii-yinnn!* erhob sich eine klagende Stsho-Stimme über den Lärm. »*Yeeieiyi!* Polizei, Polizei, Polizei!«

»Yaooo!« (Die Mahendo'sat)

»*Na* Khym!«

Tiruns Stimme, ein Ruf von außerhalb des verstopften Eingangs, aber näherkommend. »Hilfy! *Na* Khym! *Chanur!*«

»*Ayhar, ai Ayhar!*«

»*Catimin-shai!*«

Becher und Flaschen segelten durch die Luft.

»Er ist bei den Bars! Schnell!« drang Harals Stimme aus dem Taschenkom; Pyanfar, die ihren Anmarsch unterbrochen hatte, um Speiseläden außerhalb des Marktes zu überprüfen, rannte sofort los, so schnell sie nur konnte, vorbei an aufgeschreckten Mahendo'sat und Stsho, die ihr aus dem Weg sprangen. Sie selbst wich dem konfusen Kurs eines Methanatmer-Wagens aus, der rasch einen anderen Weg einschlug.

Sirenen kreischten. Das drei Stockwerke hohe Schott des Marktsektors blinzelte mit roten Warnlampen. Pyanfar legte noch einen Spurt vor und sprang lang ausgestreckt hindurch, als die Ventilhälften in Bewegung gerieten. Die Ränder trafen dröhnend aufeinander, und der Luftschock erschütterte das Deck und übertönte das lärmende Heulen dahinter. Pyanfar rappelte sich wieder auf und lief weiter, ohne einmal zurückzublicken.

Der ganze Markt war in Aufruhr. Händler oder Plünderer schnappten sich ganze Armladungen von allem, was sie erwischen konnten; Gänge waren verstopft. Das Kreischen von Tieren erhob sich noch über den Lärm. Ein schwarzes Etwas huschte an Pyanfars Beinen vorbei und schrie gellend, als sie darauftrat. Sie übersprang einen Ladentisch, kletterte über einen Sturzbach rollender Schmuckgegenstände, entdeckte einen freien Gang und lief auf das Vergnügungsviertel zu. Einen Augenblick lang hatte sie freien Blick auf eine wogende Menge im Eingang. Stsho spritzten aus dieser Menge heraus, bleich und schnatternd. Betrunkene Mahendo'sat blieben, um sich gegenseitig Wetten zuzuschreien. Zwei Hani kamen aus der anderen Richtung, Chur und Geran, die in vollem Lauf auf die Menge zuhielten.

Pyanfar schubste Zuschauer hierhin und dorthin, ohne dabei auf ihre Krallen zu achten. Mahendo'sat heulten empört und gerieten in Bewegung. Eine Kif-Gestalt huschte an Pyanfar vorbei, zu schnell, um sie klar sehen zu können. Sie packte danach, erwischte aber nur Kleiderstoff, während sie zum Zentrum des Mobs durchbrach. Kunststoff zersplitterte. Glas zerbrach, und Körper rollten unter die Füße anderer.

Weitere Kif entfernten sich im Laufschritt von der Szene, ein verstreutes Häuflein schwarz gewandeter Streifen, die mit hohem Tempo auf freies Gelände zuhielten.

»Khym!« schrie Pyanfar und warf sich ihm in den Weg, als er mit wildem Blick hinter den Kif her eilen wollte. Haral und Geran gesellten sich dazu, gefolgt von Chur und Tirun. Hilfy sprang als letzte von allen auf seine Schultern, und sie alle stürzten vor Pyanfars Füße.

Sie brachten ihn unter Kontrolle und hielten ihn am Boden fest, bis er aufhörte zu kämpfen.

Mahen Gelächter ertönte, verklang aber rasch wieder. Klugerweise gingen die Mahe auf Sicherheitsabstand, während der Lärm von Plünderungen auf dem Markt anhielt und man Glas bersten hörte, das Zersplittern von Plastik und das vielsprachige Gejammer der Empörung und Habgier.

»Zum Teufel mit euch!« schrie Pyanfar und schwang mit ausgefahrenen Krallen die Faust nach jedem, der ihr in die Nähe kam. »Weg!«

Die Mahendo'sat machten ihr Platz. Eine kleine Gruppe

Hani-Raumfahrerinnen stand ihr jetzt mit zurückgelegten Ohren gegenüber. Die Besatzung der *Stolz* rappelte sich wieder auf, Haral als erste, die Ohren zurückgelegt und grinsend. Khym stemmte sich wieder auf die Beine. Tirun hielt seinen rechten Arm fest und Hilfy klammerte sich an seine andere Seite. Die letzten Kampfgeräusche in der Bar kamen zum Erliegen. Ein letztes Stück Glas zerbrach.

»Pyanfar Chanur«, sagte eine Hani mit breiter Nase in hartem und mißbilligendem Tonfall.

»Berichtet es eurem Kapitän«, sagte Pyanfar. »Sagt ihr, daß es in Ordnung ist. Er ist mein Ehemann, hört ihr? *Na* Khym *nef* Mahn. Verstanden?«

Ohren zuckten. In den Augen der anderen zeigte sich das Weiße. Die Nachrichten über die Verrücktheit, die sie sich geleistet hatte, waren noch nicht bis nach hier draußen vorgedrungen. Jetzt aber schon. »Sicher«, sagte eine jüngere Hani und wich zurück. »Sicher, Kapitän.«

Und Chur sagte hinter ihr: »Käpt'n – wir verschwinden besser von hier.«

Sie hörte die Sirenen. Sie sah sich um, vorbei an der sich zerstreuenden Menge, die zu anderen Bars strebte. Zu Boden getrampelte Leute regten sich im Eingang.

Fahrzeuge kamen das Dock herauf, Wagen mit den weißen stroboskopischen Lampen des Sicherheitsdienstes.

ZWEITES KAPITEL

Die Tür ging zischend auf und gab den Blick auf zwei Wachen frei, die auf dem Treffpunkt aus jeder sauerstoffatmenden Art außer den Stsho stammen konnten, wenn man das angeborene Mißtrauen der Stsho gegenüber Gewalt in Betracht zog. Die Stsho mieteten daher ihr ganzes Sicherheitspersonal. Zum Glück für den Frieden des Augenblicks waren diese beiden Wachen Mahendo'sat.

Pyanfar blieb stehen. Sie war hin und her marschiert in dem engen Raum – *Wartezimmer* hatten sie es genannt, ein Stsho-Euphemismus. Andere Arten hatten andere Namen für solch kleine Zimmer mit Türschlössern an der Außenseite. »Wo ist meine Besatzung?« fauchte Pyanfar die Mahendo'sat sofort an, die Ohren unwillkürlich angelegt. »Bei den Göttern, wo sind meine Leute?«

»Direktor rufen«, sagte einer der beiden und trat neben der Tür zur Seite. »Sie jetzt kommen, Hani-Kapitän.«

Sie zog die Krallen ein und folgte der Aufforderung, da endlich etwas in Bewegung geraten schien, und da keiner der beiden Mahendo'sat mehr an Waffen trug, als die Natur ihm mitgegeben hatte, und sie auch kein Bedürfnis nach Konfrontation zeigten. Sie würden nicht reden, nicht diese beiden; weder drohen noch von ihren Pflichten abweichen: Mahendo'sat im besten Sinne, peinlich genau und ehrlich.

»Hier«, war das einzige weitere Wort, das sie äußerten, vor einer Lifttür ein gutes Stück im Innern des Labyrinths.

Weiter ging es. Der Lift legte im Zickzack eine weite Strecke durch die Eingeweide des Treffpunkts zurück, und ließ sie dann hinaus in weiße, pastellgeschmückte Gänge. Lampen waren da und dort angebracht, scheinbar willkürlich – stsho, diese Sektion, ohne Kompromisse gegenüber dem Geschmack anderer Arten, ganz pastellfarben und beige-grau, riesige Räumlichkeiten, merkwürdig gewinkelte

Platten, willkürlich durchsiebt mit Löchern und Nischen. Die hochgewachsenen, schwarzpelzigen, mit schwarzen Kilts bekleideten mahen Wachen und Pyanfars scharlachrote Hose und rotgoldenes Fell waren hier gleichermaßen fremd.

Eine letzte Tür, ein letzter Gang aus verdrehten Kunststofformen. Pyanfar zuckte mit den Ohren, daß die Ringe klingelten, und bog mit einem tiefen Atemzug die Krallen, als dächte sie darüber nach, einen Sprung aus großer Höhe zu tun, und sie ließ sich in eine perlmuttfarbene Halle führen, eine Pracht aus bizarren Wänden und weiß gepolsterten Vertiefungen im ebenen, leuchtenden Boden. Ein mit dünner Gaze bekleideter Stsho stand dort, um sie zu empfangen, einen Recorder in der Hand. Ein weiterer Stsho saß in der zentralen Vertiefung und strahlte gelassene Wichtigkeit aus. *Gtst* (Stsho hatten jeweils drei Geschlechter, und weder er, sie noch es paßten richtig) – *gtst* war geschmückt mit den feinsten Farben, die bis zu Tönungen reichten, die dem Hani-Auge unsichtbar waren, jedoch an den Rändern ausgemacht werden konnten, Weiß mit einem tiefvioletten Schimmern in den Falten. *Gtst* Tätowierungen auf *gtst* natürlich perlmuttfarbener Haut waren gleichermaßen illusorisch und verblaßten zu Grün und Violett. Grauweiße Federn nickten von den hochgezogenen Brauen herunter und beschatteten die Mondsteinaugen. Der kleine Mund war zu mißbilligender Straffheit zusammengepreßt, und die Nüstern bauschten sich in geschäftigem Wechsel.

Pyanfar verbeugte sich einmal kurz vor dieser Eleganz. Der Stsho winkte träge mit der Hand, und der überbesetzte Diener, das mußte er wohl sein, kam herbei und blieb in der Nähe stehen, während *gtst* eigene Gewänder in einem unsichtbaren Wind wogten – aus Stsho-Seide und teuer.

»Ndisthe«, sagte Pyanfar, »sstissei asem sisth an zis ...« Genau das richtige Maß an Respekt, rechnete sie sich aus. Die fiedrigen Augenbrauen flatterten. Der Assistent packte *gtst* Recorder und zog sich unschlüssig zurück.

»*Shiss.*« Der Direktor winkte mit einer elegant geschmückten Hand. Der Übersetzer stoppte *gtst* Rückzug. »Shiss. Os histhe Chanur nos schensi noss' spitense sthshosi chisemsthi.«

»Bei weitem nicht fließend«, stimmte Pyanfar ihm zu.

Der Direktor holte Luft. *Gtst* Federn nickten sämtlich in tiefer Erregung. »Sto shisis ho weisse gti nurussthe din?«

»Wissen Sie ...« Der Übersetzer stürzte *gtst* verspätet in Aktion. »... daß es vier Stunden dauerte, bis der Aufruhr auf dem Markt beendet war?«

»... ni shi canth-men horshti nin.«

»Fünfundvierzig Individuen werden im Krankenhaus behandelt ...«

Pyanfar hielt die Ohren aufrecht, und ihr Gesicht zeigte Mitgefühl.

»Ni hoi shisisi ma gnisthe.«

»... und es ist zu zahlreichen Diebstählen gekommen.«

»Ich teile«, sagte Pyanfar, wobei sie den Mund noch schmerzlicher verzog, »Ihre Entrüstung über diese Mißachtung der Stsho-Autorität. Auch meine Besatzung hatte unter diesem kifischen Banditentum zu leiden.«

Das drang durch, und Hände wurden heftig gewedelt.

»Shossmemn ti szosthenshi hos! Ti *mahenthesai* cisfe llyesthe to mistheth hos!«

»... Sie und Ihre Mahendo'sat-Mitverschwörer haben ein Chaos angerichtet ...«

»Spithi no hasse cifise *sif* nan hos!«

»... die Kif mit hineingezogen ...«

»Shossei onniste stshoni no misthi *th'sa* has lles nan *shi* math!«

»... Ein Tc'a-Schiff hat während des Aufruhrs abgelegt und ist geflohen. Zweifellos sind auch die Chi beunruhigt ...«

»Ha nos thei no llen llche *knnni* na slastheni hos!«

»... Wer weiß, wie sehr diese Geschichte vielleicht auch die Knnn erregt?«

»Na nos misthei hoisthe ifsthen noni ellyestheme to Nifenne hassthe shasth!«

»... Sie und Ihre Besatzung haben innerhalb von drei Stunden nach Anlegen mit jeder Art des Paktes Streit vom Zaun gebrochen!«

Pyanfar hakte die Hände in den Gürtel und senkte absichtlich die Ohren. »Genausogut könnten Sie sagen, daß alle Opfer von Verbrechen der Aufwiegelung schuldig sind! Ist das eine neue Philosophie?«

Eine längere Pause trat ein, als das übersetzt war. Dann:

»... Das erinnert mich an jüngst zurückgegebene Papiere, Hani-Kapitän. Ich denke an schwere Geldbußen und Strafen. Wer entschädigt unseren Markt? Wer kümmert sich um die Schäden?«

»Es stimmt«, sagte Pyanfar, wobei sie den Stsho böse anstarrte. »Wer wagt es, die Kif anzuklagen, wer außer den Hani? Wer außer *uns*, verehrter Direktor? Sagen Sie mir, was geschähe hier ohne Hani-Verkehr? Ohne Mahendo'sat? Wie würden sich die Kif dann am Treffpunkt benehmen? Nicht mehr nur Diebstahl, da wette ich!«

Federn flatterten. Runde Augen starrten aus dunklen Zentren. »... Sie machen Drohungen ohne Zähne. Der *Han* beugt sich nicht Ihrem Willen. Um so weniger die Mahendo'sat.«

»Und der *Han* wird es auch nicht mit Wohlwollen bedenken, daß ein Hani-Schiff bedrängt, ein Hani-Kapitän festgehalten wird – ich erwähne dabei noch gar nicht die verschlossene Tür!«

»Sind Sie selbstsicher genug, dem *Han* zu berichten, wie ein Chanur-Kapitän in solche Verlegenheit geriet? Ich habe anderes gehört. Ich habe gehört, daß Chanurs Beziehungen mit dem *Han* heutzutage keineswegs stabil sind.«

Pyanfar holte tief und ausgiebig Luft und runzete die Nase so, daß der Übersetzer einen Schritt zurückwich. »Es liegt kein Gewinn in einer solchen Wette, verehrter Direktor.«

»... Welcher Gewinn liegt überhaupt im Umgang mit Chanur? Wir bringen Ihre Papiere wieder in Ordnung und müssen erleben, wie Sie uns das vergelten. Wo ist unser

Schadenersatz? Wo wollen Sie das Geld hernehmen? Wer kann behaupten, die Kif zu schrecken? Wir belegen Sie mit einer Geldbuße. Sie wagen es nicht, etwas von denen zu nehmen.«

»Bei den Göttern, die Kif stehlen nichts von *uns*, außer dort, wo wir uns auf die Stsho-Autorität verlassen haben.«

Die dunklen Zentren der Mondstein-Augen weiteten sich. »... Sie haben einen Mann ihrer Art mitgebracht. Ich zögere, diese delikate Sache publik zu machen, aber es ist wohlbekannt, daß dieses Geschlecht Ihrer Art instabil ist, was gewiß dazu beiträgt ...«

»Das ist eine Hani-Angelegenheit.«

»... Andere Hani finden die Situation auf Ihrem Schiff beunruhigend und unangemessen.«

»Eine Hani-Sache.«

»... Eine Delegierte des *Han* hat sich besorgt gezeigt. Sie versicherte mir, daß Ihr Verhalten keine neue Politik sei, daß der *Han* diese Aktion mißbillige ...«

»Das ist keine götterverdammte Angelegenheit der Delegierten! Oder irgend jemandes sonst! Bleiben wir doch bei der Frage der Sicherheit auf den Docks!«

»... Die Hani haben es bislang für unklug gehalten, ihre Männer an Fremdkontakten zu beteiligen, wozu Hani-Männer von Natur aus ungeeignet und worauf sie unvorbereitet sind. Andere Hani sind schockiert über Ihre Provokation.«

»Die Docks, verehrter Direktor. Und die öffentliche Sicherheit.«

»... Sie haben gegen das Gesetz verstoßen. Sie haben diese Person mitgebracht ...«

»Ein Mitglied meiner Besatzung.«

»... Besitzt diese Person eine Lizenz?«

»Er besitzt eine befristete. Alles in Ordnung. Fragen Sie Ihren eigenen Sicherheitsdienst!«

»... Eine Zulassung, ausgestellt von der Gaohn-Station. Von einem Chanur-Verbündeten, zweifellos unter Druck. Er ist ohne Erlaubnis hier ...«

»Seit *wann* erfordert das Pakt-Gesetz Genehmigungen für registrierte Besatzungsangehörige?«

»... Seit wann haben registrierte Besatzungsangehörige während des Entladens Ausgang und besuchen Bars?«

»Es ist mein Schiff und meine Angelegenheit!«

»... Es ist zu einer Stsho-Angelegenheit geworden.«

»Tatsächlich? Und jede andere Frage ist eine totale Persiflage. Bleiben wir doch bei der Sache! Ein Angriff seitens der Kif auf Personal meines Schiffes; auf *Personal meines Schiffes,* das auf die Sicherheit vertraute, welche Gesetz und Brauch der Stsho garantieren. Wir waren das Ziel von Anschlägen; ich persönlich war Opfer eines Anschlages, als ich stundenlang festgehalten wurde, während Kif-Mörder auf den Docks zweifellos tun, was ihnen gefällt, und damit Leben und Eigentum gefährden, zum Teil *meines* – und wer garantiert für die Sicherheit meiner Waren, die auf die Verladung warten, während wir Opfer dieses Verbrechens sind? Ich ziehe die Station zur Verantwortung. *Wo ist meine Besatzung, verehrter Direktor?* Und wer bezahlt die Entschädigung, die *uns* zusteht?«

Das war vielleicht zuviel. Der Übersetzer rang *gtst* Hände und brachte die Worte nur stammelnd hervor, beugte sich wie ein Schilfrohr im Wind, als er die Antwort erhielt.

»... Warum fragen Sie nicht die Mahendo'sat, mit denen Sie sich besprochen haben?«

Pyanfars Ohren legten sich dicht an den Schädel. Sie richtete sie mit äußerster Anstrengung wieder auf, glättete die Nase und zeigte nur noch ein glattes Gesicht. »Meint der Direktor vielleicht die Mahendo'sat, deren Registertafel nicht funktionierte in dieser wohlgeordneten Station?«

Wieder ein Wortwechsel. Die Haut des Übersetzers verlor ihren perlmuttfarbenen Glanz und wurde leichenblaß. »... Der Direktor sagt, *gtst* weiß von dieser Tafel. Einem Untergebenen wurde aufgrund dieser Fehlfunktion eine Mißbilligung ausgesprochen.«

»Es wäre unhöflich, höhere Verbindungen zu vermuten. Es wäre dumm, an ihnen zu zweifeln.«

Der Übersetzer schnappte mehrmals nach Luft und übte dann unter weiterem Händeringen seine Funktion aus. »... Der fragliche Untergebene hatte nicht die leiseste Ahnung von höhergestellten Mittätern, wie es Sie und Ihre Mitverschwörer abgesprochen haben. Dieses mahen Schiff entschied sich während der Unruhen zum Abflug. Die Unruhen drangen auch bis zu den Methan-Atmern durch. Der Direktor fragt – ob Sie sich dessen bewußt sind. Sind Sie sich der Risiken mit Tc'a und Chi bewußt?«

»Nicht meine Angelegenheit. Absolut nicht meine Angelegenheit!«

»... Der Direktor fragt – wollen Sie die Ware haben, die jene Person zurückließ?«

Pyanfar holte Luft und hatte das Gefühl, einen Schlag in den Bauch zu bekommen.

»... Sie ist«, übermittelte der Übersetzer die nächste Bemerkung, »verderblich.«

»Dann gehe ich davon aus, daß die Station in Anerkennung ihrer Verpflichtung ... diese Ware ausliefert.«

»... Es sind Verwicklungen eingetreten. Zum Beispiel besteht die Frage unseres Schadenersatzes. Diese Fracht ist beschlagnahmt.«

»Ich lehne es ab, für stehlende Kif zur Rechenschaft gezogen zu werden! Besprechen Sie das mit den Mahendo'sat, mit denen *Sie* zu tun hatten!«

»Ich kann das nicht übermitteln«, sagte der Übersetzer. *Gtst* Augen waren rund. »Ich bitte den verehrten Hani-Kapitän ...«

»Sagen Sie *gtst:* Führte ich mich auf wie die Kif, würde *gtst* nicht mit mir über Schadenersatz sprechen.«

»Ashosh!« sagte der Direktor. Der Übersetzer drehte sich um, faltete *gtst* Hände auf *gtst* Brust, lispelte in den weichsten Tönen, und hatte, als er sich wieder umdrehte, die mondartigen Augen ganz weit aufgerissen.

»... Wir sprechen später über Schadenersatz. Jetzt zu dieser Ware, dieser – *verderblichen* Ware.«

Pyanfar hakte die Hände in den Gürtel und nahm einen

festen Stand ein. »In persönlicher Verwahrung des schätzenswerten Direktors, hoffe ich.«

»... Vier Container. Bin ich ein Dienstbote, daß ich solche Dinge persönlich behalte?«

»Zur Hölle ...« Sie korrigierte sich, richtete die Ohren auf und versuchte sich in einem ruhigerem Tonfall. »In Anbetracht der Tatsache, daß sie verderblich sind, vertraue ich darauf, daß Vorsorge getroffen wurde.«

Der Übersetzer gab das weiter. Der Direktor winkte geringschätzig. *Gtst* Augen blickten hart und ohne zu blinzeln. »... Sache des Zolls. Unglücklicherweise hat der Versender die Papiere in ungeordnetem Zustand zurückgelassen; die offiziellen Stempel fehlen. Können Sie Vorschläge machen, Hani-Kapitän, die verhindern, daß dieses Eigentum öffentlich versteigert wird? Es gäbe, da bin ich sicher, interessierte Bieter – einige davon sehr reich. Andere mit Geldgebern. Es sei denn, der verehrte Hani-Kapitän übernimmt persönlich die Verantwortung.«

Schwärze schloß sich um die Ränder des Raumes, um alles außer dem würdevoll nickenden Stsho.

»... Dann ist da noch«, fuhr der Stsho fort, »die Frage der jüngst in Ordnung gebrachten Papiere. Diese Station ist bestürzt ... äußerst bestürzt über diesen Verrat an ihrem Vertrauen. Ich bin persönlich bekümmert.«

»Reden wir doch«, schlug Pyanfar vor, »über Dinge, die gute Kaufleute wie wir beide verstehen! Über fairen Handel! Über *Geschäfte!* Darüber, daß ich mein kleines Problem vom Treffpunkt entferne, wenige Stunden, nachdem ich meine Fracht in Ordnung gebracht habe, und ich bringe es wo anders hin, ohne irgend jemandem gegenüber etwas von Bestechungen und Mahendo'sat zu erwähnen. Wollen Sie über Probleme sprechen, verehrter Direktor? Wollen Sie über Kif-Probleme sprechen, darüber, daß Nachricht von dieser Sache zu Ihren oberen Rängen gelangt? Oder wollen Sie über die Ware sprechen, über den Aufenthalt meiner Mannschaft und darüber, daß ich Ihnen dieses Problem aus der Hand nehme – unter *Beibehaltung* meiner Genehmigungen –, bevor es für diese Station noch teurer wird, als es bereits ist?«

Der Übersetzer zuckte zusammen und übermittelte das, was sie gesagt hatte, in einem von viel Händwinken begleiteten Wortschwall.

»Ashosh!« sagte der Direktor, und noch weiteres. Röte fuhr über *gtst* Haut und verschwand wieder, Tönungen des Perlmutt. Die Nüstern weiteten und verengten sich in raschem Unisono. »Chanur sosshis na thosthsi cniste znei ctehtsi canth hcs.«

Wieder zuckte der Übersetzer zusammen und drehte sich um, und *gtst* hängende Schultern hingen noch stärker.

»Sagen Sie *gtst*«, begann Pyanfar, ohne abzuwarten, »daß *gtst* persönlich in Gefahr ist. Von seiten der Kif natürlich. *Sagen Sie das!*«

Es wurde übermittelt. Der Direktor wurde bloß. ». . . Nicht annehmbar. Eine Schuld besteht, die selbst in Ihrer zweifellos passenden, wenn auch mit wenig Vorstellungskraft ausgestatteten Wahrnehmung Ihrer Mannschaft zugeschrieben werden muß, die ein Mitglied Ihrer Art losgelassen hat, dessen Instabilität weithin bekannt ist . . .«

»Ein Mitglied meiner Besatzung und mein Gefährte, Sie klimpernder Bastard!«

Nüstern bauschten sich. ». . . Die Schuld besteht. *Kein* Abkommen umfaßt derlei Schäden.«

Pyanfar atmete schwer und versuchte zu überlegen, hörte dabei Worte, die kleine zarte Ringellocken in ein ganz anderes Gebiet schickten. *Goldzahn, zum Teufel mit dir! . . . Das war von Anfang an eine abgekartete Sache . . .*

Und ihre Ohren sanken, so daß der Übersetzer einen Schritt zurückwich und *gtst* geweitete Augen das Weiße um die mondsteinfarbene Rundung zeigten. Die Federn des Direktors flatterten, und er bewegte nervös die Hände.

»Ich schlage Ihnen ein Geschäft vor«, sagte Pyanfar. »Wir bekommen diese Fracht, wir besorgen Ihnen Ihr Geld.«

». . . Sie werden eidesstattliche Versicherungen unterzeichnen, die Ihre Verantwortlichkeit betreffen.«

»Treiben Sie es nicht zu weit, Stsho!«

»... Ihr Visum wurde für ungültig erklärt«, lautete die Antwort. »Ebenso die Visa Ihrer Mannschaft und dieses männlichen Hani, unter welchem Vorwand auch immer Sie eine zivilisierte Genehmigung für diese instabile Person erhielten. Sie werden Ihre Erlaubnis verwirken, unsere Docks zu betreten, und auch das Recht aller Chanur-Schiffe, hier anzulegen, bis diese Schuld bezahlt ist!«

»Und die Fracht?«

»Zweifeln Sie an unserem Wort? Ich mache sie Ihnen zum Geschenk, da wir Ihre eigenen Schäden natürlich anerkennen.«

Pyanfar verbeugte sich. *Gtst* winkte *gtst* Diener.

»Sthes!«

Es war keineswegs eine freundliche Verabschiedung.

Weitere Korridore. Eine eidesstattliche Versicherung mußte unterzeichnet werden, deren Bedingungen Pyanfar eine kalte Übelkeit verschafften. Sie blickte vom Schalter auf, und der Ststho-Angestellte wich ganz um den Schreibtisch herum zurück und ließ dabei Papiere fallen.

»Reicht das?« fragte sie mit bemerkenswerter Ruhe, wie sie es selbst einschätzte.

Der Stsho brabbelte etwas und weigerte sich näherzukommen.

»... *Gtst* sagen haben noch mehr Papiere«, übersetzte einer der Wachtposten. Sie hatte auch soviel verstanden. Sie runzelte die Nase, und der Stsho ließ noch mehr Papiere fallen, sammelte sie wieder ein und gab sie dem Mahendo'sat, damit *gtst* selbst Pyanfar nicht näherkommen mußte.

»Zollfreigabe, Hani-Kapitän. Alles schön Sie unterschreiben dieses.«

»Warten, Hani-Kapitän! Müssen erhalten Erlaubnis zu gehen.«

Sie atmete in kurzen und gleichmäßigen Zügen, unterzeichnete dies, unterzeichnete jenes, und widmete dem

Stsho-Beamten und *gtst* flatterigen Mitarbeitern nur böse Blicke.

Endlich: »Keine weiteren Formulare?«

»Nein, Hani-Kapitän. Alles.«

»Die Besatzung«, verlangte sie zum drittenmal, und diesmal mit einem sehr, sehr breiten Lächeln.

»Schiff, Hani-Kapitän; sie schon lange freigelassen. Auch Ayhar-Clan freigelassen. Wir gehen Sie Schiff jetzt.«

»Aha«, sagte sie und schritt zur offenen Tür hinaus, begleitet von ihrer mahen Eskorte, die den Lift für sie rief.

Kein weiteres Wort wurde gewechselt. Keines wirkte passend. Pyanfar starrte auf das uninteressante Perlgrau der Lifttüren, während der Aufzugwagen seine Zickzackbahn durch die Treffpunkt-Station beschrieb.

Währenddessen hing sie ihren Gedanken nach, sehr dunklen wortlosen Gedanken, die sich um Stsho-Häute und das Genick eines bestimmten Mahes drehten, bis der Lift anhielt und die Türen aufgingen vor der kalten Luft und dem Lärm der Docks.

Pyanfar orientierte sich mit einem raschen Blick zur nächsten Registertafel, einem schwarzen, grün beleuchteten Quadrat über dem Liegeplatz 14: *Assustsi.* Sie atmete mit geweiteten Nüstern die kalte Luft mit dem Beigeschmack des Docks ein – Öl und Kühlmittel, Fracht- und Lebensmittelgerüche und die ganze übrige gemischte Ausdünstung des Treffpunktes, ähnlich und unähnlich jeder anderen Station des Paktes.

Links war der Liegeplatz der *Wachsamkeit,* Nummer 18. Ein Schiff des Ehrran-Clans. Zweifellos steckte jemand vom Stab der Delegierten mit der Nase tief in Berichten und schrieb für den *Han* alles im schlimmstmöglichen Licht auf. Nur die Götter wußten, was dieser weißhäutige Bastard in aufnahmebereite Ohren geflüstert hatte.

Oder was die Ayhar zu sagen gehabt hatten, um die eigenen Häute zu retten. Mochten die Götter herbeiführen, daß die *Wohlstand* und die Ayhar Pyanfar niemals zur Verantwortung zogen, weder finanziell noch anderweitig.

Chanurs Feinde im Rat würden sich bei erster Gelegenheit darauf stürzen.

Pyanfar setzte sich in Bewegung, sich unablässig der beiden dunklen Schatten bewußt, die hinter ihr her stolzierten; trotzdem ignorierte sie sie. Portale ragten auf und neigten sich in den gekrümmten Perspektiven des Stationsrades. Das Dock entfaltete sich dem abschirmenden Horizont folgend, während sie ihm folgte, und sie erblickte den Liegeplatz der *Stolz,* rückwärts von vierzehn bis sechs zählend.

Vor der *Stolz* hätten Container auf dem Dock stehen müssen. Sie entdeckte jedoch keine und dachte weitere dunkle Gedanken, blickte aber immer noch nicht zurück.

Sie kam an Liegeplatz 10 vorbei, wo die *Mahijiru* gelegen hatte. Der Liegeplatz war versiegelt, das Portal mit seinen Bändern in Lagerposition zurückgefahren. Die Registertafel blieb dunkel, zeigte weder Namen noch Register des abgegangenen Schiffes.

Eine Fehlfunktion. Tatsächlich.

Verschwörungen von Mahendo'sat mit Stsho – mit den Stsho, die vor jedem Wind segelten, den sie spürten. Und wo jetzt die *Mahijiru* geflohen und Goldzahn damit nicht in der Lage war, persönlich den Hals des Direktors zu brechen – hatte der vorherrschende Wind da einen Kif-Beigeschmack?

Es wurmte Pyanfar, ihr Götter, es wurmte sie, daß Stsho es gewagt hatten, auf Konfrontationskurs mit ihr zu gehen, Stsho, die sie mit einem Schwinger zerbrechen konnte. Und es nicht wagte. Das war der Kern. Die Stsho zeigten den Kif ein Gesicht, den Mahendo'sat ein anderes – und ein drittes den Hani: Als *nicht raumfahrend* hatte das Stsho-Recht die Hani noch vor einem Jahrhundert eingestuft, denn erst die Mahendo'sat hatten den Hani Schiffe gegeben (obwohl die Hani es vorzogen, sich nicht daran zu erinnern). *Eine Kultur mit künstlich beschleunigter Entwicklung.* Der Stsho-Raum, der direkt an den eigenen grenzte, war den Hani nach wie vor versperrt. Handelsgeschäfte waren nur am Treffpunkt gestattet oder in Nicht-Stsho-Raum.

Und die Hani in ihrer gutmütigen Wesensart zeigten Geduld mit diesen flatterigen Dilettanten, die schlicht alles kauften und verkauften. Jetzt drückten sie Chanur an die Wand. Eine Stsho-Tat. Die ganze Geschichte. Und weil der *Han* politisch war und obendrein kurzsichtig, und vor allem, weil sie ein Dummkopf war, daß sie etwas anderes erwartete, steckte Chanur zu Hause in Schwierigkeiten. Natürlich wußten die Stsho davon, so sicher, wie Geier von Aas wußten – und sie hatten Nachrichten erhalten, die selbst auf einem Hani-Schiff wie der *Wohlstand* unbekannt waren, und schlugen sie ihr bei erster Gelegenheit um die Ohren.

Ihr Götter, daß der *Han* die Bigotterie der Stsho nährte und als Waffe schwang ...

Eine Delegierte des Han *hat sich besorgt gezeigt ...*

Oder – eine kalte, völlig vernünftige Furcht stahl sich an der Empörung vorbei: Die Stsho hatten eigenständige Quellen und hielten alle zum besten – Goldzahn, den *Han*, sogar die Kif. Sie waren dazu fähig. Fremdenhasser durch und durch und glatt wie eingefettetes Glas. In jüngster Zeit hatten die Stsho eine neue Xenophobie, die sie beschäftigte. Sie hatten sich um die Menschheit Sorgen zu machen, mit Anliegen und Motiven, von denen weltgebundene Hani nicht die leiseste Vorstellung besaßen.

Goldzahn, zum Teufel mit dir, wieviel weiß gtst? *Wie groß ist die Bestechung? Nichts bindet einen Stsho mehr, der bereits bezahlt ist.*

Mit nichts kann man einen Stsho zu etwas überreden, was gtst *keinen Gewinn bringt.*

Pyanfar ging an den Liegeplätzen neun, acht, sieben vorbei. Sie sah keine Aktivität außerhalb der *Stolz*. Kein Zeichen von Verladearbeiten; die Frachtrampe war eingefahren, die Container fehlten. Sie hoffte, daß sie schon verladen waren. Wachsam hielt sie nach Kif auf den Docks Ausschau, ohne jedoch einen zu sehen. Die wenigen Passanten, die Geschäfte auf dem Dock zu erledigen hatten, waren überwiegend Stsho, dazu ein paar Mahendo'sat, keine Hani.

Falls sie das seltene Schauspiel eines Hani-Kapitäns bemerkten, dem zwei massige Mahendo'sat-Stationswachen folgten, so zeigten sie es nicht. Dies war schließlich der Treffpunkt, wo sich die Leute um ihre eigenen Angelegenheiten kümmerten, da sie wohl wußten, daß Probleme dazu neigten, der Blickrichtung entlangzulaufen. Ein Stück weit die nach oben gekrümmte Horizontlinie hinauf, von der nur das untere Drittel sichtbar war, war das große Schott der Marktzone immer noch geschlossen, vor die Götter wußten was für Schäden. Geld ging verloren, solange der Markt geschlossen blieb. Stündlich stieg die Rechnung.

Die Eingangsrampe der *Stolz* lag vor Pyanfar, Liegeplatz sechs. Pyanfar ignorierte ihre Eskorte, blickte nicht einmal zu ihr zurück, als sie den Taschenkom hervorholte. »Haral, ich komme hinein.«

Keine Antwort.

»Haral!« Sie ging die Rampe hinauf und gelangte in den kalten, gelb beleuchteten Eingang, hörte dabei keine Schritte hinter sich – blieb wachsam, rechnete sogar hier mit einem möglichen Hinterhalt der Kif. Einem Hinterhalt und Verrat der Stsho.

Hinter einer Biegung der Röhre traf sie auf eine geschlossene Luke. Sie hatte damit gerechnet und schaltete das Komgerät im Gang ein. »Haral! Haral, verdammt, hier ist Pyanfar! Mach auf!«

Die Luke ging sofort auf, und ein Schwall wärmerer, vertrauter Luft drang heraus. Tirun stand da, und Chur tauchte bewaffnet aus dem Unterdeck-Op-Raum weiter unten am Korridor auf. Beide hatten plasmabedeckte Narben kürzlich erlittener Wunden auf der rotbraunen Haut, und Chur hatte auch einen Plasmastreifen quer über das Leder ihrer Nase, ein schmerzhafter Schnitt.

»Oh.« Pyanfar ging durch die Schleuse. »Macht das zu! Alle an Bord?«

»Alle da, nichts Ernstes.«

Pyanfar blieb stehen und starrte Tirun lange an. »Nichts Ernstes! *Götter und Donner,* Kusine!«

Tirun fielen die Ohren herab. »Auf unserer Seite«, meinte sie.

»Hm.« Pyanfar drehte sich um und schritt zum Lift, begleitet von den beiden anderen, während das innere Schott hinter ihrem Rücken zischend wieder zuging. »Wo ist Khym?«

»*Na* Khym ist in seinem Quartier.«

»Gut.« Sie schob diese Sorge so weit wie möglich von sich. Im Lift drehte sie sich um, während die beiden anderen hereinkamen. Chur kam ihrem Griff nach dem Schalter zuvor und versteckte den Arm schnell wieder hinter dem Rücken, als sie ihn gedrückt hatte. Pyanfar funkelte sie an. »Was ist denn sonst noch nicht in Ordnung? Was *macht* Haral da oben?«

»Eine Menge Funksprüche kommen herein«, sagte Tirun. »Immer noch. Das Gerät ist verstopft.«

»Hm.« Der Lift schoß nach oben. Pyanfar starrte auf die Tür vor sich, bis sie aufging und sie auf dem Hauptdeck hinausließ. Dann ging sie zur Brücke, mit einer Kusine an jeder Seite. »Wer hat sich gemeldet?«

»Meistens Stsho«, sagte Chur. »Eine Nachricht von der *Ayhars Wohlstand.* Banny Ayhar ersucht um eine Besprechung, so bald wie möglich.«

»Und irgendwelcher mahen Unsinn«, ergänzte Tirun. »Kein Schiffscode.«

Pyanfar schenkte Tirun einen zweiten harten Blick, sah die gesenkten Ohren, die Spannung rings um die Nase. Sie schnaubte und betrat die Brücke, wo Haral aufstand, um sie zu empfangen, wo sich Hilfy vom Kom erhob – *o ihr Götter, Hilfy* –, eine Seite mit Verbänden bedeckt. Geran hatte am rechten Ohr einen Riß, der mit Plasma bedeckt war.

»Bist du in Ordnung?« fragte Haral. »Wir haben eine Nachricht von der Stsho-Zentrale ... sie sagten, du wärest unterwegs hierher.«

»Wie freundlich von ihnen. Haben sie euch Schwierigkeiten gemacht?«

»Sie haben uns damit beschäftigt, Formulare auszufüllen«, sagte Geran. »Haben uns vor etwa einer Stunde geschickt.«

»Hm.« Pyanfar setzte sich an ihren Platz vor den Kontrollen der *Stolz* und schwenkte den Sessel in seiner Vertiefung herum, um die Reihe der ernsten Gesichter zu betrachten. Hilfy, ihre Nichte, jung und im Moment weiß um die Augen. Haral und Tirun, hochgewachsen und breitschultrig, Töchter einer älteren Chanur-Kusine; Geran und Chur, drahtig und flink, Töchter von Jofan Chanur, ihre dritten Kusinen. Eine Reihe ernster Blicke. Pyanfar betrachtete zuletzt und unverwandt die Lieblingstochter ihres Bruders Kohan, Hilfy Chanur *par* Faha, die Kratzer an der wohlgestalteten Nase und an den Ohren hatte, mochten die Götter sie behüten – und Plasma auf einem Schnitt am linken Ohr. Erbin von Chanurs Handelsunternehmungen, während und wahrscheinlich auch nach Kohan Chanurs Herrschaft zu Hause. In den letzten Jahren ihrer Jugend. Schrecklich stolz. Wieder einmal wünschte Pyanfar sich schweigend, Hilfy wäre sicher zu Hause, aber sie sagte es nicht. Die Heimat war sehr, sehr weit weg, und Chanurs Interessen standen auf dem Spiel.

»Ich möchte eine Wache am Kom«, sagte sie. »Ich möchte Scanner-Alarm, wenn irgend etwas herankommt und wenn etwas diese Station verläßt. Es ist mir egal, was es ist. Ich möchte nur Bescheid wissen.«

»Aya«, sagte Haral.

»Tully ist wieder da.«

Ohren gingen hoch. Augen weiteten sich. Hilfy setzte sich.

»Gute Götter«, sagte Chur.

»Die *Mahijiru* ist hier. War hier. Goldzahn hat abgelegt und ist geflohen.« Sie mußte ihnen noch mehr erklären, zum Beispiel, wie man zu Abkommen gezwungen wurde, wie ein Dummkopf von alterndem Kapitän einen Moment lang geglaubt hatte, es gäbe wieder einen Weg hinaus aus dem, was sie Chanur eingebrockt hatte, dem Handel mit den Menschen und allem, was er bedeutete. »Er wollte uns einen Container mit einer speziellen Fracht zukommen lassen. Gebt mir nicht die Schuld ...« Sie winkte ab. »Goldzahns Einfallsreichtum, mögen die Götter uns helfen. Aber die Stsho treiben Machtspiele. Dieser Container liegt in einem roten Band beim Zoll. Ich *denke,* daß ich das geregelt habe.«

Chur und Tirun sanken dort, wo sie standen, mit zurückgelegten Ohren in ihre Sessel.

»Tut mir leid«, sagte Pyanfar gepreßt. »Tut mir *leid,* Kusinen.«

»Haben wir eine Chance?« fragte Haral und bezog sich damit auf verlorene Geschäfte. Verlorene Möglichkeiten. Eine Vielzahl von Dingen. Sie war in ihrer Loyalität zu alt, um vollständig blind zu sein. »Sind die Mahendo'sat durchgekommen?«

»Weiß nicht. Sie sind einfach abgeflogen und haben uns ihre Ware dagelassen. Es gibt noch schlimmere Nachrichten. Die Kif stecken mit drin.«

»Götter!« Geran stützte sich auf die Rückenlehne von Churs Couch. »Und die Schlägerei in der Bar ...«

»Abgekartet. Eindeutig eine abgekartete Sache.« Sie erinnerte sich ärgerlich an den Kif-Beobachter, während sie auf den Docks gewesen war. »Maximale Verwirrung. Goldzahn hat sich davongeschlichen. Unter welchen Umständen ... das wissen allein die Götter. Botschaften sind auf dem Dock hin und her gegangen wie Chi bei einer Feuerübung. Vielleicht war es ein kifischer Schaufenstereinbruch. Vielleicht auch nicht. Wahrscheinlich war es auf die Stsho gezielt. Sie stehen jetzt wirklich unter Druck.«

»Wissen die Kif von diesem Container?« fragte Tirun.

»Die götterverdammten Mahe haben die Sendung hinausgeschoben, während sie schon aus dem Dock schossen, als stünde ihr Schwanz in Brand. Was sollen die Kif schon groß vermuten? Die Götter allein wissen, wer alles bestochen wurde. Die Götter allein wissen, wie lange diese Bestechungen halten werden. – Ist Khym in Ordnung, ja?«

Einen Moment lang war es still. Haral zuckte unbehaglich die Achseln. »Ich schätze schon«, sagte sie dann.

»Hatte er irgend etwas zu sagen?«

»Nicht viel.«

»Ach.«

»Sagte, er wäre in seinem Quartier.«

»Schön.« Sie beendete dieses Thema. Sie waren alle blutsverwandt, sie und ihre Besatzung. Alle Chanur. Und für sie alle stand dasselbe auf dem Spiel, für alle außer Khym, den Mann aus dem Mahn-Clan, der seine besten Jahre und den Grund zu seiner Existenz überlebt hatte und der nirgendwo mehr hingehörte. Ihr Bruder Kohan Chanur, der zu Hause saß, verließ sich auf sie. Der Treffpunkt in Ruinen. Kif, die sich herumtrieben. Stsho, die sie in die Enge trieben. Die *Stolz* wieder tief in diese Geschichte verwickelt. Ihr Kopf war ebenso weich geworden wie ihr Herz. Überall äußerten sich Hani murmelnd in diesem Sinne. Nur ihre lang erprobte Mannschaft sagte es nicht, nicht einmal jetzt. Und Hilfy, natürlich Hilfy. Verehrung leuchtete ungetrübt aus diesen jungen Augen.

Dummes Kind, dachte Pyanfar. Und dann sagte sie zur ganzen Mannschaft: »Was ist aus unserer Fracht da draußen geworden?«

»Die Container auf dem Dock waren verschwunden, als wir zurückkehrten«, berichtete Tirun. »Wir haben bei der Station wegen des Diebstahls Anzeige erstattet. Die Container im Schiff sind in Sicherheit.«

»Die Kif sind wirklich *schnell.* Fahr die Energie hoch! Wir benutzen die Systeme der Station, halten aber unsere eigenen in Bereitschaft. Haltet die Augen offen, verstanden? Fragt mich nicht, wie lange das dauern wird! Ich will wissen, wo die ankommende Sendung steckt.«

Niemand erwähnte die Kosten oder was die Stsho vielleicht unternahmen. Niemand redete von Konzessionen, von Anlegerechten und Routen, die wiederzuerlangen schon viel zuviel gekostet hatte. Niemand erwähnte Khym, eine private Verrücktheit, die schon lange zu einer öffentlichen geworden war. Kein Blick zurück. Keine Proteste. Nur ruhige Bewegungen, mit denen sich alle an ihre Stationen begaben, das Quietschen von Sesseln, als rings um Pyanfar herum alle wieder Platz nahmen. Sie selbst warf ihren Sessel heftig herum und rief die gespeicherten Funksprüche ab.

Von einem nicht identifizierten Mahendo'sat: »Ich zurücklassen Schreibkram, zurücklassen Container selbes Stationsbüro. Gute Reise. Müssen rasch fliegen. Selbes Sie.«

Sie holte tief und bebend Luft.

Von der *Ayhars Wohlstand:* »Banafy Ayhar an Pyanfar Chanur: Wir haben etwas zu besprechen. Ich schlage vor, wir tun es im geheimen. Ich schlage vor, Sie bringen Ihre Zeugen mit auf mein Schiff. Erwarte sofortige Antwort.«

»In einer mahen Hölle!«

»Käpt'n?«

Pyanfar hielt sich davor zurück, dem Pult Gewalt anzutun. »Antwort an die Ayhar: Sagen Sie das den Kif.«

»Käpt'n ...«

»Sende das!«

Geran zog den Kopf ein und beugte sich über die Tasten. Weitere Nachrichten krochen vorbei, überwiegend stsho: ein Dutzend Klagedrohungen von seiten wütender Basarkaufleute; zwei ehrenrührige Briefe von im Hafen liegenden Stsho-Schiffen, die Chanurs geistige Gesundheit in Frage stellten; andere redeten nur unzusammenhängendes Zeug. Vier weitere Nachrichten waren anonyme Glückwünsche in mahen Pidgin, die sich zum Teil lasen, als hätten Betrunkene sie geschrieben; einer schwatzte irgendwelche religiösen mahen Slogans und bot Unterstützung an.

Von der *Wachsamkeit* kein Wort.

»Tirun«, sagte Chur hinter ihr, »habe Kontakt mit dem Zoll.« Und einen Moment später:

»Käpt'n«, meldete sich Tirun, »bin mit dem Leiter des Zolls verbunden. Behauptet, die Papiere für diese Sendung seien nicht in Ordnung.«

Pyanfar warf ihren Sessel herum. »Der Direktor hat das geklärt! Sage das gtst!«

»Der Zollchef sagt, du müßtest kommen und unterschreiben.«

»Ich habe den verdammten Wisch schon unterschrieben!«

Tirun gab das weiter, wenn auch höflicher formuliert. Sie hob die bernsteingelben Augen und zuckte mit den Ohren. »*Gtst* sagt, das wäre die Zollfreigabe gewesen. Jetzt wollen sie noch eine Verzichterklärung gegen Ansprüche des Versenders ...«

Pyanfar schaltete auf den eigenen Kom um. »Hier spricht Pyanfar Chanur. Wenn ich dorthin komme, bringe ich alle meine Leute mit, verstanden? Und Sie können *das* Ihrem Direktor erklären, Sie plattgesessener, flacharschiger Bürokrat!«

Schweigen am anderen Ende.

Sie unterbrach die Verbindung. »Tirun: ihr geht über das Dock in dieses Büro und bewacht die Container auf dem ganzen Weg.«

»Die Kif«, warf Tirun ein.

»Verdammt richtig, die Kif. Sie haben ihren Bluff bei den Stsho angebracht.«

»Zoll meldet sich wieder«, sagte Chur. »Gib es auf Fünf!« Sie gab es ein. »Nun?«

»Ich muß mich nach meinem Plan richten, Hani.«

»Sie haben uns gerade an die erste Stelle gesetzt, verstanden? Ich schicke mein eigenes Sicherheitspersonal hinüber. Ich bin schon einmal auf dieser gottverlassenen Station beraubt worden. Nicht noch einmal!«

Sie unterbrach die Verbindung, lehnte sich zurück und atmete sehr lange und auch tief aus. Sie starrte Tirun an. »Los!«

»Aye!« Tirun und Chur erhoben sich hastig und eilten zur Tür.

»Bewaffnet euch und nehmt einen Taschenkom mit!« rief Pyanfar hinter ihnen her. »Und seid, verdammt nochmal, diskret dabei!« Sie warf den Sessel nach links herum und wandte sich an Haral. »Ich möchte, daß der vordere Laderaum erwärmt und unter Druck gesetzt wird.«

»Wie lange steckt Tully schon in seinem Container?« fragte Hilfy.

Pyanfar warf einen kurzen Blick auf den Chronometer über ihr. »Sechs Stunden, schätze ich. Mindestens.«

»Wie gut ist sein Lebenserhaltungssystem?«

»Wenn man bedankt, wie Goldzahn den Rest von diesem Chaos organisiert hat ... wer weiß?« Sie drehte ihren Sessel und schaltete den Computer ein, ging die Ladelisten durch und die Masse-Berichte. »Sind die auf dem neuesten Stand?«

»Nein«, entgegnete Hilfy.

»Verdammt, Nichte, ich *brauche* diese Liste!«

»Ich bin dabei«, sagte Chur. »Scanner auf deine Nummer vier, Käpt'n.«

Pyanfar glättete angestrengt die Nase, zuckte mit den Ohren und vernahm das Klingeln der verschiedenen Ringe. Sie bedeuteten Erfahrung. Reichtum. Erfolgreiche Reisen. Sie saß da und hielt nach irgend etwas Ausschau, was Unglück bedeutete, überwachte den Stationskom, den Scanner, jeden Pulsschlag und Atemzug an Informationen, den die Zentrale des Treffpunktes ihnen gewährte. Ihre eigenen Systeme verbreiteten Lebenszeichen in Form einer Reihe bernsteingelber Lichter.

»Druck wird aufgebaut«, meldete Haral.

»Geschätzter Masseverlust auf drei, Käpt'n.«

Sie speicherte das ab. Der Computer zeigte die Revision. »Faß das zusammen, Chur! Navcomp übernimmt Hauptfünf!«

»Du hast sie.«

Navs fünf Segmente vereinigten sich im Computer und verschoben andere Programme auf verschiedene Bänke. Die Kommandobildschirme zeigten die Darstellungen des Navs.

Maing Tol. Die beste Verbindung vom Treffpunkt, der Urtur war, über Kita Point bis Maing Tol.

»Wir schaffen das nicht mit nur einem Sprung«, meinte Pyanfar schließlich. »Nicht mit der Fracht, die wir noch bekommen, auf keinen Fall.«

Schweigen ringsherum. »Aye ...«, war endlich von Haral zu hören.

Sie saß da und starrte auf die Graphiken.

»Tante«, murmelte Hilfy. Sie drehte den Sessel, hatte geweitete Augen und drückte sich den Komset ans Ohr. »Tante, es ist Geran. Sagt, der Zoll habe die Container bereits verladen und abgeschickt; sie haben auch einen Haufen mahen Sicherheitsleute dabei.«

»Gute Götter, da läuft ja mal etwas *richtig!* Wie lange noch?«

»Wie lange noch?« gab Hilfy die Frage weiter und lauschte mit zuckenden Ohren. »Sie kommen jetzt.«

»Wie steht es mit dem Druck?«

»Druck ist aufgebaut«, sagte Haral.

»Käpt'n ...« Es war Chur. »Jemand ist unten am Eingangskom ... Es ist Banny Ayhar, Käpt'n. Sie möchte mit dir sprechen.«

»Verdammt!« Pyanfar schaltete auf Schiffsrundspruch. »Ayhar, Sie verschwinden, kapiert?«

»Wer spricht da?«

»Pyanfar Chanur, mögen eure Augen verfaulen! Verschwindet von meinem Dock! Eine dringende Sache ist unterwegs.«

»Was für eine dringende Sache? Chanur, ich bin nicht in Stimmung für weitere Komplotte! Hören Sie mich, Chanur ...«

»Ich habe keine Zeit dafür.« Pyanfar wirbelte den Sessel herum und stand auf. »Haral, halte dich bereit, die Frachtluken zu öffnen! Und sag Ayhar, sie soll aus dem Weg gehen. Hilfy, Chur, ihr kommt mit!«

Sie folgten ihr fast im Laufschritt den Korridor hinab zum Lift nach unten. Pyanfar schlug auf den Schalter.

Der Kom meldete sich knackend aus der Tafel über den Liftkontrollen, als der Wagen gerade anruckte. »Käpt'n.« Harals Stimme. »Geran ist dran. Sie haben es da draußen jetzt mit Kif zu tun.«

Pyanfar steckte eine Kralle in den Schlitz, bevor der Wagen Gelegenheit fand, die nächste Etage hinter sich zu bringen, und hielt ihn genau dort an, auf einer Höhe mit der Luftschleuse. »Hilfy!« rief sie im Hinausgehen, bevor Hilfy eine Chance hatte, ihr und Chur zu folgen. »Fahr weiter nach unten und öffne die Ladeluke!«

»Tante ...« Ein jugendlicher Protest mit erhobenen Händen, bevor die Tür zwischen ihnen zuging.

Sie liefen, so schnell sie nur konnten, Pyanfar und Chur, blieben nur am Waffenschrank und an der Kom-Tafel im Gang stehen.

»Mach die Luke auf!« schrie Pyanfar Haral zu und eilte zur Schleuse.

DRITTES KAPITEL

Sie liefen in den Gang, der nach draußen führte, und prallten hinter der Biegung frontal auf Hani, die von draußen heraufkamen, einen breit gebauten, narbigen Hani-Kapitän, flankiert von zwei hohen Besatzungsangehörigen.

Pyanfar wich dem Zusammenstoß aus.

»Zur Hölle mit euch ...«, schrie Banny Ayhar gellend. Chur fluchte. Ein dumpfer Aufprall war zu hören.

»Zur Hölle mit Ihnen!« schrie Pyanfar zurück und warf sich empört herum, als sich auch die ins Stolpern geratene Chur wieder fing und an ihrer Seite herumwirbelte. »Ich habe Ihnen gesagt, Sie sollten von meinem Dock verschwinden!«

»Was braucht es, um Chanur wieder zur Vernunft zu bringen?« brüllte Banny Ayhar. »Was bringt euch zum Halten, heh? Hören Sie mir zu, *Ker* Pyanfar! Ich lasse mich nicht länger hinhalten ...«

»*Kif* sind hinter meiner Besatzung her, verflucht nochmal! Begreift ihr denn nicht?«

»*Chanur!*«

Aber Pyanfar packte Chur und rannte weiter, begleitet vom dumpfen Trommeln rennender Ayhar auf ihren Fersen, wenigstens bis sie den Ausgang zu der nach unten führenden Rampe erreichten.

»*Cha-nur!*« brüllte Banny Ayhar hinter ihr her, daß es auf den Docks widerhallte; Pyanfar blieb jedoch nicht stehen, lief die Rampe hinunter, vorbei an der stehengebliebenen Laderampe und dem Portal, an dem das Geflecht von Leitungen hing, das die *Stolz* mit der Station verband.

»*Chanur!*« Weit hinter ihnen.

Seltsamerweise herrschte kein Verkehr auf dem kalten, Echos erzeugenden Dock, und diese Stille war an sich schon eine Warnung. Sogar von ihrer jetzigen Position aus konnten sie die Schwierigkeiten schon sehen, hinter einem großen Containerlader, der sich langsam und knirschend seinen Weg an Schiffseingängen vorbei suchte, jetzt noch vier Liegeplätze weit entfernt.

Eine merkwürdige Gesellschaft begleitete ihn – ein halbes Dutzend Mahendo'sat im Schwarz der Stationswache schritten neben ihm her. Zwei rot bepelzte Hani in blaßblauen Kniehosen fuhren auf der Ladefläche mit, auf dem die hohen weißen Container standen. Ein Dutzend schwarzgewandete Kif schritten in einem engen Knäuel hinterher. Und falls irgendein Stsho-Zollbeamter überhaupt noch beteiligt war, so hatte er sich entweder in der Kabine verschanzt oder anderswo in Sicherheit gebracht.

»Komm!« sagte Pyanfar zu Chur – die sie gar nicht zu ermutigen brauchte. Chur blieb an ihrer Seite, während sie die Strecke in bedächtigem Trab zurücklegten, nicht darauf aus, Streit zu provozieren, aber doch bereit, ihm zu begegnen. Pyanfar ließ die Hand in ihrer geräumigen Tasche stecken, um den Kolben der Pistole geklammert, die sie ruhig und außer Sicht zu halten versuchte. Ihre Augen waren unablässig auf das Knäuel Kif gerichtet und achteten wachsam darauf, ob nicht irgendeine Kif-Gestalt aus einem Hinterhalt hervor auftauchte, irgendwo aus dem Irrgarten von Portalen und Dockskram zur Rechten oder aus den Bürotüren zur Linken.

»Hai!« rief sie überaus herzlich, als sie nur noch einen Liegeplatz weit entfernt waren. »Hai, ihr Kif-Bastarde, es wurde aber auch Zeit, daß ihr zum Vorschein kamt und guten Tag sagt!«

Die Kif hatten sie ihrerseits kommen sehen. Sie verstreuten sich sofort rings um den fahrenden Transporter, so daß einige durch ihn abgeschirmt wurden. Aber von der breiten Ladefläche des Transporters, zwischen den vier großen Containern hervor, sprangen mehrere mahen Wachen herab und bauten sich im Rücken dieser Kif auf.

»Schön, euch zu sehen«, spottete Pyanfar, nachdem sie in ausreichender Entfernung stehengeblieben war. Die Kif-

Gesichter musterten sie äußerst unfreundlich. »Ich habe mir schon Sorgen gemacht. Ich dachte, ihr hättet mich vergessen.«

»Dummkopf!« zischte einer.

Sie grinste, die Hand nach wie vor in der Tasche, die Ohren aufgerichtet, und mit den Augen registrierte sie sämtliche Kif. Zwei huschten hinter den fahrenden Transporter, und sie verschob ihre Position, um sie weiterhin sehen zu können. Sie nahm ihren Geruch war. Dieser Geruch wie von trockenem Papier beleidigte Pyanfars Nase mit alten Erinnerungen. Die Gesichter mit den langen Schnauzen starrten über den Kapuzen ihrer Roben hervor; diese dunkelgraue, haarlose, papiertrockene Haut mit ihren Runzeln, die dunklen rotumrandeten Augen ... Sie vermittelten Pyanfar das Gefühl, als ob ihr die Haare auf dem Nacken zu Berge stünden. »Tut doch etwas!« forderte sie sie auf. »Ihr Fußlekker, ihr Gesindel. Mickerige Diebe. Hat Akkukkakk euch hinausgeworfen? Oder treibt er sich heute irgendwo anders herum?«

Kifische Gesichter waren schwer zu lesen. Falls dieser Hinweis auf einen verschwundenen Anführer überhaupt durchdrang, so zeigten sie nichts. Nur ein von der Kapuze beschattetes Gesicht wurde gehoben, wobei die schwarze Schnauze zuckte, und starrte Pyanfar mit einer Direktheit an, die so ganz anders war als das übliche verstohlene Ausweichen der Kif. »Er ist kein Faktor mehr«, sagte dieser Kif, während der Transporter unter seiner Containerladung vorbeiächzte und vier weitere Kif offenbarte, die ihnen jetzt gegenüberstanden.

Weitere weiche Aufschläge ertönten neben Pyanfar auf dem Boden. Im Augenwinkel erkannte sie einen verschwommenen rotgoldenen Fleck. Tirun und Geran waren am Heck des Transporters von der Ladefläche gesprungen und bauten sich links neben Pyanfar auf, während Chur ihre rechte Seite deckte.

»Geht zurück!« sagte Pyanfar, ohne daß sie sich zu ihren beiden Verstärkungen umsah. »Begleitet den Transporter!

Hilfy ist im Unterdeck-Op-Raum. Schafft die Ladung ins Schiff!« Die mahen Stationswachen hatten wachsam bessere Positionen eingenommen, mehrere dunkle Schatten an der Peripherie von Pyanfars Gesichtskreis, nur zwei von ihnen noch ihr gegenüber und hinter den Kif.

»Sie tragen Waffen«, stellte der vorderste Kif fest, keineswegs in dem Pidgin, das auch die klügsten Mahendo'sat gebrauchten. Dieser Kif sprach fließend Hani, sprach sogar mit Nuancen – *›unehrenhafte, versteckte Waffen‹* bedeutete das Wort, das er verwendet hatte. »Sie haben Schwierigkeiten aller Art, wie wir wissen, Pyanfar Chanur. Wir wissen, was Sie da transportieren. Wir wissen, woher es kommt. Wir verstehen Ihre delikate Situation daheim, und wir wissen, daß Sie jetzt etwas besitzen, was uns interessiert. Wir machen Ihnen ein Angebot. Ich bin sehr reich. Ich könnte Ihnen ... Lossprechung von Ihren früheren Fehleinschätzungen erkaufen. Wollen Sie Ihr Schiff riskieren? Denn ich sage Ihnen, daß Ihr Schiff auf dem Spiel stehen wird – eines Mahendo'sat willen, der auf jeden Fall verloren ist.«

Pyanfar hörte, wie sich der Transporter brummend von der Arena entfernte und den Bereich unmittelbarer Gefahr verließ. Chur war an ihrer Seite geblieben, ebenso die sechs Mahendo'sat-Stationswachen. »Wie lautet Ihr Name, Kif?«

»Sikkukkut-an'nikktukktin. Für neugierige Hani Sikkukkut. Sie sehen, ich habe Sie studiert.«

»Da wette ich.«

»Das öffentliche Dock ist nicht der richtige Ort für delikate Geschäfte. Und ich möchte Ihnen einige besondere Angebote machen.«

»Natürlich.«

»*Profitable* Angebote. Ich möchte Sie auf mein Schiff einladen. Nehmen Sie an?«

»Kaum.«

»Dann sollte ich auf Ihres kommen.« Der Kif Sikkukkut breitete unter seinem Mantel die Arme aus. Der schwarzgraue Stoff bauschte sich und zeigte einen goldenen Schimmer. »Natürlich unbewaffnet.«

»Tut mir leid. Keine Einladung.«

Der Kif senkte die Arme. Rotgerandete Augen musterten Pyanfar nachdenklich glitzernd. »Sie sind unhöflich.«

»Wählerisch.«

Die lange graue Schnauze zeigte v-förmige Runzeln über den geschlitzten Nasenlöchern, eine sich langsam bildende Kette, wie bei einem schwachen, unangenehmen Geruch. »Angst vor Zeugen?«

»Nein – nur wählerisch.«

»Höchst unklug, Pyanfar Chanur. Sie verlieren das, was Sie retten könnte ... hier und zu Hause. Ein Hani-Schiff ist hier bereits Zeuge geworden – Zeuge kompromittierender Vorfälle. Soll ich eine Vermutung riskieren, was aus Kohan Chanur werden wird, aus ganz Canur, das ohnehin schon gefährdet ist, wenn der *Stolz* irgend etwas widerfahren sollte? Kohan Chanur wird umkommen. Sein Name wird ausgelöscht werden, seine Güter aufgeteilt, die Schiffe zurückgerufen für diejenigen, die dann von den Chanur-Gütern Besitz ergreifen werden. Oh, Sie waren unklug, *Ker* Pyanfar. Das wissen alle. Diese jüngste Affäre wird Sie vernichten. Und wem haben Sie es dann zu verdanken, wenn nicht den Mahendo'sat, den Manövern und Machenschaften, bei denen man die Hani nicht wichtig genug erachtet, um sie zu konsultieren?«

Das Winseln des Transporters war jetzt weit entfernt. Pyanfar hörte ein anderes Geräusch, das hohle Geräusch entweichenden Dampfes, als die Ladeluke aufging, dazu das Winseln einer Förderanlage, die in Position fuhr und dann einkuppelte; altvertraute Geräusche: sie erkannte jedes Tikken und Klirren als das, was es war. »Was für Manöver machen denn die Kif?« fragte sie den grauen Dieb. »Was für Machenschaften – die *mich* interessieren würden, frage ich mich.«

»Mehr, als eine Diskussion hier vertragen, *Ker* Pyanfar, aber Dinge, an denen eine Hani in solcher Gefahr wie Sie sicher interessiert ist. An denen Sie vielleicht ... *sehr* interessiert sind, sobald die Nachrichten vom Treffpunkt zum *Han* gelangen. Wie es sicher geschieht. Denken Sie dann an mich! Unter Kif – bin ich jemand, der Ihnen geneigt sein könnte, anstatt Ihr Feind zu sein. Sikkukkut von der *Harukk* zu Ihren Diensten.«

»Sie haben uns das angehängt, Sie Bastard!«

Die lange Schnauze zuckte und zeigte dann tiefe Runzeln in der papierähnlichen grauen Haut. Vielleicht lächelten Kif so. Dieser Kif steckte eine Hand unter dem Gewand hervor, und Pyanfar trat einen Schritt zurück und hob sofort die Pistole in ihrer Tasche in Schußposition.

Der Kif reichte ihr mit der grauen, knorrigen Klaue ein Stück Gold. Sie starrte es an, den Finger fest am Abzug.

»Eine Nachricht«, sagte der Kif, »für Ihre ... Fracht. Geben Sie sie ihm.«

»Wahrscheinlich hängt eine Seuche daran.«

»Ich versichere Ihnen, nein. Ich halte es ja, sehen Sie?«

»Etwas Hani-spezifisches, da bin ich sicher!«

»Es wäre ein Fehler, nicht zu erfahren, was dies hier ist. Vertrauen Sie mir, *Ker* Pyanfar!«

Es war gefährlich, einem Kif in irgendeiner Laune einen Strich durch die Rechnung zu machen. Sie sah, daß Sikkukkut vergrämt war, während er ihr mit elegantem Schwung aus dem Handgelenk das Objekt hinhielt – einen kleinen goldenen Ring.

Sie packte ihn, umklammerte den Reif mit den Krallen.

»Mißtrauisch«, stellte Sikkukkut fest.

Pyanfar wich einen Schritt zurück. »Chur«, sagte sie und hörte mit einem zurückgelegten Ohr das leise Geräusch, als auch Chur sich zurückzog.

Sikkukkut hob die dünnen, rußgrauen Handflächen zum Zeichen, daß er nicht an einen Kampf dachte. Er senkte die lange Schnauze. Die rotgeränderten Augen betrachteten Pyanfar mit tanzendem Feuer.

»Ich sehe Sie wieder«, sagte Sikkukkut. »Ich werde geduldig mit Ihnen sein, Hani-Dummkopf, in der Hoffnung, daß Sie nicht für immer ein Dummkopf bleiben.«

Sie ging rückwärts, bis alle Mahendo'sat zwischen ihr und

den Kif standen, Chur weiterhin eng an ihrer Seite. »Wenden Sie ihnen nicht den Rücken zu!« empfahl sie den Mahendo'sat.

»Haben Befehl«, sagte der leitende Mahe. »Sie gehen Schiff, Hani! Dieses feine Kif, sie gehen andere Weg.«

»Da stecken illegale Waffen«, sagte ein anderer Kif in kältestem Tonfall. »Fragen Sie diese Hani!«

»Unsere legal«, entgegnete der Mahe spitz, der vielleicht von seiten dieses Kif zu viele Anspielungen auf Verwicklungen der Mahendo'sat gehört hatte. Die Mahendo'sat standen felsenfest. Pyanfar drehte sich um, ergriff diese Chance, die sie ihr boten, sammelte eilig Chur ein und ging über das Dock, spürte jedoch die ganze Zeit ein Zucken zwischen den Schulterblättern.

»Sie sind weg«, sagte Chur, die einen raschen Blick über die Schulter wagte. »Zur Hölle mit ihnen!«

»Komm!« Pyanfar setzte sich in Trab, ohne jedoch richtig zu laufen, und erreichte den Liegeplatz der *Stolz*, der erfüllt war vom heulenden Lärm der Ladevorrichtung. Der Lader-Kran hatte angehalten und hielt einen Container mitten in der Luft, während drei Hani in einer wütenden Auseinandersetzung mit Pyanfars Mannschaft neben der Maschine schrien und winkten.

»Ayhar!« wetterte Pyanfar. »Zur Hölle mit euch, *hinaus!*« Sie stürmte mitten dazwischen und schubste heftig, und Banny Ayhar wich mit geweiteten Augen zurück, einen fassungslosen Ausdruck in ihrem breiten, narbigen Gesicht.

»Sie ohrenloser Bastard!« brüllte Ayhar. »Sie legen keine Hand an mich!«

Pyanfar wußte, was sie getan hatte. Sie stand da, während sich der Kran mit seiner Ladung in gleichbleibender Position heulend entfernte, Tirun und Geran und Chur neben ihr aufgestellt, wie die beiden Ayhar-Mannschaftsleute ihren Kapitän flankierten. Gedanken überschlugen sich in Pyanfars Bewußtsein, Gedanken an den *Han*, an Bündnisse, an Einflüsse, die zum Tragen kamen.

»Entschuldigung.« Sie erstickte fast daran. »Entschuldi-

5·85·2

gung, Ayhar. Und verschwinden Sie von meinem Dock, verstanden?«

»Sie haben doch etwas vor, Pyanfar Chanur! Sie haben bestimmt Ihre Nase darin – in Verschwörungen mit den Mahendo'sat, die Götter allein wissen, was eigentlich. Ich sage Ihnen, Chanur, Ayhar wird sich das nicht gefallen lassen. Wissen Sie, was uns das kostet? Wissen Sie, was Ihr letzter verrückter Raubzug uns gekostet hat – während Schiffe des *Han* nicht am Treffpunkt anlegen durften, während unsere Docks auf Gaohn zusammengeschossen wurden, und die Götter gefiedert sein müßten, wenn die mahen Entschädigung die Kosten wirklich deckte ...«

»Ich treffe Sie auf Anuurn. Wir sprechen darüber, Banny, bei einem oder zwei Bechern.«

»Einem oder zwei Bechern! Liebe Götter, Chanur!«

»Geran, Tirun, setzt diese Container in Bewegung!«

»Wenden Sie mir nicht den Rücken zu!«

»Ayhar, ich habe jetzt keine Zeit!«

»Wozu die Eile?« Eine neue Hani-Stimme, eine seidige Stimme, an ihrer Seite. Pyanfar rechnete mit einer Unverschämtheit von seiten der Ayhar-Mannschaft, und wandte sich um, den Mund zu einem Fluch geöffnet.

Ein weiterer Kapitän stand dort, die rotgoldene Mähne und der Bart in eleganten, gekräuselten Büscheln; ein goldenes Armband; ein goldener Gürtel; eine Kniehose aus schwarzer Seide, ohne Auflockerung durch irgendwelche Bänder.

Die Farbe eines immunen Clans. Eine Beamte des *Han*.

»Rhif Ehrran«, stellte sich die Fremde vor, »Kapitän der *Ehrrans Wachsamkeit*. Was haben Sie für Probleme, Chanur?«

Pyanfars Herz schlug langsam und schmerzhaft. Blut stieg ihr in die Ohren und sank wieder zum Herzen herab. »Eine private Angelegenheit«, sagte sie mit ruhiger und beherrschter Stimme. »Entschuldigen Sie mich, Kapitän. Ich habe einen internen Notfall.«

»Ich bin wegen einer anderen Sache im Hafen«, sagte die Vertreterin des *Han*. »Aber Sie haben sie fast in den Schatten gestellt, *Ker* Chanur. Macht es Ihnen etwas aus, mir zu sagen, was hier vorgeht?«

Sie konnte jetzt alles den Ehrran übergeben, konnte jetzt die ganze Geschichte der Vertreterin des *Han* im Hafen zuschieben.

Ihr Tully übergeben. Dieser Frau. Jung, bei den Göttern, wirklich jung, die Ohren noch ohne Schnitte, ausgestattet mit einem halben Dutzend Ringen. Und kalt, wie sie immer auftraten, die gottverdammten wandelnden Aufzeichner aus einem der Clans des öffentlichen Dienstes, immun gegen Herausforderungen und theoretisch unparteiisch.

»Ich bin auf dem Weg nach Hause«, sagte Pyanfar. »Ich kümmere mich schon darum.«

Ehrrans Nasenlöcher weiteten und verengten sich. »Was haben Ihnen die Kif gegeben, Chanur?«

Ein kalter Hauch streifte Pyanfars Rücken. Von ferne hörte sie, wie sich der Kran heulend entfernte und den ersten Container ins Schiff hob. »Hatte einen Ring bei der Schlägerei verloren«, sagte sie. »Die Kif gaben ihn mir zurück.« Die Lüge erfüllte sie mit Abscheu. Dasselbe tat jedoch die Furcht, die die Ehrran erweckte, absichtlich erweckte. »Beschäftigt sich der *Han* damit? Mit Untersuchungen? Dem Einsammeln fauler Eier?«

Das traf. Ehrrans Ohren kippten zurück, dann wieder nach vorn. »Sie haben Ihr privates Territorium verlassen, Chanur. Bringen Sie dieses Chaos wieder in Ordnung! Falls es zu einem Nachspiel mit den Stsho kommt, werde *ich* mich einschalten, verstanden?«

»Klar.« Das Atmen fiel ihr schwer. »Haben Sie etwas dagegen, wenn ich mich jetzt um meine Geschäfte kümmere, Kapitän?«

»Wissen Sie«, sagte Ehrran, »Sie stecken tief drin. Hören Sie auf mich! Setzen Sie Ihren Passagier ab, sobald Sie wieder auf Anuurn sind!«

Pyanfar blieb beinahe das Herz stehen, während Ehrran sich umdrehte und wegging; aber es war *Khym,* den sie gemeint hatte, wie Pyanfar einen halben Atemzug später erkannte. Sie erstickte fast vor Empörung. Sie funkelte Banny Ayhar an, funkelte sie einfach nur an, ein Tadel, wie er jemandem gebührte, der Leute wie die Ehrran in einen privaten Streit hereinzog.

»Ich habe sie nicht gerufen«, behauptete Ayhar.

»In einer mahen Hölle.«

»Mit Ihnen kann ich nicht vernünftig reden«, sagte Ayhar, warf die Hände hoch und schritt davon. Sie blieb noch einmal stehen, um einen Blick und ein Wort zurückzuwerfen. »Zeit, daß Sie da aussteigen, Pyanfar Chanur! Zeit, es weiterzugeben, bevor Sie Ihren Bruder für immer ruinieren.«

Pyanfar fiel der Unterkiefer herab. Sie war so aus der Bahn geworfen, daß sie die Ayhar nur anstarrte, als diese sich ein zweites Mal auf den Fersen herumwarf und mit ihren beiden Mannschaftsleuten das Dock hinabmarschierte; und dann war es zu spät, um noch etwas zu sagen, außer es kraftlos hinter einem sich entfernenden Ayhar-Rücken herzuschreien.

Der erste Container rumpelte die Frachtrampe hinauf in seine Halterung; Tirun und Geran rissen den störrischen Lader mit fachmännischer Schnelligkeit herum, hoben die Halteschlaufe und hakten den Container an die fahrenden Ratschen, die in den aktinisch beleuchteten Frachtraum der *Stolz* liefen. Der Container fuhr die Rampe hinauf, während Chur neben der Kranführerin des Laders stand und die gekränkte Mahe laut zur Eile antrieb.

»Chur!« schrie Pyanfar, die schon zur Rampe und dem dahinterliegenden Schlauch unterwegs war. Chur hörte auf und eilte hinterher, überließ die Docksleute ihren Aufgaben. Pyanfar trabte die Rampe der *Stolz* entlang und hatte Seitenstechen, als Chur sie am Eingang einholte.

Eine Vertreterin des *Han* in dieser Sache.

Eine Chance, Tully loszuwerden, ihn dieser Vertreterin zu übergeben, und sie hatte es abgelehnt!

O Götter!

Sie durchquerten die Schleuse, brachten den kurzen Korridor hinter sich und betraten den Lift. Die Tür fuhr zischend zu, als Pyanfar die Kontrolltasten bediente, um den Wagen nach unten in Bewegung zu setzen, vom Rand des Fahrgastringes der *Stolz* nach außen.

»Angekommen?« Harals Stimme erreichte sie über Kom.

»Das wissen die Götter«, sagte Pyanfar zu der ausdruckslosen Kom-Tafel, zwang sich zur Ruhe. »Behalte diese Kif da hinten im Auge, hörst du?«

»Sieht aus, als hätte sich die Gruppe dort endgültig aufgelöst.«

»Ach.« Ein kleiner Glücksfall. Sie glaubte nicht einmal mehr daran.

»Aye«, stimmte Haral zu und unterbrach klickend die Verbindung. Der Lift rammte an die Unterseite des Rotationsringes und fuhr dann mit einem plötzlichen Ruck nach achtern zu den Laderäumen.

»Weißt du, welcher Container es ist?« keuchte neben ihr Chur, die sich am Geländer festhielt.

»Götter, nein! Meinst du, Goldzahn hätte das verdammte Ding mit einem Etikett versehen? Nein, er konnte nicht die kleinen Container benutzen, konnte ihn auch nicht direkt an uns adressieren. Mußte den Stsho vertrauen. Götterverdammter mahen Verrückter!«

Der Lift beschleunigte voll, kam ruckelnd zu einem zweiten Halt und öffnete die Tür vor einer mit Scheinwerfern ausgeleuchteten leeren Höhle mit Gleisen unterhalb der Bedienungsplattform, auf der sie nun standen. Ihr Atem gefror sofort. Die Feuchtigkeit in der erst kürzlich in den Laderaum gepumpten Luft bildete einen dünnen Reif auf allen wartenden Containern und den Geräten. Die Kälte der Decksplatten verbrannte die nackten Füße. Die böigen Windstöße des Ventilationssystems brachten ungeschützter Hani-Haut und Nasenschleimhäuten keine merkliche Erleichterung.

»Hilfy?« rief Pyanfar und stützte sich auf das Sicherheitsgeländer, um hinunter in die Dunkelheit zu blicken. *Hilfy-Hilfy-Hilfy* kam das Echo zurück, wie die Stimme eines Riesen.

»Tante!« Eine Gestalt in einem gepolsterten Kälteanzug kauerte tief unter dem Bedienungsgerüst, ein weißer

Schimmer im Schatten des ersten Containers, der eben seine Halterung am Ende des Laderaums erreichte. »Tante, ich kann diesen verdammten Deckel nicht abbekommen! Er ist gesichert!«

»Mögen die Götter diesen Bastard rösten!« Pyanfar ignorierte den Schrank mit den Kälteanzügen und lief mit dumpfen Schritten die Stufen hinunter, barfüßig und mit nackter Brust. Die Luft brannte ihr in den Lungen und fror ihre Rippen ein. Hinter sich hörte sie ein Geräusch, das Klappern der Schranktür. *»Besorge die Anzüge!«* rief sie Chur zu, und ihr Atem hing weiß im Flutlichtschein.

Ein weiterer Container kam mit einem Zischen unter Druck gehaltener Luft hereingefahren und landete mit einem hallenden Aufschlag in seiner Halterung, als Pyanfar neben den Containergeleisen herunterkam, die in der sie umgebenden Dunkelheit zinnfarben leuchteten. Der ankommende Container rumpelte wie ein weißes Plastikmonster vorbei und landete dröhnend in der Halterung. Hilfy hastete an seine Seite und zerrte an dem Hebel, der seinen Deckel sicherte. Die Skalen, die den Innenzustand anzeigten, leuchteten hell und gleichmäßig auf dem Deckel.

»Auch verschlossen«, sagte Hilfy verzweifelt und stand auf. Ihre Stimme drang nur gedämpft durch die Kältemaske und wurde dann noch übertönt durch das Krachen eines weiteren eintreffenden Containers, der die Außenrampe hinauffuhr. »Hat dieser Goldzahn uns irgendeinen Schlüsselkode gegeben?«

»Das wissen die Götter. Die Stsho haben ihn vielleicht.« Pyanfar zitterte krampfhaft. Chur kam mit Kälteanzügen und Masken herbeigeeilt und drückte ihr ein Set in die tauben Hände. Pyanfar starrte abwesend auf den dritten Container, der hereinkam, ignorierte den Kälteanzug und dachte an Stsho-Verrat, während der Container von der Hydraulik herangeführt wurde und mit einem Ruck in der dritten Halterung landete. Sie drängte Hilfy, die seinen Deckel überprüfen wollte, mit der Schulter zur Seite und versuchte es selbst. Auch verschlossen.

»Götterverdammtes Pech«, sagte Pyanfar und stand wieder auf. Sie schob die Kältemaske mit den Schlitzöffnungen an Ort und Stelle, mit Fingern, die sich weigerten, ihre Krallen auszufahren. Pyanfars Fußballen brannten auf den Decksplatten. Sie starrte hilflos zu Chur, die die eigene Maske aufgesetzt hatte und ihr jetzt den Kälteanzug hinhielt, den sie fallengelassen hatte. »Es muß eben der letzte sein, das ist alles.«

»Was, wenn es einen Schlüssel *gibt?*« fragte Hilfy. Ihre Zähne klapperten trotz des Kälteanzuges so heftig, daß sie fast abbrachen. »Und die Stsho ihn haben?«

»Nummer vier kommt!« rief Chur durch den zunehmenden Maschinenlärm, und der vierte Container kam herein und rumpelte über das Gleis auf sie zu. Sie hasteten ihm entgegen. Chur erreichte ihn als erste, kauerte sich vor ihn hin und zog fruchtlos am Deckel. »Auch verschlossen.«

»Götter und Donner!« Pyanfar riß die Pistole aus der Tasche und feuerte an Chur vorbei auf den Verschlußmechanismus des Deckels, schritt dann die Reihe hinab und feuerte auch auf die anderen drei. Die Wartungslampen an den Deckeln gingen aus. Der Rauch von verbranntem Plastik kräuselte sich in das aktinische Licht empor und vermischte sich grau mit ihrem Atem. »Nehmt Schweißbrenner, wenn es sein muß! Runter mit den Deckeln!«

»Er gibt nach!« rief Chur, die an dem qualmenden Deckel zerrte, und Hilfy stürzte hinzu, um ihr zu helfen, vorbei an Pyanfar, die selbst mit ihren tauben Füßen versuchte, zu dem Container zu eilen.

Es war Fisch, ein Flut getrockneter Fische, deren Gestank in die tiefgekühlte Luft aufstieg. Im nächsten lag Trockenobst. Im dritten ...

»Der ist es«, sagte Chur, die sich mit den Krallen durch stinkende warme *Shishu*-Früchte wühlte, denn ein zweiter weißer Deckel zeigte sich unter dem herausströmenden Inhalt. Auf den Knien liegend packte sie den Hebel und zwang ihn nach unten, zerrte mit aller Kraft an dem Deckel und taumelte rückwärts, als er aufging.

Eine Gestalt ähnlich einem Insekt in seinem Kokon hob ein bleiches, mit einer Atemmaske bedecktes Gesicht inmitten einer Dampfwolke, als die Innenluft sich mit der Außenluft vermischte. Mit einem erstickten Schrei wand sich Tully heraus, und der Gestank von Wärme und menschlichem Schweiß, der den des Fisches und Obstes fast übertraf, gefror. Chur, die danebenkniete, half Tully, packte seine von einem weißen Hemd bedeckten Schultern und zog an ihm, bis er freikam, mitten in einem Sturzbach von Früchten und einer Wolke aus Atem und Dampf von seinem überhitzten Körper.

Er schnappte nach Luft und kämpfte sich mit wildem Blick auf die Beine, wobei er mit den Händen umherdrosch.

»Tully«, sagte Pyanfar – er ist von den Lampen geblendet, dachte sie; er sah halb erstickt aus in der Hitze, die in seinem engen Abteil geherrscht hatte. »Tully, wir sind es, wir sind es, um der Götter willen!«

»Pyanfar!« rief er und warf sich in ihre Arme. »Pyanfar!« Er verlor den Atemzylinder und die Schläuche und stolperte durch das stinkende Obst, zwischen dem er aus dem Container gerutscht war. Er drückte seinen dampfenden Körper an sie, und sein Herz klopfte so heftig, daß sie es durch seine Rippen spürte.

»Ruhig«, sagte sie. Jägerinstinkte. Ihr Herz versuchte, in Synchronisation mit seinem zu schlagen. »Sachte, Tully!« Sie hielt die Ohren jedoch aufrecht, löste sich dann vorsichtig aus seinen bebenden Armen und schob ihn weg. Seine Augen blickten wild vor Angst. »Du sicher. Verstehst du? Sicher, Tully. Auf der *Stolz.*«

Er schwatzte etwas in seiner eigenen Sprache. Wasser strömte aus seinen Augen und gefror auf dem Gesicht. »Habe ...«, sagte er, »habe ...« Und er tauchte wieder in den Container, wühlte sich durch das Gewirr des abgelegten Atemgerätes und der zertrampelten Früchte und erhob sich dann wieder schwankend, ein großes Päckchen in den Händen. Er hielt es ihr hin und zitterte, als sie es ihm aus der Hand nahm.

5·85·2

»Goldzahn«, sagte er, und dann fügte er noch etwas hinzu, was jedoch nicht an seinen klappernden Zähnen vorbeikam.

»Er wird erfrieren«, sagte Chur und warf ihm einen der beiden Kälteanzüge über die dünn bekleideten, haarlosen Schultern.

Und vielleicht erkannte er erst jetzt die anderen, denn er rief »Chur!« und taumelte einen Schritt weit auf sie zu und legte die Arme um sie. Er zitterte sichtlich, während die Kälte ihm den Rest seiner Wärme raubte. »Hilfy!« Als Hilfy sich die Maske abnahm, streckte er die Hände auch nach ihr aus.

Aber die Beine gaben unter ihm nach, und er fiel fast hin, bevor Hilfy und Chur ihn festhalten konnten. »Hil-fy!« sagte er töricht, während er auf dem brennend kalten Deck saß, von Hilfys Armen umfaßt.

»Bringt ihn nach oben!« fauchte Pyanfar die beiden an. »Bringt ihn zum Lift, um der Götter willen!« Sie scheuchte sie in diese Richtung, während sie selbst das Päckchen in einer Hand hielt, denn die Füße gefroren ihr, und Tullys feuchte Kleider verhärteten sich. Er hatte Rauhreif im Haar.

Er machte Anstalten zu gehen, als sie ihn hochgehoben hatten. Er hing an ihnen auf dem langen Weg entlang der Gleise bis zu der Treppe, die zur Plattform hinaufführte. Auf dem mühsamen Weg die Treppe hinauf stützten sie ihn von beiden Seiten, und Pyanfar schob von hinten. Oben angelangt zögerte er, erholte sich aber wieder, als sie ihn erneut stützten, seine Arme auf ihren Schultern.

»Wartet eben.« Pyanfar ging zum Lift und drückte auf den Knopf, hielt dann die Tür auf vor dem Schwall scheinbarer Hitze und dem gleißenden Licht, während Hilfy und Chur Tully zwischen sich hereinzerrten und ihn aufrecht hielten. Stumpfer weißer Reif bildete sich an den Liftwänden.

»Papier«, murmelte Tully und hob den Kopf.

»Habe ich.« Pyanfar schloß die Tür hinter sich, und der

Wagen brauste los. Chur und Hilfy hielten Tully fest zwischen sich, als der Wagen die vordere Grenze erreichte und dann nach oben fuhr.

»Bringt ihn in die Krankenstation«, sagte Pyanfar. »Macht es ihm warm, und um der Götter willen, wascht ihn!«

Das veranlaßte Tully, den Kopf zu heben. Seine schöne goldene Mähne war naß vor dem schmelzenden Reif und klebte an der nackten Haut rings um die Augen. Er stank entsetzlich nach Fisch und Obst und verängstigtem Mensch. »Freund«, sagte er. Es war sein bestes Wort. Er bot es ihr dar, dieses Wort und diesen verängstigten Blick. Bekümmert streckte Pyanfar die Hand aus und tätschelte seine Schulter, hatte die Krallen dabei ganz eingezogen.

»Sicher, Freund.«

Götter, daß er sich ihrer nicht sicher war! Und so weit gereist war nur aus Hoffnung.

»Haben, Pyanfar – haben ...« Er klapperte mit den Zähnen, was auch nicht zu einer Besserung seiner Diktion beitrug. »Kommen sehen dich ... brauchen ... brauchen ...«

Der Lift hielt auf dem Unterdeck, und die Tür ging zischend auf. »Versorgt ihn!« sagte Pyanfar, die stehenblieb, weil sie weiterfahren wollte. »Und macht schnell damit. Ich brauche euch noch für andere Aufgaben, verstanden?«

»Aye«, sagte Chur.

»Pyanfar!« rief Tully, als sie ihn hinausschleppten. »Papier ...«

»Ich höre«, sagte sie, und sie behielt das Päckchen. Die Tür schloß sich vor den anderen. »Ich habe es«, brummte sie zu sich selbst; und sie erinnerte sich an eine andere Sache, steckte eine Hand in die Tasche und fühlte den Ring neben dem Pistolenknauf, ein Ring, der für Finger gedacht war, nicht für Ohren. Nur Mahendo'sat und Stsho trugen Fingerringe, denn sie besaßen keine untere Fingersehne für ihre nicht einziehbaren Krallen, dafür aber ein Fingergelenk mehr als Hani. Oder Kif. Nicht zu erwähnen T'ca und Knnn und Chi.

Eine Menschenhand war mahe-ähnlich. Tully war in kifischer Gefangenschaft gewesen. Von dort war er zu ihnen gekommen. Und die Götter wußten, daß er das nicht vergessen würde!

Götter-verdammter Außenseiter! Ein paar Minuten hatte sie Umgang mit ihm gehabt, und schon zitterte sie am ganzen Körper. Er hatte es so an sich, ihr dergleichen zuzufügen.

»Ist alles in Ordnung mit ihm?« erkundigte sich Haral, als Pyanfar mit wunden Füßen wieder auf der Brücke eintraf.

»Er wird wieder. Erschüttert. Ich kann es ihm nicht zum Vorwurf machen.« Pyanfar setzte sich in ihren Sessel, schmutzig wie sie war, und krümmte ihre frostversengten Füße, damit sie keinen Kontakt mehr mit dem Boden hatten. Die mustergültige Haral besaß genug diplomatisches Geschick, nicht die Nase zu rümpfen. »Hast du etwas von dieser Ehrran-Sache mitbekommen?«

»Einiges.«

»Haben uns da einen dicken Bericht für zu Hause eingehandelt, da wette ich. Tirun und Geran wieder drin?«

»Sie sind dabei, Fisch und Obst hinauszuwerfen. Wir bezeichnen es als verdorbene Fracht. Schicken es als Abfall hinaus.«

»Hm.« Sie lehnte sich im Sessel zurück, stieß eine Kralle in das Plastiksiegel des Päckchens und riß es auf.

»Was ist das?«

»Kostspielig«, sagte sie.

Das dicke Päckchen enthielt mehrere zusammengeheftete Stöße Papier und drei Computerspulen. Pyanfar las die Etiketten und holte tief Luft, als sie das Dokument fand, das Goldzahn Tully gegeben hatte – ein buchstäblich unlesbares mahen Gekritzel, eine gedruckte Unterschrift, und von Hand war mit Blockbuchstaben oben hingeschrieben: REPARATURGENEHMIGUNG, in unleserlichem Universalblock.

»... GUTE REPARATUREN ...«, entzifferte sie. Daß der Rest unlesbar war, beruhigte sie in keiner Weise.

Ein weiteres Dokument mit dicken Seiten, die von sauberen, buckeligen Typen in einem fremdartigen Alphabet wimmelten. Sie blätterte die Seiten durch und hatte noch mehr Bedenken.

Menschenschrift? Sie vermutete es.

Das dritte Dokument (getippt):

Grüße. Tut mir leid jetzt gehen, Ihnen überlassen dieses. Haben vieles Lärm auf Dock, haben Kif, haben Schwierigkeiten, haben eines verrücktes Stsho machen mir Probleme. Ich schicken Container an Zoll, vertrauen Stsho Stle stles stlen nicht viel weit. Er Persönlichkeit auf dieses Station, haben schwaches Herz, vieles Gehirn. Falls, Stle stles stlen, Sie lesen dieses, ich versprechen, schneiden Ihre Herz heraus, essen es als letztes Mahlzeit.

Tully kommen, großes Problem. Mahen Frachter Ijir *gleichfalls finden dieses Schiff, Mensch geben ihm kommen. »Bringen zu Pyanfar«, er sagen, ganzes Zeit »Pyanfar«, nicht haben anderes Wort. Also ich bringen. Ein hartnäckige Bursche.*

Ich wissen er bitten Hani helfen. Ich auch kennen Han, *wie Sie kennen* Han, *viel Politik, viel Reden, viel tun nichts. Viel machen Probleme Ihnen wegen diese Sache mit Gefährte – vergeben ich erwähnen dies, aber Wahrheit. Sie töricht, Pyanfar, ein törichte Hani-Bastard, geben eifersüchtige Hani Chance beißen Sie in Knöchel. Dieses Übersetzen? Ich wissen, was Sie tun. Sie zu lange fliegen fort von Ihre Welt, bekommen fremde Idee, haben Idee vielleicht Hani-Männer etwas wert. Sie manches Mal verrückt. Sie wissen, Chanur haben persönliche Feind, wissen haben viel Hani nicht wie Mahendo'sat, gleichfalls haben viel Hani mit kleine Gehirn, nicht wie verändern Bräuche, gleichfalls haben Hani viel verrückt wegen Stsho-Embargo. Was Sie versuchen, gewinnen Zeit, kämpfen gleiche Zeit? Hoffen Sie werden schlau, essen ihre Herzen eines Tages.*

Aber eines Tages, nicht jetzt. Sie gehen Han, *sie machen großes Schlamassel. Ich wissen. Sie wissen. Wenn Sie gehen* Han, *sie machen alles Politik. Besser gehen zu mahen Persönlichkeit wie gutes Freund, bringen Persönlichkeit Botschaft auf Nummer eins Band. Tut mir leid, dies kodiert. Wir alle haben kleine Probleme.*

Jetzt geben schlechte Nachrichten. Kif jagen Sie. Altes Feind Akkukkak sicher tot, aber ein Kif-Bastard haben Ambition, über-

nehmen Kommando von Akkukkak. Wir haben ein weiteres Hakkikt *kommen auf, Name Akkhtimakt. Ich denken dieser Bursche Stellvertreter von Akkukkak, haben selbes häßliches Art machen Probleme, wollen beweisen sich mehr groß als Akkukkak. Wie tun dies? Rache an Knnn nicht gute Idee. Rache an Menschheit andere Art Sache; ganz wie Rache an Sie und mich. Schiff in Hafen heißen* Harukk, *Kapitän Name Sikkukkut. Dieser Nummer eins Bastard behaupten, selbst Feind von diesem Akkhtimakt. Wollen anbieten Geschäft. Dieses riechen nach viele Tage tot.*

Sie zählen gleichfalls zusammen alles, fliegen zu mahen Persönlichkeit. Papier gut. Sie machen Nummer eins Geschäft Mahendo'sat dieses Mal. Sie haben großes Ding. Vergessen andere Fracht. Werden reich. Versprechen. Sie Hani-Feinde nicht kommen dran.

Wünschen alle selbes Glück. Ich haben Aufgabe in Stsho-Raum. Müssen bringen etwas in Ordnung.

Goldzahn Ana Ismehanan-min a Hasanannan, gleichfalls geben Sie meine Clan-Name.

Pyanfar blickte auf, hatte die Ohren angelegt.

»Was steht da drin?« fragte Haral mit aller Zurückhaltung.

»Goldzahn wünscht uns Glück. Verspricht Hilfe. Er hat die Stsho bestochen. *Irgend jemand* hat die Papiere in Ordnung gebracht, damit wir herkommen, und die Götter seien vor, wenn irgend etwas davon ein Zufall war.« Sie kaute auf einem schmutzigen Niednagel. Er schmeckte nach Fisch und Mensch. Sie spuckte vor Abscheu aus und heftete die Papiere in ihr Datenfach. »Sag Tirun und Geran, sie sollen die Fracht unverladen hinauswerfen! Setz auch Chur daran. Schnell!«

»Alles?«

Sie starrte zu Haral hinüber. Es war eine Frage, ganz sicher; aber eine andere, als Haral laut gestellt hatte. »*Alles.* Ruf Mnesit an! Sie sollen einen Vertreter herschicken, der heraussucht, was ihnen gehört. Sag Sito, er soll das, was uns gehört, auf dem Markt und an die Bank verkaufen.«

»Sie werden uns berauben. Käptn, wir haben doch Garantien; man hat uns diese Urtur-Sendung versprochen ... Wir haben jetzt den ersten gewinnbringenden Flug seit einem Jahr in Aussicht. Wenn wir das verlieren ...«

»Verdammt, Haral, was soll ich denn sonst tun?«

Ein verlegenes Schweigen folgte. Harals Ohren sanken herab und gingen verzweifelt wieder hoch.

Also bereiteten sie sich auf den Flug vor, machten sie sich bereit, auf eine Fracht zu verzichten, die für Chanur in seinen finanziellen Nöten nur zu wichtig war, vertrauten dabei ... ein weiteres Mal auf ein mahen Versprechen. Und zum erstenmal, seit Pyanfar sich erinnern konnte, stellte Haral Araun Befehle in Frage.

»Ich werde ein Bad nehmen«, sagte Pyanfar.

»Was machen wir mit der ankommenden Fracht?« Eine schwache, gedämpfte Stimme.

»Biete sie Sito an!« antwortete Pyanfar. »Ins Lagerhaus mit dem, was er nicht haben will. Vielleicht gehen die Dinge gut, und wir kommen hierher zurück.« Wahrscheinlich würden die Stsho bei erster Gelegenheit alles konfiszieren. Sie sagte nicht, was sie beide wußten. Sie erhob sich aus dem Sessel und verließ die Brücke. Sie spürte keine Festigkeit mehr in den Knien; sie wollte sich reinigen, ihre Welt in Ordnung bringen; wollte ...

... allein die Götter wußten, was.

Vielleicht wieder jung sein. Wo alles weniger verwickelt gewesen war.

Ein Problem hatte sie noch zu regeln, bevor sie baden konnte, bevor irgend etwas anderes sie an die Seite drängte.

Sie drückte den Summer an der Tür von Eins Zehn, weiter unten am Korridor, wo auch ihr eigenes Quartier lag, am Korridor zur Brücke. Keine Reaktion. Sie drückte wieder, empfand ein Schuldgefühl, das sie nervös machte.

»Khym?«

Sie drückte zum drittenmal. Mittlerweile hing sie gräßlichen Gedanken nach, die sie mindestens schon zehnmal auf dieser ein Jahr langen Reise gehabt hatte – wie den Gedanken an Selbstmord. Sie stellte sich vor, daß sie keine Antwort erhielte, daß sie dann die Tür öffnete, um festzustellen, daß ihr Mann schließlich doch diese Wahl getroffen hatte. Seit Monaten fürchtete sie bereits, daß er sie treffen könnte.

Sein Tod würde manches lösen, würde ihr Leben wieder in Ordnung bringen, ihres und seines; und sie wußte es, wußte auch, daß er es wußte. Sie hatte dabei ein Schuldgefühl, unter dem sie die Ohren fest anlegte.

»Khym, verdammt nochmal!«

Die Tür öffnete sich. Khym ragte dahinter auf, die Mähne noch vom Schlaf zerzaust. Er hatte sich ein Tuch um die Hüfte gewickelt und trug sonst nichts.

»Alles in Ordnung mit dir?« erkundigte sie sich.

»Sicher. Fein.« Sein Fell war durchzogen von den bösen Narben mit Plasma abgedeckter Kratzer. Seine Ohren, seine armen Ohren, die die Ärzte auf der Gaohn-Station mit solch einfallsreicher Pflege wiederhergestellt hatten, fast bis zum Normalzustand ... das linke war aufgerissen und mit Plasma wieder geschlossen worden. Früher einmal war er schön gewesen ... war es immer noch auf eine ruinierte, verhängnisvolle Weise. »Und du?«

»Liebe Götter.« Sie stieß den Atem aus, schob sich an Khym vorbei in sein Quartier und bemerkte mit einem umfassenden Blick, welche Unordnung hier herrschte, sah die Bettücher des Schlafbeckens mit kleinen Flecken vom Blut aus seinen Kratzern bedeckt, sah Bänder und Kombüsengeschirr unordentlich auf seinem Schreibtisch verstreut. »Du kannst die Sachen nicht so herumliegen lassen.« Es war die uralte Sicherheitslektion für das Leben an Bord, mir langweiliger Geduld gehalten. »Liebe Götter, Khym ... *tu* doch so etwas nicht!«

»Es tut mir leid«, sagte er leise und meinte es ehrlich, wie er es jedesmal ehrlich gemeint hatte.

Sie betrachtete ihn in seinem jetzigen Zustand, und die Aufwallung alter Zuneigung verwandelte sich in Schmerz. Er war der Vater ihres Sohnes und ihrer Tochter, verflucht seien sie beide für ihre Dummheit. Khym, ehemals Mahn, Lord Mahn, als er noch einen Ort gehabt hatte, wo er hingehörte. Er lebte im Tode, wo er doch anständigerweise zu Hause hätte sterben sollen, wäre es nicht um ihretwegen, wie es alle alten Lords taten und auch die Jungen, die es nicht schafften, sich einen Platz zu erobern, wenn sie nicht fortwanderten zu irgendeinem Männer-Reservat wie einer Freistätte oder Einsiedelei, um in den Bergen zu jagen und gegen andere Männer zu kämpfen und zu sterben, wenn die Chancen zu gering wurden. *Churrau hanim.* Die Verbesserung der Art. Männer waren nun einmal das, was sie waren, drei Viertel von ihnen zum Untergang verurteilt, und die Überlebenden, wenn auch nur kurze Zeit, Herren der Güter, verwöhnt und umhegt – der Glanz des Hani-Lebens.

Khym war früher so schön gewesen, leuchtend wie die Sonne, mit klaren Augen – schlau genug, seinen Schwestern und Ehefrauen meistens aus dem Weg zu gehen. Und jeder lebende Hani hätte ihn geliebt für das, was er auf Gaohn tat, als er den Kif-Stützpunkt stürmte, ein alter Lord, abgenutzt und romantisch tapfer in der ewigen Tragödie der Männer ...

Aber er hatte überlebt. Und war durch die Gaohn-Station gewandert, hatte die Schiffe, die Sterne und das Fremdartige bestaunt. Und etwas gefunden, wofür er doch noch leben konnte. Da hatte Pyanfar ihn nicht mehr nach Hause schicken können. Nie wieder.

»Es war ein guter Kampf da draußen«, sagte sie.

Er rümpfte die Nase. »Sei nicht gönnerhaft, Py.«

»Das bin ich nicht. Ich bin hier, um dir zu sagen, daß es nicht deine Schuld war. Mir ist egal, wie es anfing, jedenfalls war es nicht deine Schuld. Kif haben es angezettelt. Jeder hätte hineingeraten können, ich, Haral, jeder.«

Seine Ohren gingen zögernd hoch.

»Wir haben da noch ein anderes Problem.« Sie verschränkte die Arme und lehnte sich an die Tischkante. »Erinnerst du dich an Tully?«

»Ich erinnere mich.«

»Nun, wir haben einen Passagier bekommen. Nicht für lange. Wir bringen ihn nach Maing Tol. Eine kleine Aufgabe, die wir für die Mahendo'sat erledigen.«

Seine Ohren fielen wieder herab, und ihr Herz verkrampfte sich. »Um der Götter willen, sei nicht so! Du *kennst* doch Tully. Er ist still. Du wirst kaum bemerken, daß er überhaupt an Bord ist. Ich wollte dich nur damit überraschen.«

»Ich bin nicht ›so‹. Um der Götter willen, ich habe ein bißchen Grips. Was für eine ›Aufgabe, die wir für die Mahendo'sat erledigen‹? Wo bist du da hineingeraten? *Warum?*«

»Sieh mal, es ist nur ein geschäftliches Abkommen. Wir tun den Mahendo'sat einen Gefallen, und der wird sich bezahlt machen. Eine Route könnte sich öffnen. Wir könnten den Umschwung für uns herbeiführen, den wir jetzt nötig brauchen.«

»Wie letztesmal.«

»Sieh mal, ich bin müde und will das nicht alles erklären. Sagen wir, es ist Goldzahns Schuld. Ich möchte ein Bad nehmen. Ich möchte ... wissen die Götter, was ich möchte. Ich bin gekommen, um dir zu sagen, was geschehen ist, mehr nicht.«

»Diese Kif-Geschichte ... hat sie irgend etwas damit zu tun?«

»Ich weiß nicht.«

»Du *weißt* nicht?«

Fremdwesen und ihre Angelegenheiten. Er war ein Planetenbewohner. Welterzeugt. »Später. Wir haben es unter Kontrolle. Mach dir keine Sorgen! Alles in Ordnung mit dir?«

»Sicher.«

Sie machte Anstalten zu gehen.

»Ich war bemerkenswert, Py. Sie haben mich verhaftet, und ich habe nicht einen von ihnen getötet. Ist das nicht großartig?«

Die Bitterkeit brachte sie zum Stehen. Es lief ihr kalt über den Rücken. »Sei nicht sarkastisch! Es steht dir nicht.«

»Trotzdem, ich habe niemanden getötet. Sie waren sehr überrascht.«

Sie drehte sich ganz um und stemmte die Hände in die Hüften. »Die götterverdammten Stsho-Eiferer! Was haben sie zu dir gesagt?«

»Die in der Bar oder die auf dem Amt?«

»Beide.«

»Was erwartest du?«

»Ich möchte eine Antwort, Khym!«

»Die auf dem Amt wollten nicht mit mir sprechen. Sagten, ich wäre kein Bürger. Wollten, daß die Mannschaft mich stillhält. Sie wollten mich in Verwahrung nehmen. Die Mannschaft sagte nein. Ich hätte es geduldet, wenn sie so weit gegangen wären.«

Sie kam zurück und streckte eine Kralle hervor, glättete ein eigenwilliges Mähnenbüschel. Khym war einen Kopf größer als sie und viel breiter – wenigstens hatte er wieder etwas auf die Knochen bekommen seit dem Tag, als sie ihn fanden, ganz zu Haut und Knochen abgemagert, wie er sich in einer Hecke außerhalb des Chanur-Geländes versteckte. Er hatte damals versucht, den Tod zu finden, war gekommen, um sie noch einmal auf Chanur-Territorium zu sehen, während ihr gemeinsamer Sohn ihn jagte, um ihn zu töten, und Kohan geneigt war, dasselbe zu tun ... wäre Kohan nicht Kohan gewesen und hätte er Khym nicht tagelang übersehen; ihr Götter, was für ein Klatsch war daraus entstanden, daß ein Mann einen Mann schützte!

»Hör mal!« sagte Pyanfar. »Die Stsho sind Fremdenhasser. Sie haben drei Geschlechter, und wenn man sie in die Enge treibt, wechseln sie zu einer anderen Psyche. Die Götter mögen wissen, was in ihren Köpfen vor sich geht. Wenn man genug hier draußen unterwegs war, fragt man sich nicht mehr, was ein Stsho morgen tun oder denken wird. Es spielt keine Rolle, verstehst du?«

»Du riechst nach Fisch«, sagte er. »Und wer weiß was sonst noch.«

»Tut mir leid.« Sie zog die Hand zurück.

»Mensch, nicht wahr?«

»Ja.«

Er rümpfte die Nase. »Ich werde auch ihn nicht töten. Siehst du, Py? Ich rechtfertige dein Vertrauen, also kannst du mir vielleicht sagen, was los ist. Dieses eine Mal.«

»Frag nicht!«

»Sie denken, *ich* wäre verrückt. Um der Götter willen, Py, du kommst hier herein und erzählst solche Neuigkeiten. Bitte, töte den Menschen nicht! Mach dir nichts aus den Kif! Mach dir nichts daraus, daß die Station, mögen die Götter sie zerfetzen, einen Prozeß anstrengen will ...«

»Haben sie das gesagt?«

»Irgendwann während des Vorgangs. Py ... ich stecke meine Nase nicht in Chanur-Angelegenheiten, aber ich kenne mich mit Buchführung aus. Ich war gut darin. Ich weiß, was du in diesen Flug gesteckt hast, ich weiß, daß du dir auf Kura für die Reparatur Geld geliehen hast ...«

»Mach dir deswegen keine Sorgen.« Sie tätschelte seinen Arm. Um sich selbst zu schützen, wandte sie sich zur Tür, und blieb dort stehen, die Hand auf dem Schalter. Sie drehte sich wieder um, gab sich Mühe, ein höfliches Gesicht zu machen, um ihre Züge zu glätten; und sie begegnete einem mürrischen, zornigen Blick.

»Ich weiß«, sagte Khym, »daß meine Meinung nicht viel wert ist.«

»Wir sprechen später darüber. Khym, auf mich wartet Arbeit.«

»Sicher.«

»Sieh mal!« Sie ging zurück und stieß ihm mit einer Kralle auf die Brust. »Ich werde dir etwas erzählen, *Na* Khym. Du hast recht. Wir stecken in der Klemme, und wir haben zuwenig Personal, und du hast dich, verdammt nochmal, für diesen Flug zu uns gesellt, auf dem du bislang recht wenig Schwielen bekommen hast ...«

Sein Blick wurde dunkel. »Es war deine Idee.«

»Nein, es war deine. Du hast dich, verdammt nochmal, für neue Dinge entschieden, mein Mann, aber dies ist *nicht*

Mahn; vielmehr befindest du dich auf einem Arbeitsschiff, und du kannst dir verdammt sicher sein, daß du nicht auf Kissen herumliegen wirst, während sich ein Dutzend Ehefrauen um die häßlichen Dinge kümmern. Das stimmt nicht mehr. Dies ist eine neue Welt. Du kannst sie nicht halb so und halb anders haben ... du willst einerseits nichts von dem Vorurteil wissen, aber andererseits willst du, verflucht nochmal, herumliegen und bedient werden. Nun, ich habe nicht die Zeit dafür. Niemand hat sie. Dies ist eine Welt, die sich *bewegt,* und die Sonne kommt nicht jeden Morgen um die Ecke, um dir den Pelz zu wärmen. *Arbeit* könnte es tun!«

»Habe ich mich denn beschwert?« Die Ohren sanken. Der Mund war widerwillig verzogen. »Ich spreche von Politik.«

»Wenn du die Außenwelt kennst, kannst du von Politik sprechen. Aber du marschierst auf dieses Schiff nach dem, was in dieser Bar passierte, gehst in dein Quartier und schließt die Tür, nicht wahr? Schön. Das ist wirklich schön. Diese Mannschaft hat deinen Pelz gerettet, verdammt, und sie hat es nicht nur deshalb getan, weil du ein Mann bist. Aber du hockst in dieser Kabine, du hast immer in dieser Kabine gehockt und nichts getan ...«

»Ich habe es recht bequem.«

»Das hast du bestimmt. Du putzt dich und ißt und schläfst. Und du hast es nicht bequem. Du zerfleischst dich innerlich.«

»Was willst du eigentlich? Daß ich auf Docks arbeite?«

»*Ja!* Wie alle anderen von dieser Mannschaft. Du bist nicht mehr Lord Mahn, Khym.«

Es war gefährlich, das zu sagen. Aber das galt auch für alles andere. Pyanfar sah die Frakturlinien, sah den Schmerz. Sie war noch nie so grausam gewesen. Und zu ihrem Kummer sanken seine Ohren einfach herab; er war besiegt. Kein Zorn. Keine Gewalttätigkeit. »Götter und Donner, Khym! Was soll ich denn mit dir machen?«

»Vielleicht mich nach Hause bringen.«

»Nein, diese Möglichkeit haben wir nicht. Du hast dies hier gewollt.«

»Nein. Du wolltest dich mit dem *Han* anlegen. Ich selbst ... ich wollte nur einmal die Außenwelt sehen. Das war alles.«

»Aber nur in einer mahen Hölle!«

»Vielleicht ist es jetzt so.«

»Dann haben sie also recht?«

»Ich weiß nicht. Es ist nicht *natürlich*. Es ist nicht ...«

»Glaubst du diesen Blödsinn? Denkst du, die Götter hätten dich verrückt erschaffen?«

Er rieb sich die breite Fläche der Nase und wandte Pyanfar die Schulter zu, betrachtete sie dann wieder mit einem reuevollen Blick.

»Glaubst du das, Khym?«

»Es kostet dich zuviel. Py ... du setzt Chanur aufs Spiel und riskierst deinen Bruder, um mich am Leben zu erhalten, und das ist *falsch*, Py, vollkommen falsch! Man kann die Zeit nicht anhalten. Ich hatte meine Jahre; der Lausejunge hat mich besiegt.«

»Also hattest du einen schlechten Tag.«

»Ich konnte mich nicht wieder auf ihn stürzen. Ich hatte nicht das Zeug dazu, Py. Es liegt an der Zeit, am Alter. Er hat Mahn errungen. So ist der Lauf der Dinge. Glaubst du vielleicht, du könntest das ändern?«

»Du hast keinen Sinn in einem weiteren Kampf gesehen, darin, einen Besitz im Hin und Her eines Kampfes zu vergeuden. Dein Gehirn hat deine Drüsen stets überstimmt.«

»Vielleicht habe ich deshalb verloren. Vielleicht ist das auch der Grund, warum ich hier bin. Immer noch auf der Flucht.«

»Vielleicht, weil du schon immer wußtest, daß diese Kämpfe Unsinn und eine Verschwendung sind. Was ist denn aus den Gesprächen geworden, die wir früher führten? Was ist aus dem Ehemann geworden, der die Gewohnheit hatte, die Sterne zu betrachten und mich zu fragen, wohin ich geflogen war, was ich gesehen hatte, wie das Universum außerhalb der Heimat aussähe?«

»Das Universum ist draußen so wie zu Hause. Für mich wenigstens. Ich kann einfach nicht *hinaus* aus unserer Welt! Sie lassen mich nicht!«

»Wer?«

»Du weißt, wer. Du hättest ihre Gesichter sehen sollen, Py.«

»Wessen? Die der Stsho?«

»Der Ayhar.«

»Dieser gottverlassenen Säufer?«

»Es war das letzte, womit sie rechneten – mit mir in dieser Bar. Auch der Stsho-Besitzer sagte zu mir: ›Verschwinde von hier, geh weg, werde hier nicht verrückt!‹«

»Zur *Hölle* mit dem, was sie denken!«

»So? Habe ich es ihnen etwa gezeigt? Zunächst einmal wollten die Stsho mich nicht bedienen. Und ich hatte – na ja, zwei. Um zu beweisen, daß ich ... du weißt schon, nicht zum Berserker werde. Und dann fing die Schlägerei an. Was soll *die* dir Gutes bringen – oder Kohan?«

»Kohan kann für sich selbst sorgen.«

»Du verlangst zuviel von ihm. Nein, Py, ich gehe wieder auf den Planeten hinunter, wenn wir zurück sind.«

»Und was willst du dann tun?«

»Zu einer Freistätte gehen. Ein wenig jagen ...«

»... und das Ziel jedes jungen Rabauken sein, der seine Krallen für den Angriff auf seinen Vater schärft, wie?«

»Ich bin *alt,* Py. Einen Mann holt es schneller ein. Es wird Zeit, das zuzugeben.«

»Götterverdammter Unsinn! Du wirst mit einem Ring im Ohr nach Anuurn zurückkehren, bei den Göttern, das wirst du!«

Er lächelte, lachte angespannt, die Ohren aufgerichtet. »Liebe Götter, Py, du möchtest mein Leben dort verkürzen, wie?«

»Du wirst nicht auf den Planeten hinuntergehen.«

»Dann bettele ich auf den Docks, bis ich eine Fahrt nach unten bekomme.«

»Götterverdammter Märtyrer!«

»Laß mich nach Hause gehen, Py! Gib auf! Du kannst die Dinge nicht ändern. Sie werden es nicht erlauben. Die Götter wissen, daß sie es mir nicht erlauben werden. Was du auch versuchst, in was für unsinnige Effekthascherei du da auch hineingeraten bist – gib auf! Hör jetzt auf, solange du noch kannst! Ich bin es nicht wert.«

»Du liebe Güte! Du denkst, die Sonne würde um dich kreisen, wie? Ist dir je der Gedanke gekommen, ich könnte andere Geschäfte haben als dich? Daß ich Dinge tue, die überhaupt nichts mit dir zu tun haben?«

»Nein«, sagte er, »weil du verzweifelt bist. Und *das* ist mein Fehler. Py ...« Ein kurzer, erstickter Atemzug, der Mund verzogen. »Es hat jetzt genug gekostet.«

»Weißt du«, fragte sie einen Moment später, »weißt du, was das System an der Macht hält? Die Jungen glauben, sie würden gewinnen. Egal, wenn drei Viertel von ihnen sterben. Egal, daß Güter ruiniert werden, wenn irgendein junger Grünschnabel Macht über die gewinnt, die es besser wissen, und zu beweisen versucht, daß er jetzt die Verantwortung trägt. Die Jungen glauben immer an sich. Und die Graunasen geben einfach auf, geben genau dann auf, wenn sie ihren Besitz gerade zum Höhepunkt seiner Geschäfte geführt haben ... Sie werden besiegt, und mit einem neuen Herrn am Ruder geht alles wieder den Bach hinunter. Völlig den Bach hinunter. Du weißt, daß andere Arten die Geschäfte geordnet übergeben, die Mahendo'sat zum Beispiel: sie bilden ihre Nachfolger aus, um der Götter willen, *sie bilden sie aus!*«

»Sie sind keine Hani. Py, du begreifst nicht, was da für Gefühle im Spiel sind. Du kannst es einfach nicht.«

»Kohan hat dich einfach ignoriert.«

»Sicher. Locker. Ich machte nicht mehr viel her. Er ignoriert mich immer noch. Wie, meinst du, könnte ich sonst hier sein?«

»Weil *ich* es sage! Weil Kohan zu alt und zu gescheit ist, die Luft anzuhalten, bis ich nachgebe. Und, bei den Göttern, das nächste Mal, wenn irgendein Lausejunge ihn herausfordert, reißen wir dem Burschen einfach die Ohren ab. Als erstes.«

»Py! Das kannst du nicht mit ihm machen ...«

»Ihn am Leben erhalten? Du kannst Geld darauf verwetten. Ich. Rhean. Sogar seine Faha-Frau. Von seinen Töchtern gar nicht zu reden. Vielleicht auch irgendein Sohn, wer weiß? Eines Tages ...«

»Du machst Witze.«

»Nein.«

»Py, erinnerst du dich an die Fabel von dem Haus und dem Stock? Du ziehst den Stock heraus, der sich gelockert hat, und bald lockert sich der nächste ...«

»Fabeln sind für Kinder.«

»... und wieder einer. Recht bald fällt das ganze Haus in sich zusammen und begräbt dich. Wenn du so einen Kampf im *Han* anfängst, dann wissen die Götter ... dann wissen die Götter, was wir uns da eintragen!«

»Vielleicht stehen die Dinge nachher besser? Schon mal *daran* gedacht?«

»Py, ich kann den Umgang mit Fremden nicht vertragen. Ich drehe durch und ich kann es nicht aushalten. Es *tut mir weh,* Py. Das ist Biologie. Wir Hani-Männer sind dafür geschaffen zu kämpfen. Seit Jahrmillionen ... das ist nichts Intellektuelles. Unser Kreislaufsystem, unsere Drüsen ...«

»Denkst du, ich würde nicht auch einmal durchdrehen? Denkst du, ich hätte mir da draußen nicht gern den Gefallen getan, einen Kif umzubringen? Und, bei den Göttern, ich habe mich *beherrscht!*«

»Die Natur hat es besser mit dir gemeint, Py, das ist alles.«

»Du hast *Angst!*«

Er starrte sie an, die Augen geweitet durch die Beleidigung.

»Verängstigt und verzogen«, sagte sie. »Verängstigt, weil du etwas tust, wozu ein Mann eigentlich nicht in der Lage sein sollte, wie man meint; und schuldbewußt, weil es dich vielleicht unmännlich erscheinen läßt; und, verdammt nochmal, verzogen von einer Mutter, die deine Wutanfälle auch noch hätschelte, anstatt dir dann ein paar um die Ohren zu geben wie deiner Schwester. Er ist ja nur ein Sohn, wie? Man kann von ihm nicht erwarten, den Standard seiner Schwester zu erreichen. Soll er doch seine Anfälle haben und seinem Vater möglichst nicht unter die Augen kommen. Das macht ihn *stark,* nicht wahr? Und, ihr Götter, er soll nie einem anderen Mann vertrauen. Verlaß dich auf deine Schwester, wie?«

»Laß meine Familie aus dem Spiel!«

»Deine Schwester hat nicht einen verdammten Finger gerührt, um dir zu helfen! Und deine nichtsnutzigen Töchter ...«

»Meine Schwester hat mich unterstützt.«

»Bis du verloren hast.«

»Was soll sie denn tun? Wie wäre es denn für sie, die in Karas Haus lebt, während ich noch herumlaufe, als ob ...«

»Also fühlt sie sich wohl ungemütlich. Ist das nicht zu schlimm? *Verzogen,* sage ich, ihr beide, auf verschiedene Weisen!«

Er hatte die Ohren ganz zurückgelegt. Er sah so jünger aus, die Narben weniger augenfällig.

»Du willst«, meinte Pyanfar, »dieselben Vorteile haben wie ich und gleichzeitig die Privilegien, die du früher hattest. Nun, beides zusammen geht nicht, Khym. Und ich biete dir das an, was ich habe. Reicht das nicht? Oder möchtest du zu einer *besonderen* Kategorie gehören?«

»Py, um der Götter willen, ich kann nicht auf den Docks arbeiten!«

»Du meinst, in der Öffentlichkeit.«

»Ich arbeite an Bord.« Ein tiefer, heftiger Seufzer. »Zeige mir, was ich tun soll!«

»In Ordnung. Du machst hier sauber! Dann begibst du dich auf die Brücke, und dort zeigt dir Haral, wie man den Scanner abliest! Das wird mehr als fünf Minuten dauern.«

Sie saugte an ihren Wangen. Sie hatte nicht vorgehabt, sich über ihn lustig zu machen. »Du kannst den Scanner überwachen. Unser Leben kann davon abhängen. Denk immer daran!«

»Gib mir keine ...«

»... Verantwortung? Nette, langweilige Jobs, die über lange Zeit Konzentration erfordern?«

»Zum Teufel, Pyanfar!«

»Du wirst es gut machen.« Sie drehte sich um und drückte mit einer Daumenkralle auf den Türknopf. »Ich weiß es.«

»Es ist deine Rache, das ist es! Für die Bar!«

»Nein. Es ist deine Bezahlung für diese verdammte Barrechnung, wie es jede von uns auch tun müßte!«

Sie stolzierte hinaus. Die Tür schloß sich zischend hinter ihr, wie ein Nachsatz.

VIERTES KAPITEL

Tully war wenigstens auf den Beinen – schien sich wieder wie Tully zu *fühlen,* was bedeutete, daß er darauf bestand, sich selbst zu waschen, so sehr er auch dabei zitterte. Er lärmte im Waschraum auf dem Unterdeck herum, redete mit sich selbst (oder glaubte, daß man ihn verstand), und bestand ganz allgemein darauf, daß Frauen ihm seine Privatsphäre ließen, selbst wenn es Frauen einer anderen Art waren. Hilfy rotierte zwischen einer Kom-Verbindung mit Haral oben im Schiff, die über eine Kom-Tafel im Korridor lief, den verzweifelten Bitten von Chur aus dem Op-Raum weiter unten am Korridor (Tirun und Geran waren unten im Frachtraum damit beschäftigt, Container auszuladen, begleitet von einem dumpfen Dröhnen und Poltern in den Decksplatten), und dem verbarrikadierten Waschraum, worin eine von Harals blauen Hosen verschwand und woraus Dampf hervorkam, durchsetzt mit einem unbeschreiblichen Duftgemisch – nach Mensch, Obst, Fisch und Desinfektionsseife.

»Bist du in Ordnung?« fragte Hilfy, als sich ein haarloser Arm um die Türkante schlängelte und nach der Hose tastete. »Tully, mach schnell! Wir haben noch weitere Probleme. Schnell, ja?«

Er murmelte etwas, und die Tür ging zu, als hätte er sich auf die Kontrollen gelehnt, sobald Hilfy den Arm zurückgezogen hatte. Hilfy blickte sich verzweifelt um, als Chur vom Op-Raum zurückgetrabt kam. Chur wedelte mit zwei Taschenkoms und hatte einen dritten an das Zugband um ihre Taille geheftet. »Geschafft«, sagte sie. »Das Übersetzungsgerät läuft.«

»Dank den Göttern!« Hilfy hämmerte wieder gegen die Tür und riß sie auf. Chur schob einen Taschenkom mit Ohrhörer um die Ecke zu ihrem Passagier und zog den Arm zurück. »Tully ...«, sagte Hilfy in das Gerät, das Chur ihr reichte. Sie schnitt eine Grimasse, während sie sich den Hörer ins Ohr steckte. »Tully, hörst du mich jetzt?«

»Ja«, antwortete eine mechanische Stimme über die Schleife vom Kom zum Übersetzungscomputer. »Wer sprechen?« Die Grammatik des Geräts war keineswegs vollkommen.

»Tully«, meldete sich Chur, »hier spricht Chur. Hilfy und ich haben noch weitere Arbeiten zu erledigen, verstehst du? Müssen gehen. Beeil dich! Wir bringen dich in dein Quartier.«

»Müssen sprechen mit Pyanfar.«

»Der Käpt'n ist beschäftigt, Tully.«

»Müssen sprechen.« Die Tür ging auf. Tully lehnte am Rahmen. Er trug die blaue Hani-Hose, die ihm kaum paßte; und er war ohne Hemd, wie die Hani auch. Seine fast haarlose Haut war gerötet von der Wärme im Waschraum, und aus Mähne und Bart tropfte Feuchtigkeit. »Müssen sprechen, kommen # # sprechen mit Pyanfar.«

»Tully, wir sind in Schwierigkeiten«, sagte Hilfy. »Dringender Notfall.« Sie packte Tully am Arm, und Chur nahm den anderen. Sie zogen Tully trotz seiner Einwände mit sich. »Haben Probleme mit der Ladung, alle Arten von Problemen.«

»Kif.« Er wurde steif und stellte seine Kooperation ein. »Kif sein hier?«

»Wir liegen noch im Dock«, sagte Hilfy, die ihn weiterzog. »Wir sitzen noch am Treffpunkt und sind so sicher, wie wir je sein werden. Komm schon!«

»Nein, nein, *nein!*« Er drehte sich um und packte mit seinen stumpfen Fingern ihre Arme, ließ sie wieder los und schüttelte Chur. »# *nein* # # #.«

Hilfy schüttelte den Kopf über die Störungen. Der Übersetzungscomputer hatte die Worte nicht mitbekommen oder sie nie gekannt.

»Hilfy, Chur – mahen # nehmen # Schiff # Mensch. Ich bringen Papiere von #. Sie fragen # Hani machen Stop diese Kif. Sein in Gefahr. Wir sein nicht sicher # Treffpunkt.«

»Was meint er damit?« fragte Chur. Sie senkte die Ohren und richtete sie wieder auf. »Verstehst du das?«

»Müssen bringen Hani kämpfen diese Kif«, sagte Tully.

»Liebe Götter!« sagte Hilfy.

»Freund«, sprach er wieder dieses Hani-Wort aus, das nur entstellt durch den Übersetzungscomputer kam, weniger versöhnlich gegenüber seiner verstümmelten Aussprache. Tullys fremde blaue Augen flackerten im Widerschein von Angst und Geheimnissen. »Freund.«

»Sicher – Freund«, sagte Hilfy. Sie spürte einen kalten Klumpen in der Magengegend, hörte das Klirren und Heulen der Ladeeinrichtungen tiefer im Schiff. Plötzlich wurde ihr vieles klar, begriff sie, daß ihre Tante sie auf mehr festgelegt hatte als nur den Transport eines illegalen Passagiers – eine verzweifelte Tat, jetzt, wo Chanur finanziell mit dem Rücken zur Wand stand.

Tully brachte mehr als Handel mit der Menschheit, *Handel,* der ihrer aller Fell retten konnte.

Aber Verwicklungen mit Kif, Geschäfte mit einem Mahendo'sat, der nicht der Geschäftsmann war, als der er sich ausgab ...

Und die ganze Zeit hechelten Leute wie Rhif Ehrran an ihren Fersen – sie hatte das alles von Chur gehört.

Der *Han* würde ihnen die Ohren nehmen!

Pyanfar nahm den Kom mit zum Duschen und hängte ihn vor der Kabine an die Wand. So, wie der Tag bislang verlaufen war, rechnete sie mit Katastrophen.

Beim ersten Anruf eilte sie ohne sich abzutrocknen hinaus auf die Matte, und aus Mähne, Bart und Fell strömte das Seifenwasser.

»Käpt'n.« Harals Stimme.

»Ärger?«

»*Na* Khym ist hier. Behauptet, du hättest ihn angewiesen, den Scanner zu überwachen.«

»Zeig ihm, was er dafür wissen muß!«

Tiefe Stille am anderen Ende. Dann: »Aye, Käpt'n. Entschuldige die Störung.«

Zurück unter die Dusche, um die Seifenlauge abzuwaschen. Sie klatschte die Mähne nach hinten, legte die Ohren flach und drückte Augen und Nasenlöcher zu, hielt das Gesicht für einen köstlichen Augenblick der Selbstverwöhnung unter die Wasserdüse. Sie schnaubte, befreite sich wieder von dem Wasser und wechselte zum Trockner, schüttelte Mähne und Bart auf, genoß die Wärme.

Erneut summte der Kom.

»Verdammt!« Sie verließ die Wärme und stand feucht und zitternd neben dem Haken, fummelte am Antwortschlitz. »Pyanfar.«

»Käpt'n.« Es war wieder Haral. »Ein Kurier brachte eine Botschaft von den Kif. Von einem gewissen Sikkukkut. Sagt, sie wäre für dich persönlich.«

»Mach sie auf!«

Es war lange still. »Er bietet dir eine Partnerschaft an.«

»Liebe Götter!« Sie vergaß die Kälte auf ihrem Körper, als sie einen noch tieferen Schock erlebte.

»Sagt, er möchte mit dir unter vier Augen sprechen. Sagt – Götter – er nennt hier nähere Einzelheiten, die Namen von Schiffen, von denen er behauptet, sie seien hinter uns her! Sagt, wir hätten gemeinsame Feinde. Er spricht kifisches Zeug an ... *Pukkukkta*.«

»Dieses götterverdammte *Pukkukkta* ändert seine Bedeutung je nach Zusammenhang. Setz den linguistischen Computer darauf an, überhaupt an die ganze Sache ... Bleibt wachsam da oben!«

»Aye, Käpt'n. Entschuldige.«

»Alles klar.« Pyanfar nieste und schaltete den Kom ab, kehrte unter die Dusche zurück und schaltete den Trockner wieder ein.

»Käpt'n, Käpt'n!«

Sie ließ die Stütze los und schnappte sich den Kom. »*Um der Götter willen, Haral ...*«

»... tut mir leid, Käpt'n. Dieser Antrag auf Ansetzung unseres Abflugs ... Es scheint, daß wir verklagt werden. Sechs Klagen sind gegen uns angestrengt worden, und die Station sagt, daß sie uns nicht abfertigen kann, ohne ...«

Pyanfar schloß für einen Moment die Augen, beruhigte ihre Stimme und achtete darauf, daß sie ruhig blieb. »Hol mir den Stationsleiter ran! *Gtst* soll die Befehle für die Startsequenz ausgeben!«

»Mit deiner Erlaubnis, ich habe es schon versucht, Käpt'n. Der Anruf kommt nicht durch. Das Amt des Stationsleiters sagt, *gtst* wäre indisponiert. Das Wort lautete *gstisi*.«

Persönlichkeitskrise.

»Dieses götterverdammte weißhäutige Flatterhirn wird doch nicht auf unsere Kosten die Phase wechseln! Strenge eine Gegenklage gegen die Bastarde an und beginne mit den Vorbereitungen für manuelles Ablegen, sobald mit der Fracht alles geregelt ist! Setz alle dort unten an die Arbeit! Und schick eine Botschaft an den Direktor, mit folgendem Inhalt: Falls *gtst* diese Sache nicht in Ordnung bringt, werde ich *gtst* neuer Persönlichkeit noch mehr Schaden zufügen, um die sich *gtst* Sorgen machen kann, einige davon an *gtst* eigener Person!«

»Aye«, bestätigte Haral.

Pyanfar zog sich eilig an. Sie nahm ihre drittbeste Hose, grüne Seide mit moirierten orangefarbenen Streifen im Gewebe; einen Gürtel mit Bronzeringen; die Perle für das Ohr. Ihre beste Armbinde, die schwere. Der fremde Ring aus der Tasche der roten Hose lag auf dem Tisch. Pyanfar überlegte, steckte ihn dann unschlüssig in die Tasche, ebenso die Pistole, heftete sich den Kom an den Gürtel und trippelte eilig hinaus auf den Gang, die Klauen geballt, und nahm Kurs auf die Brücke.

»Käpt'n.« Wieder der Taschenkom, diesmal von ihrem Gürtel. »Käpt'n, ich habe den Stationsleiter am Apparat.«

»Ich komme«, sagte sie und beeilte sich, lief den Korridor entlang und dann durch die offene Tür. Haral blickte sich um; Khym saß an der Station rechter Hand und betrachtete konzentriert den Scanner. Das Licht flackerte auf seinem pflichtbewußten Märtyrerstirnrunzeln.

Haral reichte Pyanfar die Transkription. »*Gtst* ist nicht mehr im Amt. Ein neues Individuum ist an der Macht. Ich denke, es ist immer noch das vorherige, wenn auch mit neuer Persönlichkeit. Der neue Direktor verlangt vollständige Bezahlung. Sagt, wir hätten den letzten Direktor untergekriegt und *gtst* in eine Krise gestürzt, die in den nächsten zwanzig Jahren noch nicht fällig war, und der jetzige ist entschlossen, sich *gtst* Geld zu holen. Hat vor, die ganze ausgeladene Fracht zu beschlagnahmen.«

»*Verdammt ...*« Pyanfar schluckte den Fluch hinunter, als sie die Bewegung von Khyms allzu aufmerksamen Ohren nach hinten sah, ausgelöst durch ihren Tonfall. Sie las sich die Zahlungsaufforderung durch. »Vierhundert Millionen ...«

»Neunhundert, wenn man die Klagen hinzurechnet. Ich denke, *sie* sind das eigentliche Problem. Jemand von Bedeutung hat geklagt, und *gtst* muß etwas unternehmen.«

»Ich kann mir schon denken, wer.«

»Götter. Kif. Möglich.« Haral rieb sich die narbige Nase und warf Pyanfar einen Blick unter den Brauen hervor zu. »Du denkst daran, aus dem Hafen auszubrechen?«

»Vielleicht.«

»Wenn wir das tun, werden sie uns ausschließen. Jeder Stsho-Hafen. Jede Stsho-Einrichtung. Sie heben das Verbot nie wieder auf.«

»Falls wir nicht bezahlen, passiert dasselbe.«

»Aye, Käpt'n«, meinte Haral mißmutig. Und dann richteten sich ihre Ohren auf: »Käpt'n, wir könnten ihnen den Profit *anbieten!* Richtiges Geld! Und noch mehr nach dem nächsten Flug versprechen. Die Götter wissen, wie wir die Absender bezahlen sollen – aber das ist eine Frage von morgen. Und die Ware wird ohnehin durch die Rechtsstreitigkeiten festgelegt, sobald sie in Sitos Lager ist.«

»Vielleicht.« Pyanfar kämmte sich den Bart mit den Krallen und betrachtete abwesend Khyms breiten Rücken.

Dann schüttelte sie den Kopf wie nach einem heftigen Schlag.

»Was macht das Ausladen?« Sie stellte auf einmal fest, daß sie die Förderbänder nicht mehr hörte. »Fertig da unten?«

»Hört sich so an.«

»Verdammt seien ihre Augen!« Womit sie die Stsho meinte. Sie saugte an den Schnurrbartecken und kaute darauf. »*Pukkukkta.*«

»Käpt'n?«

»*Pukkukkta.* Was sagt der Computer über die Bedeutung?«

»Etwas wie ›Austausch von Diensten‹.« Haral nahm einen Ausdruck und reichte ihn Pyanfar. »Etwas wie ›Rache‹. Das hier ist die Botschaft. Sie kam über reguläre Kanäle.«

Grüße, Chanur-Jäger, lautete die Botschaft. *Hüten Sie sich vor* Parukt, Skikkt, Luskut *und* Nifakkiti. *Hüten Sie sich vor allem vor Akkhtimakt von der* Kahakt. *Diese Kif sind alle ambitioniert, der letzte am meisten. Ich, Sikkukkut, bin wegen dieser Sache in* Pukkukkta, *und spreche zu Ihnen in Worten, die exakt Kif beschreiben. Deshalb liegt die Mehrdeutigkeit von Übersetzungen bei ihnen.*

Ich, Sikkukkut, weiß von Ihrem Passagier und sage auch dies: Am klügsten wäre es, mir diesen Passagier auszuhändigen. Dann wären Sie reich. Aber ich, Sikkukkut, kenne das Sfik *von Jägerin Pyanfar, nach dem dieser Passagier* Sfik-*Wert hat und verteidigt wird. Deshalb sage ich, Sikkukkut, zum* Sfik *von Pyanfar Chanur, daß sie diesem Passagier folgendes ausrichten muß: Ich, Sikkukkut, werde mit ihm zu gegebener Zeit sprechen.*

Schutz an meiner Seite, Jägerin Pyanfar. Gemeinsam könnten wir ein gutes Pukkukkta *vollbringen, und die Kosten sind heute geringer als morgen.*

Geben Sie mir ein Zeichen, und ich, Sikkukkut, werde zum Dock kommen, wo wir dann einen ruhigen Platz für ein Gespräch finden.

»Kif-Bastard«, meinte Pyanfar und zerknüllte das Papier. »Er will Tully. Nur das will er! *Damit* würde er seinen Status erhöhen.« Sie blickte zu Khym, der dasaß und allem zuhörte, ohne etwas zu sagen; aber die Ohren hatte er zurückgelegt. »Schicke aufs Geratewohl einen Container an die *Harukk!* Gib es an sie durch und dann auch an die Stsho!«

»An die *Kif?*« keuchte Haral, und Khym wandte sich an seinem Posten um und zeigte das Weiße in seinen Augen.

»Als Geschenk an einen gewissen Sikkukkut, Kapitän der *Harukk.* Sollen die Stsho doch *ihn* verklagen!«

Ein nachdenklicher, boshafter Ausdruck erschien in Harals Augen, Verwirrung in denen Khyms.

»Niemand verklagt die Kif«, sagte Khym.

»Nein«, bestätigte Pyanfar, »das werden sie auch nicht. Und sollen sich doch Sikkukkut *und* die Station darüber Gedanken machen, was in diesem Container ist, ob es wertvoll ist oder nicht. Wenn er ihn nicht nimmt, wird er sich immer fragen müssen, und falls er ihn nimmt und nichts findet außer Handelsgütern – Kif haben bemerkenswert wenig Sinn für Humor, wo es ihr Gesicht betrifft. *Sfik.* Und bei den Göttern, wenn er einen seiner Genossen schickt, um das Zeug zu holen, wird er sich fragen, ob er alles bekam, was darin war. Kif trauen einander nicht. Sie können einfach nicht.«

»Aber ...«, meinte Khym.

»Keine Zeit. Tu das, Haral!«

»Aye.« Haral setzte sich an den Kom, steckte sich den Hörer ins Ohr und schaltete ein blinkendes Licht aus. »Käpt'n, das ist wieder Tully. Er hat schon ein dutzendmal hier angerufen und fragt immer wieder nach einem Päckchen mit Papieren. Er möchte heraufkommen und darüber mit dir sprechen.«

»Götter!« Sie harkte sich abwesend den Bart und sah sich auf der Brücke um, betrachtete Khyms breiten Rücken, während sich Khym pflichtbewußt auf sein Pult konzentrierte und es ihr bewies – sich vor ihr bewies. Absichtlich. Hartnäckig.

Da bemerkte sie, was sie dachte, und schob den Gedanken weg. Zwei Männer am selben Ort. Alte Denkgewohnheiten starben nur langsam. *Sie sind auf demselben Schiff. Aber er ist kein Hani, um der Götter willen!*

»Sag ihm, er soll heraufkommen!« befahl sie. »Sag allen, sie sollen herkommen, sobald der Frachtraum gesichert ist. Bereite die Ops für das Ablegen vor. Und schick diese Botschaft!«

»Aye.« Haral leierte die Mitteilungen und Befehle nacheinander herunter. Sie schaltete ohne Umschweife von einem Kanal zum anderen. Dann sagte sie in knurrendem Stsho: »Treffpunkt, Zentrale Flugleitung, hier spricht Hani-Schiff *Chanurs Stolz,* Liegeplatz 6, in Beantwortung Ihrer Benachrichtigung betreffs unserer Fracht: Wir müssen Sie informieren, daß Container 23500 bereits für Liegeplatz 29, *Harukk,* bestimmt war ...«

»Stell eine Verbindung mit Sikkukkut her!« sagte Pyanfar hinter ihr. »Setz ihn davon in Kenntnis, daß eine Sendung für ihn in den Händen der Stsho ist!«

»Du kannst es dir nicht leisten, auf die Ware zu verzichten«, sagte Khym und schwang seinen Sitz herum. »Weder an die Stsho noch an die Kif. Pyanfar ...«

»Käpt'n!« sagte sie und verschränkte die Arme. Seine Augen brannten. Sie hielt stand. »Du befindest dich hier auf der Brücke, und es heißt: *Käpt'n. – Behalte dein Pult im Auge!«*

Er zitterte sichtlich. Ein Seufzer stob durch seine Nasenlöcher wie der Atem eines Hochofens. Und er wandte sich wieder seinem Pult zu.

»Puh«, sagte sie. Ihre schlimmsten Erwartungen wurden übertroffen.

»Der Stationsleiter will dich sprechen«, sagte Haral. »Ich denke, es ist *gtst* Dolmetscher.«

»Ich nehme das Gespräch an.« Pyanfar setzte sich an ihren Platz vor den Kontrollen und steckte sich einen Kom-Hörer ins Ohr, beugte sich in die Aufnahme des Pultes und drückte auf das blinkende Licht. »Hier ist Pyanfar Chanur. Haben Sie eine Frage, hochgeschätzter Direktor?«

»Der Direktor informiert Sie darüber ...«, lautete die Antwort, »... daß diese hochnäsige Drohung nicht genügt.

Wir besitzen die von Ihnen unterschriebene Anerkennung Ihrer Verantwortung, aber das deckt nicht die Klagen und unsere Verbindlichkeiten. Wir wünschen sofortige Bezahlung.«

»Wirklich?« Sie zog die Lippen zurück, als könne sie den Direktor vor sich sehen. »Sagen Sie dem Direktor, daß *gtst* neue Phase ein Schurke ist, ein Lügner und ein Pirat.«

Eine Pause. »... Unsere Forderung ist berechtigt. Der Schadenersatz von vierhundert Millionen muß bezahlt und die Klagen müssen entschieden werden ...«

»Holen Sie das Geld von den Kif!«

»... Falls die *Chanurs Stolz* ablegt, ohne bezahlt zu haben, bedeutet das eine Vertragsverletzung. Ein Antrag auf Wiedergutmachung geht dann an den *Han*. Diese Nachricht wäre jetzt noch günstiger zu überbringen als üblich.«

Pyanfar holte Luft. Götter! Für einen Stsho besaß dieser alte Bastard ein gewisses Flair.

»... Ihre Antwort!«

»Ein Geschäft. Einerseits werden wir eine Gegenklage einreichen. Verlieren wir den Prozeß, wenden wir uns an das Gericht von Llhie nan Tle, dann an Tpehi, dann an Llyene, und das wird Jahre dauern ... während *gtst* rechtlich dafür haftet, unsere Ware im Lager zu halten, solange der Rechtsstreit im Gang ist.«

»... Das könnte akzeptabel sein.«

»Andererseits ... andererseits, verehrter Direktor ...«

»... Kommen Sie rasch zu diesem Andererseits!«

»Falls die Zahlungsaufforderung anders formuliert würde, und falls der Treffpunkt die Verantwortung übernimmt für alle gegenwärtigen und künftigen Klagen außerhalb unserer Regelung, könnte Geld kommen.«

»... Bitte neu formulieren! War das ein Zahlungsangebot?«

»Die Station übernimmt die volle finanzielle Verantwortlichkeit für gegenwärtige und künftige Klagen und Reparationen, die sich aus der Schlägerei ergeben, verzichtet auf alle Ansprüche auf unsere Waren, schließt mit unseren

Maklern zu den verzeichneten Wechselkursen der Station ab und legt uns eine zusammengefaßte Rechnung über die Forderungen an die *Stolz* vor.«

»Bitte formulieren Sie neu, Chanur-Kapitän! Dieser Übersetzer hat ›Forderungen an das Schiff‹ verstanden.«

»Dann haben Sie es richtig.«

Eine Verzögerung. »... Das riecht nach Illegalität.«

»Keineswegs. Wir legen einen Eid ab auf die Schäden, die während der Unruhen durch die *Stolz* erlitten wurden. Egal welcher Art. Ich bin *sicher*, Sie besitzen das Talent, das Papier so zu formulieren, daß wir es beide unterzeichnen können.«

»Bitte, bitte, diese Übersetzung muß absolut korrekt sein!«

»Sie haben sie korrekt. Sie bringen unsere Akte in Ordnung, fertigen uns ab, und können dann diese verdammte Rechnung so aufplustern, wie Sie wollen. Ich erwarte Sie in einer Viertelstunde auf dem Dock, mit der Kreditbescheinigung.«

»... Dies ist eine Täuschung. Chanur ist bekanntermaßen mittellos.«

»Revidieren Sie Ihre Informationen, verehrter Direktor. Chanur hat gerade eine Schuld zurückgefordert.«

Längeres Schweigen.

»Nun?«

»Entschuldigen Sie, hochgeschätzter Chanur-Kapitän. Diese Sache erfordert Überlegung.«

»Bei den Göttern, sorgen Sie dafür, *daß ich endlich von hier wegkomme!*«

Wieder Stille. »Seien Sie bitte diskret.«

»Würde der verehrte Direktor über einen ungesicherten Kanal mit mir in Verbindung treten? Der verehrte Direktor ist doch kein Dummkopf. Es wäre nicht profitabel für *gtst*, sich an den *Han* zu wenden, in welcher Form auch immer. Dabei würden die Mittel mit Sicherheit durch den Rechtsstreit eingefroren.« Pyanfar drehte sich um und winkte Haral heftig zu. »Eine *rechtliche Freigabe*«, sagte sie in die Aufnahme und zu Haral, und dann fielen ihre Augen auf

Khym, den ehemaligen Lord Mahn, auf ein gespanntes Gesicht, das ihr zugewandt war. Sie gab ihm einen Wink, während sie mit einem Ohr dem aufgeregten Getue der Stsho zuhörte. *Tu es!* formulierte sie mit den Lippen. »... Hören Sie! Ich sagte schon, daß Sie die Rechnung aufplustern können, wie es Ihnen gefällt. Und ich komme *nicht* noch einmal in das Büro. Sie kommen zum Dock, und Sie unterzeichnen ein Lossprechung von allen Schadensersatzforderungen! Verstanden?«

Heftige Aktivität entfaltete sich rechts von ihr. Harals Computer spulte Rechtsformulare hervor, und Khym beugte sich über Harals Schulter und murmelte Korrekturen und Formulierungen.

Bei den Göttern, Mahns Ex-Lord und Ex-Rechtsberater in seinem Element.

Pyanfar grinste das Mikrophon an und lauschte weiterem Geschwätz. »Einfach ausgedrückt«, sagte sie zum Direktor, dem früheren Stle stles stlen, »Sie unterschreiben unsere Papiere und wir Ihre, wir erhalten saubere Papiere, und unsere Fracht wird zu den höchsten gängigen Kursen verkauft; dann können *Sie* dem Hohen Direktor auf Nsthen zeigen, daß Sie volle Entschädigung erhalten haben, richtig? Andernfalls berichten Sie von unbezahlten Schäden. Welche Möglichkeit ziehen Sie vor?«

»Der Direktor läßt Ihnen *gtst* tiefen Schmerz ausrichten, daß Chanur von Dummköpfen verleumdet wurde. *Gtst* schickt Ihnen sofort die Papiere und zusätzlich ein Geschenk, um dieses Mißverständnis wiedergutzumachen.«

»Chanur wird sich revanchieren und damit die Weisheit des Direktors anerkennen, diese Verleumdungen zu bemerken.« Sie durchsuchte rasch das Datenfach nach den entsprechenden Formularen, kopierte sie, packte sich das Formular, das ihr Haral entgegenhielt, ganz ausgefüllt, zweisprachig in Stshoshi und Hani, unterschriftsreif. »Unseren tiefsten Dank, ja.« Sie unterbrach die Verbindung und blätterte die Dokumente durch, suchte nach Schlüsselklauseln. »Wasserdicht?«

»Volle Freisprechung«, sagte Khym.

»Besser wäre es.« Sie sammelte sämtliche Papiere ein und warf den Sessel in seinem Drehmechanismus herum. »Blick wieder zum Scanner, verstanden?«

»Benötigst du eine Begleitung?« fragte Haral.

»Du bleibst hier! Sag Hilfy, sie soll bei der Schleuse auf mich warten! Ich brauche, verdammt nochmal, keinen Schutz vor Stsho, und ich möchte, daß du an den Kontrollen bleibst. Für alle Fälle.« Sie sprang auf und eilte zur Tür.

Tully kam gerade hereingestürmt. »Pyanfar!« rief er.

»Tut mir leid, Tully, keine Zeit!« Sie schob sich an ihm vorbei, das heißt, sie versuchte es. Er packte sie am Arm.

»Müssen reden, Pyanfar!«

»Keine Zeit, Tully. Haral – kümmere dich um ihn!«

»Nein # zuhören # ich # gehen #!« Er packte wieder nach ihr, als sie sich aus seinem Griff befreite, und versuchte, sie im Gang draußen wieder einzuholen. »Pyanfar!«

Während sie ihn stehenließ.

»Pyanfar ...«

Sie schaffte es in den Lift und konnte die Tür vor ihm schließen. Sie schaltete den Kom ein. »Haral, verstecke Tully! Besorge ihm die Medikamente für den Sprung! Und bleib an den Kontrollen!«

Es war nicht die logischste Folge von Befehlen.

Götter, Tully und Khym frei auf demselben Deck des Schiffes, Haral beschäftigt ...

Der Lift hielt auf dem Unterdeck. Die Tür ging auf und zeigte Tirun, Chur und Geran, die davor standen. Harals Stimme drang durch diesen Korridor ... *»Wer ist da unten frei?«*

»Fahrt hinauf!« sagte Pyanfar, als sie sich mit den Papieren in der Hand an ihnen vorbeidrängte. »Macht schon, ja?« Ihre Felle waren verschmutzt und dunkel vor Schweiß. Sie rochen danach. *»Bringt Tully irgendwo unter!«*

»Aye.«

Die Tür ging zu, und sie fuhren nach oben. Pyanfar brachte den Korridor mit langen Schritten hinter sich und erreichte Hilfy, die an der Schleuse wartete, die Ohren angelegt hatte und das Weiße ihrer Augen zeigte.

»Beruhige dich, Kleine!« sagte Pyanfar, als sie diesen Blick sah. »Diesmal sind es nur die Stsho.«

Aber sie hatte immer noch die Pistole in der Tasche. In letzter Zeit kam ihr das stets wie eine gute Idee vor.

Im Docksbereich vor der *Stolz* war es jetzt ruhig, geisterhaft ruhig, und die riesigen Türen zum Markt waren immer noch verschlossen. Die Frachtluke war dicht und die Frachtrampe der Station eingezogen und verdunkelt. Nirgends standen Container. Nur das Portal stand noch da, die gewaltigen Luftrohre an die Abzugsplatte neben den Ein- und Auslaßschläuchen für das Wasser gesteckt, die jedoch im Innern abgedreht waren. Das Sensorenbündel, die sechsfach verstärkten Energiekabel und die Kom-Verbindungen waren alles, was die *Stolz* jetzt noch mit der Station verband, neben der Eingangsröhre, der Rampe für Stationspersonal, der Sonde und den Greifern, die hinter dieser dreifach verstärkten Wand die stählernen Greifarme der *Stolz* sicherheitshalber verstärkten.

Nicht viel, verglichen mit der lastwagenbreiten Frachtrampe. Nicht mehr genug, um sie jetzt noch zu halten, wo diese starke Verbindung nicht mehr bestand. Ein Schiff konnte sich von den Greifern losreißen, wenn es sein mußte, die Beschädigung in Kauf nehmen und darauf vertrauen, daß sich die Stationsventile und Schotts schlossen. Nicht einmal Kif hatten so etwas schon getan, so rücksichtslos sie auch gegenüber dem Leben waren, aber die Stsho *dachten* möglicherweise in ihrer Paranoia an solche Möglichkeiten.

Pyanfar betrachtete mit verengten Augen diese Verbindung mit der Anlegesonde und hing solch gesetzlosen Gedanken nach.

Dachte daran, Pirat zu werden.

Dachte daran, was eine verzweifelte Hani tun konnte, wenn sie ein Glücksspiel mit den Mahendo'sat und dem *Han* verlor und ihr zu Hause nichts mehr blieb. Ihre Mannschaft würde loyal bleiben, und in eine mahen Hölle mit dem *Han,* wenn Kohan Chanur starb!

Liebe Götter! Der Gedanke machte sie frieren. Das kam, wenn man alt wurde.

Wenn man einen Mann an Bord hatte. Es versetzte einen in andere Denkweisen, wie *Jagen* und *Sich verstecken* und *Die Eindringlinge töten,* unter Aufgabe der höflichen Ergebenheit gegenüber dem *Han,* auf der die Zivilisation beruhte.

Stützen hinausziehen, nannte Khym das.

Hani-Schiffe, die kreuz und quer durch das Raumgebiet des Paktes flogen, mit Männern an Bord und der entsprechenden Geistesverfassung der Mannschaft. Aufruhr auf Stationsdocks, Schlägereien zwischen Herrscherhäusern, Mannschaften, die mit anderen Mannschaften nicht einiggingen, und im All geborene Hani, die kein Anuurn unter ihren Füßen kannten, für die keine Klause in Reichweite war.

Götter, was mache ich hier? Sie stand hier neben Hilfy, eine Pistole in der Tasche, und beobachtete, wie ein Amtsfahrzeug der Stsho summend das Dock heraufkam. Irgendwie war sie in diese Sache hineingeraten. Die Schritte, die hineingeführt hatten, entzogen sich ihr im Moment, aber die Schritte, die darüber *hinausführten ...*

Ein Kif bot ihr ein Bündnis an – und für einen flüchtigen Augenblick war es wirklich verlockend für sie. Die Freunde gingen ihr aus.

Der Wagen fuhr heran und hörte auf zu summen. Ein Summen in veränderter Tonart erklang, als die Tür herabglitt und Stle stles stlens gegenwärtige Persona einen rosa beschuhten Fuß heraussetzte. Der Dolmetscher stieg an der anderen Seite aus und eilte mit wehenden Gewändern um den Wagen, ein Eindruck wie von Regenbogenlicht, um dem Direktor *gtst* Hand zu bieten.

Stle stles stlen (oder wie immer sich *gtst* im Moment nannte) richtete sich auf und winkte aus dem schlaffen Handgelenk heraus mit der langfingrigen Hand. »Shoss.«

Ein Papier erschien aus irgendeiner Tiefe zwischen den

5·85·2

Gewändern des Dolmetschers. *Gtst* hielt es den Hani hin, und *gtst* mondfarbene Augen waren geweitet und flatterten vor Nervosität.

»Nimm es!« sagte Pyanfar zu Hilfy, legte die Arroganz an den Tag, welche die Stsho verstanden: Assistenten tauschten üblicherweise die Papiere aus und prüften sie sorgfältig.

»Eine Rechnung«, sagte Hilfy mit leiser, erstickter Stimme, »über 1,2 *Milliarden* Credits, Tante!«

»Damit habe ich gerechnet. Zeig her!«

Hilfy reichte sie ihr. Das Studium der Dokumente ging einen Schritt weiter, als Stle stles stlen die Freigabeformulare in *gtst* eigene perlmuttfarbene Hände nahm.

Eine Zeitlang raschelten die Seiten, während die Leitungen des Portals über ihnen klopften und zischten.

»In Ordnung«, sagte Pyanfar.

»Hesth«, sagte Stle stles stlen, und dann auf Hani: »Wo ist das Geld?«

Pyanfar reichte ihm das Papier. Stle stles stlen nahm es in *gtst* eigene Hände, und dann ging *gtst* Kopf hoch, die Augen geweitet.

»Nun?« fragte Pyanfar und hielt die Ohren aufgerichtet, ihr Gesichtsausdruck zuversichtlich und höflich.

». . . Dies ist eine verschwenderische Macht«, übermittelte der Dolmetscher.

»Selbstverständlich. Und ich bin sicher, daß der verehrte Direktor diese Kopie zu den Akten nehmen möchte. Ich behalte das Original.«

»Hochgeschätzte Hani-Freundin«, sagte Stle stles stlen.

»Haben Sie einen Stift?«

Stle Stles stlen ließ sich einen vom Dolmetscher reichen und bot ihn selbst an. Hätte *gtst* externe Ohren gehabt, wären sie weit nach vorne gestreckt worden.

Pyanfar unterschrieb; *gtst* ebenfalls. Die Dokumente wurden ausgetauscht, und auch Chur und der Dolmetscher unterschrieben. Hektische Rötungen, die fast in Rosa übergingen, jagten das Perlmutt über Stle sltes stlens perlmuttfarbene Haut.

Gtst blickte auf und winkte, Anbetung in den Augen. Der Dolmetscher brachte aus seinen unerschöpflichen Regenbogengewändern eine kleinere Geschenkschachtel zum Vorschein, die Stle stles stlen Pyanfar persönlich überreichte.

»Nehmen Sie diese Kleinigkeit an!«

»Wie großzügig.« Pyanfar steckte die Schachtel in die Tasche. »In Ihren Akten finden Sie mein Manifest: Suchen Sie sich eine Kiste Anuurn-Honig für Ihre Tafel aus.«

»Exzellente Hani.«

»Ich komme auf den ersten Platz der Abflugliste.«

»O ja.« *Gtst* verneigte sich flatternd. »So schnell wie möglich.« *Gtst* wich zum Wagen zurück und blieb stehen, betrachtete sie noch einmal mit geweiteten Augen und duckte sich dann in das Fahrzeug.

Der Dolmetscher half dem Direktor hinein. Die Tür fuhr hoch, und *gtst* eilte wie ein Regenbogen um den Wagen herum an die eigene Seite.

Der Wagen erwachte summend zum Leben. Die Fenster wurden undurchsichtig. Das Fahrzeug vollführte eine schnelle U-Kurve und fuhr dann das Dock hinunter davon.

»Tante ...«, sagte Hilfy.

Pyanfar drehte sich um, erwartete, daß jemand von der Mannschaft nach draußen gekommen wäre.

Statt dessen erblickte sie einen Kif zwischen ihnen und der Schleuse, und ihre Hand zuckte in Richtung Tasche – beließ es aber klugerweise bei dem Zucken. Pyanfar stand steifbeinig da und hörte Hilfys unterdrückte Stimme neben sich. Der Gürtelkom war zweifellos eingeschaltet. »Haral, um der Götter willen ... *Haral* ... ein Kif ist hier draußen ...«

Der Kif schwenkte eine Hand unter seinen Gewändern und bauschte den Saum wie den Rand eines dunklen Flügels. Er schlenderte näher heran, zeigte dabei die Lässigkeit eines sehr, sehr alten Freundes.

»Sind Sie das, Sikkukkut?«

»Seltsam. Ich kann Hani auseinanderhalten.«

»Verschwinden Sie von meinem Dock!«

»Ich kam im Anschluß an meine Botschaft hierher. Der Ring. Wie hat Ihr Fahrgast ihn aufgenommen?«

»Ich habe ihn vergessen. Offen gesagt, ich habe ihn vergessen.«

»Ist es möglich, daß er vielleicht nicht in der Lage war, ihn entgegenzunehmen? Verletzt durch die Fracht, in der er steckte? Das würde mich schmerzen.«

»Aber sicher. Gehen Sie mir aus dem Weg!«

»Diese Frau hier, von der Mannschaft, ruft um Hilfe, nicht wahr?«

»Sie werden sicher nicht bleiben wollen, um sich davon zu überzeugen.«

Auf der dünnen, runzligen Schnauze erschien eine ganze Kette von Runzeln. »Sie wollen also ablegen. Hüten Sie sich vor Punkt Kita!«

»Danke.«

Weitere Runzeln. »Aber bitte. Man findet solche begrenzten Möglichkeiten, den Treffpunkt zu verlassen, neben den Routen, die die Stsho erlauben. Einmal von uns abgesehen – wir nehmen die Wege, die wir wollen. Ich frage mich, wo die *Mahijiru* ist.«

»Dann wissen Sie es nicht? Gut!«

»Ihr *Sfik* wird Ihnen noch das Leben kosten.«

»Es ist schließlich *meines,* nicht wahr? Komm, Hilfy!« Sie stapfte los, suchte sich einen Weg zur *Stolz,* der gerade außerhalb der Reichweite langer Kif-Arme lag. Aber der Kif trat ihnen in den Weg.

»Unsere Spezies sind beide Jäger-Rassen, Jägerin Pyanfar.« Und mit einem Zucken der langen, unbehaarten Nase: »Kif sind besser.«

»Hani sind gescheiter.« Pyanfar war stehengeblieben, die Hand in der Tasche. »*Ich* habe eine Pistole.«

Auf Sikkukkuts langer schwarzer Nase erschienen Runzeln und verschwanden wieder. »Aber da Sie Hani sind – wagen Sie es nicht, sie zu benutzen, solange ich mich nicht als bewaffnet erweise. Das ist die Bürde einer Art, deren Gastgeber sie nicht fürchten.«

»Das nennt man Zivilisation, Sie ohrenloser Bastard!«

Ein trockenes kifisches Schnüffeln, wie Gelächter. »Die Stsho sind Gras für uns. Sie, Hani, werden sich mir nicht anschließen.«

»In einer mahen Hölle.«

Er hob beide Hände, die Handflächen nach außen. »Ich fordere Sie nicht heraus, Jägerin Pyanfar.«

Ihr Hand spannte sich um die Pistole, um schnell zu sein; aber der hochgewachsene Kif wandte ihr den schwarzgewandeten Rücken zu und entfernte sich in der ihm eigentümlichen stolzierenden Gangart.

»Sfik«, murmelte Hilfy, die Linguistin unter ihnen. »Es bedeutet *Stolz* oder auch *Ehre,* – wenn die Kif welche hätten.«

»Wenn«, sagte Pyanfar. Sie starrte hinter dem Kif her und vergaß auch nicht, sich nach versteckten Gefährten von ihm umzusehen: Es waren keine da. »Dieser Mund spricht vielleicht Hani, aber sein Gehirn ist reines Kif. Los, verschwinde von hier!«

»Ich habe auch eine Pistole«, sagte Hilfy, die sich zurückzog, wie ihr befohlen worden war. »Komm, Tante, wir wollen beide von hier verschwinden!«

»Puh.« Pyanfar drehte sich um und packte Hilfy am Arm, und sie beide eilten die Rampe hinauf in den Eingang, wo sie auf Tirun und Chur trafen, die unterwegs nach draußen waren.

»Liebe Götter!« sagte Pyanfar, als ihr Herz wieder schlug.

»Es hörte sich an, als hättet ihr Schwierigkeiten«, sagte Tirun.

»Sie sind weggegangen«, antwortete Pyanfar und schob die anderen vor sich her in die Sicherheit hinter der Luftschleuse. Chur schloß das Schott.

»Kif?« fragte Tirun.

»Kif«, antwortete Pyanfar, drehte sich um und warf einen scharfen Blick auf Geran, die dort mit Tully stand und sich durch ihre Bewegung verraten hatte.

»Müssen reden«, sagte Tully.

»Geran, um der Götter willen, ich sagte, bring ihn zur Ruhe!«

»Es ist dringend, Käpt'n.«

»Alles ist dringend. Alles der Reihe nach. Ordnet euch ein!«

»Tante«, sagte Hilfy mit dieser Art Blick, die sie immer zeigte, wenn irgend etwas völlig aus den Fugen war.

»Haben Papier«, sagte Tully atemlos. »Haben ... # ... # ...« Das Übersetzungsgerät überschlug sich über verstümmelten Hani-Wörtern.

»Gebt mir einen Hörer, ja?« Es tauchte einer aus Hilfys Hosentasche auf, und Pyanfar steckte ihn sich ins Ohr. »Tully, was sind das für Papiere?«

»Haben Papier sagen Menschen kommen kämpfen Kif # # brauchen Hani!«

»Zur Hölle mit diesem Gerät. Ich bekomme nicht mit, was er sagt!«

»Menschen kommen kämpfen Kif.«

Pyanfar spürte einen sehr kalten Klumpen in der Magengegend. »Warum, Tully?«

»Machen Kif #. *Freund,* Pyanfar. Bringen viel Menschen kommen kämpfen Kif.«

Der Klumpen wurde noch kälter.

»Hört sich an«, meinte Tirun, »als ginge es da um mehr als nur ein Schiff.«

»Sie suchen Unterstützung«, sagte Hilfy. »*Darum* ist er gekommen. Ich glaube, das ist es, was er uns sagen will. Es hat nichts mit Handel zu tun.«

»Götter«, murmelte Pyanfar und blickte auf zu dem ernsten Menschengesicht, zu vier Frauen ihrer Mannschaft, deren angespannte Gesichter dieselbe Art von Gedanken offenbarten. »Wissen die Kif davon, Tully?«

»Vielleicht wissen«, sagte er. Er holte tief Luft und atmete wieder aus, streckte dann die Hände aus, als wolle er seine Bitte am Übersetzungsgerät vorbei vorbringen. »Kommen weiten Weg finden dich. Kif ... Kif machen Ärger # einmal kämpfen Goldzahn-Freund.«

»Goldzahn«, sagte sie. Der Name verbreitete einen schlechten Geschmack in ihrem Mund. »Was soll ich mit dir machen, hm?«

»Fliegen Maing Tol. Fliegen Anuurn.«

»Verdammt, Tully, wir haben *Kif* direkt vor der Nase!«

Seine blassen Augen betrachteten sie verzweifelt. »*Kämpfen*«, sagte er. »Müssen machen *Kampf*, Py-an-far!«

Sie senkte die Ohren und richtete sie wieder auf, sah sich dann um zu ihrer Mannschaft. Ängstliche Gesichter. Blicke, die von ihr eine Antwort erwarteten.

»Wir sollten ihn der *Wachsamkeit* übergeben«, brummte sie, »und die Kif von der Sache in Kenntnis setzen.«

Niemand sagte etwas. Pyanfar stellte sich die Konsequenzen für sich selbst vor, wenn sie das tat. Der zerbrechliche Pakt weit aufgebrochen, und Kif, die ein Delegiertenschiff des *Han* jagten.

Oder Ehrran ließ ihn einfach auf einer Stsho-Station zurücks, wo nicht einer die Hand heben würde, um die Kif daran zu hindern, daß sie eindrangen und taten, was ihnen gefiel.

Kif würden alles tun, wenn die Tat mehr Gewinn versprach als der Verzicht auf sie.

»Wohin bringen wir ihn?« wollte Tirun wissen.

»Nach Maing Tol, sagt Goldzahn.«

»Käpt'n – wenn wir das tun, wird diese Schwarzhose uns die Ohren nehmen. Mit deiner Erlaubnis, Käpt'n.«

Wieder wurden ihre Befehle in Frage gestellt. Pyanfar starrte Tirun an, eine Kusine, eine alte Gefährtin; auch eine Chanur, deren Leben auf dem Spiel stand.

»Möchtest du ihn an die Ehrran übergeben, Tirun?«

Tirun stand mit hängenden Ohren da, und hinter ihren Augen jagten sich die Gedanken. »Wir könnten auch einen Container an die *Wachsamkeit* schicken«, schlug sie vor. »Soll sich doch dieser Kif-Bastard wundern.«

Pyanfar fand die Idee ansprechend, aber sie entschied sich dagegen. »Nein«, sagte sie, dachte dabei an dieselben Konsequenzen. »Das können wir nicht riskieren. Kommt!«

Sie packte Tully am Arm und setzte ihn in Bewegung, ließ dann los und eilte zum Lift. »Bringt Tully in sein Quartier. Besorgt ihm seine Medikamente und kommt dann zur Brükke!«

»Fliegen?« fragte Tully dicht hinter ihr. »Pyanfar – fliegen Hoas?«

»Urtur«, sagte sie. Sie erreichte den Aufzug und drehte sich um, sah, wie Chur und Hilfy Tully an den Armen faßten. Tirun drückte den Türschalter und hielt die Tür offen. »Wir fliegen nach Urtur. Schnell. Nimm die Medikamente! Komm niemandem in die Quere, verstehst du?«

»Verstehen«, sagte er und duldete es, daß sie ihn den Korridor entlangzogen. Pyanfar betrat den Lift. Tirun folgte ihr und drückte die Schalter.

Ein besorgter Blick von Tirun. Mehr nicht.

»Ich weiß«, sagte Pyanfar, faßte es damit zusammen. Sie holte die Geschenkschachtel aus der Tasche, in die sie sie gesteckt hatte, und öffnete sie, während der Aufzugwagen nach oben schoß.

Eine Notiz. *Hüten Sie sich vor Ismehanan-min,* stand darauf.

Womit Goldzahn gemeint war.

So erreichte sie Tirun.

Die Tür öffnete sich auf dem oberen Korridor.

FÜNFTES KAPITEL

Stille herrschte auf der Brücke, eine erstaunliche Ruhe in Anbetracht der Situation. Khym strotzte vor Fragen, und die Handvoll Besatzungsmitglieder war erschöpft. Niemand sagte ein Wort. Sechs Augenpaare waren auf Pyanfar gerichtet und zeigten die Erwartung, daß sie mit irgend etwas bemerkenswert Klugem herausrückte.

1,2 Milliarden Credits. Hilfy schien sich immer noch im Schockzustand zu befinden.

»Wir haben ein paar Probleme«, sagte Pyanfar, während sie in den Sessel sank, der so gedreht war, daß er einen Blick über die ganze Brücke erlaubte. »Ich finde, wir sollten besser von der Abfertigung Gebrauch machen, die uns die Stsho versprochen haben, und von hier verschwinden, bevor sie es sich anders überlegen. Chur, Hilfy, seid ihr sicher, daß Tully sicher untergebracht ist, seine Medikamente hat und weiß, daß er an Ort und Stelle bleiben soll?«

»Aye«, sagte Chur.

»Ich verspreche nicht, daß wir einen ruhigen Abflug erleben werden. Und wir werden Tempo machen. Unser Ziel ist Urtur. Wir haben uns von der Ladung befreit und können es mit einem Sprung schaffen. Wenn wir dort ankommen, spitzen wir die Ohren und lauschen den Nachrichten. Mögen die Götter geben, daß darin keine Kif vorkommen. Noch Fragen?«

Es war völlig still.

Sie zog einen Kurierzylinder aus der Dokumententasche seitlich an ihrem Sessel. »Chur.«

»Aye.«

»Einer von der Docksmannschaft soll das durch den Pneumat schießen. Schnell!«

Chur nahm den Zylinder, wirbelte herum und eilte mit scharrenden Krallen von der Brücke. So, *dafür* war gesorgt.

Falls Stle stles stlen nicht alle ihre Botschaften abfing, verdammt sei seine Perlmutthaut!

»Mannschaft an die Stationen! Khym ...« Sie stand auf. In dem allgemeinen Durcheinander der Besetzungsmitglieder, die ihre Posten bezogen, packte sie Khym am Arm und nahm ihn mit hinaus in die Stille des Korridors.

»Für diesmal empfehle ich dir den Tranquilizer«, sagte sie. »Tully nimmt ihn auch. Es gibt noch welchen in der Oberdeckapotheke.«

»Ich brauche keinen«, murrte er mit gesenkten Ohren. »Ich brauche keinen ...«

»Hör mir zu! Selbst alten Hasen dreht sich bei solchen Unternehmen der Magen um. *G* wie beim Planetenstart. Wir werden die Generatorflügel kippen ...«

»Ich gehe nicht in meine Kabine. Sieh mal, du wolltest mich auf der Brücke haben. *Arbeite!* sagtest du ...«

»Du bleibst *nicht* auf der Brücke!«

»Wir haben da noch die Beobachtersitze.«

»Nein!«

»Bitte, Py.« Seine Stimme sank auf die unterste Stimmlage. Seine Bernsteinaugen waren lebhaft und geweitet. »*Käpt'n.* Verdien dir einen Ring, hast du gesagt. Vor ihnen allen, um der Götter willen, Py. Ich mache keine Schwierigkeiten. Auf keinen Fall.«

Pyanfar fielen die Ohren herab, und ihr Herz kippte um. »Verdammt nochmal, das wird kein einfacher Sprung von Hafen zu Hafen!«

»Ein Mitglied der Besatzung. Ist es nicht das, was du gemeint hast?«

»Das ist nicht die Frage ...«

»Stolz ist Stolz, Py. Du hast mich dorthin geschickt; und, bei den Göttern, du läßt mich auch dort sitzen! Oder meinst du, die Mannschaft wolle es nicht haben?«

Doof, das war sie.

»Du nimmst den Beobachtersitz Eins«, sagte sie. »Du siehst Geran zu, wie sie den Scanner beobachtet, und wenn dir während der Zyklen schlecht wird, dann nimmst du eine der Tüten unter dem Schränkchen; mir ist egal, was währenddessen sonst noch passiert! Falls du noch nie bei einem Hochgeschwindigkeits-Vektorenwechsel dabei warst, bei dem sich jemand erbrach, hast du noch kein richtiges Durcheinander gesehen. Kapiert?« Sie stieß ihn mit einer scharfen Kralle an und sah, wie er sich rings um die Nase verspannte. »Nebenbei, das besudelt die Bildschirme.«

Wortlos duckte er sich durch die Tür zur Brücke.

Sie folgte ihm, während er sich auf den ersten der drei Beobachtungsposten setzte, direkt neben Geran. Geran sah ihn von der Seite her an, verriet keine Bestürzung, aber es war doch ein seltsamer Blick. Khym fummelte nach dem Gurt und mühte sich, ihn festzumachen – nicht nervös, nein, überhaupt nicht. Er verfehlte nur zweimal das Schloß.

Pyanfar glitt an ihren eigenen Posten, packte den Gurt mit einer Hand und warf den Sessel herum, alles in einer glatten Folge, weil sie es konnte, und sie erkannte nicht, warum sie es tat, bis sie es getan hatte.

Sie hatte Khym aus einem bestimmten Grund auf die Brücke geschickt und war nun mißmutig, weil er von selbst dort bleiben wollte. Und wußte es.

Götter!

»Bereit zur Abkopplung der Sonde«, verkündete Haral.

»Chur ist noch da unten. Hilfy, informiere die *Wachsamkeit,* daß eine Botschaft an sie unterwegs ist.«

»Aye.« Eine kleine Verzögerung. »Sie bestätigen. Das ist alles.«

So viel hatte Pyanfar für Rhif Ehrran übrig. Auf einen destruktiven Schwatz wollte sie sich nicht einlassen.

Unterrichte Sie hiermit, besagte die Botschaft, *von Kif auf unseren Fersen. Schrecken vor nichts zurück, nicht einmal vor Angriff auf* Han-*Delegierte. Vermeiden Sie, Aufmerksamkeit zu wekken! Station in Gefahr. Wir noch mehr. Wir ergreifen ausweichende Maßnahmen, so gut wir können. Keine Erklärung möglich.*

Gut, daß sie nicht mehr im Hafen war, wenn das zu Ehrrans Kenntnis gelangte!

Eine Folge dumpfer Laute erklang am Bug. Die der *Stolz* eigene Sprache von Krachen und Dröhnen, so zuverlässig wie Pyanfars Kontrollampen: Die Anlegesonden waren eingezogen; die Entlüftungsleitungen geschlossen. Außerhalb der Stationshülle lösten sich die Greifer.

»Portal ist frei«, sagte Haral, beschäftigt mit den Abläufen der Vorbereitungen.

»Wo ist Chur? Schafft sie es?«

Der Kom gab es weiter. »Sie kommt«, sagte Tirun. »Alles in Ordnung.«

»Gib mir das Abflugprogramm!«

»Da ist es«, sagte Tirun, und dann: »Puh!«

Banny Ayhars *Wohlstand* war auch auf der Liste, Ziel Urtur via Hoas-Punkt. Das gleiche galt für *Marrars Golden Sonne.*

Da war Klatsch auf dem Weg nach Anuurn, so schnell, wie ein beladenes Handelsschiff reisen und eine Ehrran-Botschaft überbringen konnte.

Ebenso war ein Stsho-Schiff vor einer halben Stunde abgeflogen, eine *E Mnestsist* unter dem Kommando eines Rhus flisth'ess. Über Hoas nach Urtur.

So mußte jedes Schiff, das vom Treffpunkt aus in den mahen-hani Raum wollte, via Hoas nach Urtur flegen. Sofern es das nicht ohne Fracht tat, um Urtur mit einem einzigen Sprung zu erreichen. Der Kurs der *Stolz* war als Urtur-via-Hoas verzeichnet, eine Lüge.

Vom Treffpunkt aus boten sich noch weitere Möglichkeiten: Nsthen im Stsho-Raum, wo nur Stsho und Methan-Atmer zugelassen waren. Der Tc'a-Grenzhafen von V'n'n'u; der Tc'a-Hafen von Tt'-a'va'o, auch nur für Methan-Atmer und Stsho erlaubt. Der Kif-Hafen von Kefk, der eine kifische Korridor zum Treffpunkt; Kshshti in den Umstrittenen Gebieten. Botschaften konnten vom Treffpunkt aus viele Wege nehmen, denn so war die Natur des Treffpunkts von der Konzeption her beschaffen.

Und eine lichtschnelle Nachricht konnte als Richtstrahl ein abfliegendes Schiff wie die *E Mnestsist* erreichen, bevor es Zeit hatte zu springen. Es konnte dann immer noch eine Vektorverschiebung durchführen ... falls ein gewisser Stle stles stlen etwas wußte, was er übermitteln wollte.

Hinterhältiger Bastard!

Die *Chanurs Stolz* war aufgeführt unter dem Stichwort *Abflug* –, ohne Zeitangabe. Sie war einfach vor die *Wohlstand* und die *Goldene Sonne* gesetzt worden.

Das war sicher nicht dazu angetan, Banny Ayhar zu besänftigen, keine Frage!

Und nicht ein einziger Kif war aufgeführt.

»Unmöglich zu sagen, was *nicht* auf dieser Liste steht«, murmelte Pyanfar. »Ein ganzer Haufen Kif könnte zehn Minuten nach uns starten. Wenn die Station nicht in der Lage ist, die Registertafeln an den Docks in Funktion zu halten, dann wissen die Götter, was sie mit Abflugplänen macht, sobald Geld den Besitzer wechselt ... Schalte hoch, Haral! Kurs direkt nach draußen!«

»Gemacht«, sagte Haral. Pyanfar vernahm das ferne Geräusch von Pumpen, die ihre Ladung lieferten; dem elektrischen *Wamp!* der Zündung folgte normalerweise das lautere Krachen des aufgehenden Zylinderschlosses, aber diesmal blieb er geschlossen. Bei diesem Systemdurchflug würden sie es nicht mit *G* zu tun bekommen, abgesehen vom Heckschub. Es war sicherer so. Es machte plötzliche Bewegungen sicherer.

Pyanfar hörte, wie hinter ihr jemand im Laufschritt die Brücke betrat und wie dann jemand in einen Sessel plumpste.

»Chur ist da.«

»Die Botschaft ist unterwegs«, berichtete Chur über Kom, um durch den Lärm zu dringen. »Habe gesehen, wie sie im Schlitz verschwand.«

»Ruder auf Eins!« Die Steuerung auf Pyanfars eigene Station. Sie legte Schalter um, ließ die Autoverriegelung während des Ablegens eingeschaltet, während der Computer Masse und Schub berechnete, um im legalen Rahmen zu bleiben. Die Laderäume waren leer. Der Schubanzeiger stand weit unten. Die normale Markierung hätte die *Stolz* geschüttelt wie ein Tritt eine leere Konservendose.

»Tante!« Hilfys Stimme über Kom Eins. »Eine Frage.«

»Stell sie!«

»Diese Rechnung ...«

»Was ist mit dieser Rechnung?«

»Bezahlen die Mahendo'sat sie?«

»Hm. Ja.«

»Wissen Sie es schon?«

»Ich will dir etwas sagen, Kleines. Wir haben zwei schwerwiegende Gründe, diesen Flug mit einem Sprung zurückzulegen. Einer der beiden Gründe sind die Kif.«

»Götter, Tante ...«

»Tirun, bringst du dem Kind bei, wie man flucht?«

»Wie bezahlen wir die Rechnung?«

»Sie ist bezahlt. Goldzahn hat sie bezahlt. Er weiß es nur noch nicht. Bereithalten für die Vektorverschiebung. Wir fliegen hier nicht hinaus wie letztes Mal. Ganz nach Vorschrift, zumindest, bis wir ausreichend Raum haben.«

Sie erreichten die Grenze der I-Zone, auf zwei Vektoren eingewiesen, die gegeben waren durch die Drehung der Station und den eigenen Bug-Schub. Mit dem Heck voran überquerten sie die unsichtbare Markierung. Pyanfar zündete für zehn Sekunden Brennphase, die den Bug in derselben Linie herumschwenkte, und gab dann den Kurs in den Computer.

»Aber Tante ...«

Der Computer führte die zweite Zündung aus und brachte das Schiff genau auf Kurs.

»Formulieren wir es einmal so. Hören alle zu? Wir haben da eine kleine Sache mit den Mahendo'sat. Sie bezahlen die Kneipenrechung, ja? Null zwei auf Markierung, Haral! Die Kameras an der Hafenseite einschalten!«

»Willst du einen Blick auf die Kif werfen?«

»Erstklassig geraten, Kusine. Geran, mach das!«

»Fertig. Bild auf deinem vierten Schirm.«

Das Bild wurde auf Pyanfars viertem Bildschirm in klaren

und schönen Farben sichtbar, und es zeigte das Äußere der Treffpunkt-Station, einen Abschnitt ihrer Torus-Gestalt, die riesigen aufgemalten Docknummern da und dort von Schiffen verdeckt, die mit dem Bug voran an der Station hingen. »Auf den Hauptkanal damit!« befahl Pyanfar. Das wandernde Bild erschien auf allen Stationen – die fremdartige Form eines Stsho-Händlers, die schlanken, bösen Silhouetten von Kif, schlanker, als sie eigentlich sein durften; und eine mit ungewöhnlich großen Generatorflügeln und einer Reihe von Tanks rings um den mittleren Bereich.

»Diese Tanks sind ganz leicht abzusprengen«, meinte Pyanfar. »Seht gut hin, Hilfy, Khym! Seht ganz genau hin!«

»Ein Jägerschiff«, sagte Hilfy.

»Kein Händler, ganz gewiß nicht. Ein götterverdammter Kif-Jäger! Es ist die *Harukk,* gar nicht nötig, nach Nummern zu suchen.« Sie schaltete die Sicherheitssysteme auf NUR BEI EINGABE und den Hauptantrieb hoch.

Der Andruck biß zu, drückte ihr den Ellbogen gegen die Stütze und löste die Halterung aus, die Pyanfars Arm ausgestreckt hielt, damit die Hand in Reichweite des Pultes blieb. Ein neues System. Es funktionierte. Sie hatte die *Stolz* seit Gaohn mit allen Schutzvorrichtungen ausgestattet, die sie sich leisten konnte: Haltegriffe, Auskleidungen, Stützen an allen Pulten. Ein paar zusätzliche Feuerwaffen, in aller Stille angeschafft.

»Das ist der Kif-Grund«, brachte sie gegen den Andruck hervor. »Und der andere Grund, ein wenig Tempo zu machen – ich möchte gerne einen bestimmten Scheck auf dem Weg zur Bank schlagen.«

»Können wir ihn später decken?« fragte Tirun über Kom.

»Pah! Auch *das* ist Goldzahns Problem.«

»Was geht da eigentlich vor?« wollte Khym wissen.

Stille, abgesehen von den Schiffsgeräuschen, dem langen Elend der Beschleunigung.

»Was geht da eigentlich vor?« erkundigte er sich wieder.

»Nur eine geschäftliche Vereinbarung«, antwortete Pyanfar. »Sieh zu, daß du deinen Mageninhalt druntenbehältst! Wir nähern uns Entfernung Zwei. Jetzt lege ich mal zu.«

»Pyanfar ...«

»Ich erzähle es dir später. Haral, bereite sie vor!«

»Käpt'n, ein weiteres Schiff hat abgelegt«, meldete Chur vom Scanner.

»Verdammt. Wer?«

»Kann ich nicht sagen. Die Station meldet nichts. Warte!«

Sie waren noch nicht weit und schnell genug, daß die Lichtgeschwindigkeit bei der Informationsübertragung viel anrichtete, und bei weitem nicht weit und schnell genug, daß dieses schlanke Kif-Schiff dort hinten sie nicht mehr hätte einholen können.

Dieses Schiff konnte ruhig einen Tag später abfliegen und doch am Rand von Urtur auf sie warten. Keine Frage. Pyanfar atmete unter dem Andruck mit flachen Zügen und kalkulierte. Sich auf die anderen zu stürzen ergab keinen Sinn, nicht bei einem so schnellen Schiff.

Und es war kein Kif, der abgelegt hatte. Sie war bereit, darauf zu wetten. Es hatte keinen Grund zur Eile und war in der Lage, den Kurs der *Stolz* abzuschätzen.

»Ein *Knnn*-Schiff.«

»O liebe Götter!«

»Was ist los?« fragte Khym.

Knnn. Methan-Atmer, gefährlich und verrückt in ihren Bewegungen. *Niemand* wollte die Knnn aufstören.

Und Kif-Ärger konnte das bewirken. Jeder Ärger konnte es.

»Was ist los?« fragte Khym wieder.

»Lange Erklärung«, brummte Pyanfar. »Spar dir die Fragen, Khym! Wir sind beschäftigt.«

»Da dringt etwas durch den Kom«, meldete Hilfy.

Ein irres Jammern war zu hören, Knnn-Gesang, der dem Universum und anderen Knnn mitteilte, was immer die Knnn des Sagens für wert erachteten.

Vielleicht sangen sie auch einfach zu ihrem eigenen Vergnügen, und schickten es über Kom aus irgendwelchen Überlegungen, die so obskur waren wie auch die übrige Logik dieser Wesen.

»Kurs Null Zwei bei Vierzehn.«

Schräg zu den Hani. Das bedeutete nichts. Knnn-Schiffe gehorchten anderen Gesetzen.

»Bereithalten für Zyklus«, sagte Pyanfar und lauschte auf Harals Bestätigung. »Nimm es zweimal! Wir verschwinden von hier!«

Generatorflügel schwenkten ein, worauf ein kurzer Ruck auf ein höheres Energieniveau erfolgte, der Übelkeit auszulösen drohte. Die Instrumente rekalibrierten sich, ein Durcheinander flackernder Lichter. Pyanfar überprüfte, ob der Nav fest auf Urtur eingestellt war.

»Keine Änderung bei den Knnn«, meldete Chur.

Der zweite Impuls.

»Ruder auf Eins.« Die Kontrollen erwachten unter Pyanfars Händen blitzend zum Leben, als Haral übergab. Sie flogen jetzt mit hoher Geschwindigkeit auf ihrem auswärts führenden Kurs. »Bereitmachen zum Sprung! Behaltet den Knnn bis zur letzten götterverdammten Sekunde im Auge!«

Die Knnn verfolgten eine Politik, verborgen irgendwo in ihren Zügen. Sie waren schwarze Haarknäuel auf langen dünnen Beinen, und sie bauten gute Schiffe – weit schnellere Schiffe als solche, in denen Sauerstoff-Atmer überleben konnten, sofern dort nicht Sachen abliefen, die Spiele mit der Belastung trieben. Niemand konnte mit Knnn reden, außer den ledernen, gewundenen Tc'a, und Tc'a-Gehirne waren vielfältige Matrizen.

Niemand außer den Tc'a konnte vernünftig mit den Knnn reden. Es hatte eine Zeit gegeben, in der die Knnn alles nahmen, was ihnen gefiel. Sie plünderten Schiffe mitten im Flug und taten das gleiche mit den frühesten Stationen – so behaupteten es die Stsho. Das war vor dem Auftreten der Hani. Die Tc'a konnten den Knnn endlich das Konzept des Handels begreiflich machen – zumindest in dem Maße, daß die Knnn bei ihren Raubzügen *irgend etwas* zurückließen.

Heute fegten sie wie verrückt in die Sektoren der Methan-Atmer, deponierten dort irgendein Objekt, was auch immer, und enteilten wieder mit etwas, was ihnen gefiel – was auch immer, wiederum.

Die Tc'a kamen damit zurecht. Auch die Chi, vermutete man; aber die Chi, die aussahen wie eine Sammlung gelber, sich schnell bewegender Stöcke, waren noch verrückter als die Knnn. Und die Tc'a besaßen selbst nur verschwommene Begriffe von dem, was Handel war. Die Götter allein wußten, wie sie ihre Welten regierten. Jedenfalls wußte es kein Außenseiter.

»Fünf Minuten bis Sprung.«

»Was macht der Knnn?«

»Immer noch ... ist gerade in seinen Zyklus eingetreten, Käpt'n.«

»Ich möchte bessere Nachrichten hören. Das sind vier, und ab jetzt zählt es.«

»Weiter bis Zyklus. Das reicht in unsere Verzögerungszeit ...« Was bedeutete, daß angesichts der Verzögerung lichtschneller Informationen der Knnn vielleicht längst andere Dinge tat.

»Zum Teufel mit den Vorschriften!« Pyanfar schob den Sprungzyklus hinein.

– stürzte

– mit dem Hinterteil voran –

– kopfunter –

– mit der rechten Seite hinauf

– und zurück ins Hier und Jetzt, und der Magen wollte sein Inneres nach außen kehren ...

Das war jener elende Zwischenzustand, auf halbem Weg dort, während die Sinne schwammen, die Finger eine Stunde brauchten, um sich um die Kontrollen zu krampfen, und die Instrumente langsame Lichterwellen verbreiteten, die einen subjektiven Tag benötigten, um an gar keinem besonderen Ort einzutreffen ...

Dann herrschte wieder Festigkeit, mit nur einem Brenn-

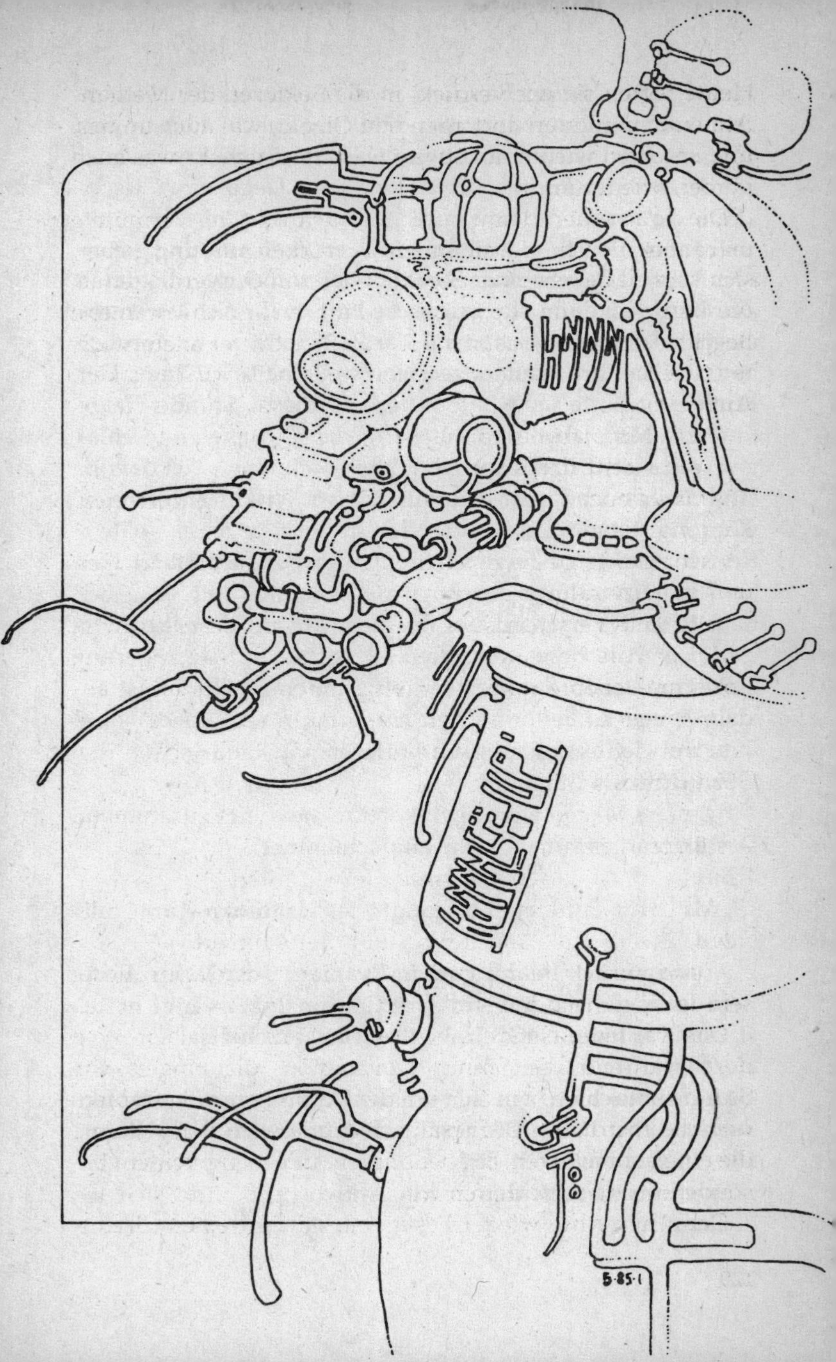

punkt, mit scharfen Rändern, und so schrecklich wie die Ungewißheiten vorher, voller endloser Faszination in den Winkeln der Instrumentenpulte, in Farben und Konsistenz. Ein Bewußtsein konnte sich im endlosen Detail einer Tischkante verlieren.

Pyanfar schluckte, weil ihr Mund trocken war und sie einen Kupfergeschmack darin hatte, der von der verdichteten Zeit herrührte, und sie beugte die Finger, die sich dreikommasoundso viele Wochen lokaler Zeit nicht mehr gebeugt hatten. Die Chronometer zeigten zweifelhafte 3,2 Tage. Der Körper reagierte: er wollte innerhalb dieser Stunde Haare und alte Haut abwerfen, als hätte die Entropie zugeschlagen, nicht ganz drei Tage wert, aber doch einen Teil davon. Und Tullys Medikamente würden an Wirkung verlieren, während Eingeweide und Nieren noch andere, spätere Konsequenzen zu tragen hatten, während der Blutzucker Schleifen und Stürze durchmachte, Verstand und Sinne benebelte und Verschiedenes mit dem Magen anstellte.

Biep machten die Kontrollen.

Pyanfar schob die Bremse heftig hinein.

Ein zweites Gleiten in den Hyperraum und wieder hinaus, wobei Geschwindigkeit verlorenging.

Ein drittes.

Pyanfars Magen würgte. Sie preßte die Kiefer zusammen. Der Kupfergeschmack war jetzt schlimmer.

Biep!

»Als Urtur-Funkfeuer bestätigt«, las Haral ab. »Kurs Null, Neun, Zwei.«

Automatischer Alarm ging in Pyanfars Schädel los, Erinnerungen, die sie dort vor Wochen hineingezwängt hatte. »Geran! Achte auf Kif! Haben wir Gesellschaft?«

»Überprüfe ich gerade.«

Drei subjektive Tage, seit sie den Abflug vom Treffpunkt durchgeführt hatte. Die Schultern schmerzten ihr. »Khym, alles in Ordnung mit dir?«

Eine unzusammenhängende Antwort; er hörte sich lebendig an.

»Habe Urtur-Funkfeuer«, sagte Haral. »Tirun, aussortieren!«

»Aye.« Eine Information kam vom Urtur-Funkfeuer herein, die fortlaufend gesendet wurde und ankommenden Schiffen die Positionen von Objekten im System mitteilte, soweit sie bekannt waren. Eine Kurszuweisung würde auch erfolgen, sobald die Rückprallzeit ihre Anwesenheit dem äußersten robotischen Funkfeuer von Urtur mitgeteilt hatte und die automatischen Systeme eine Flugschneise für sie berechnet hatten.

»Teile dem Funkfeuer mit«, sagte Pyanfar, »daß wir Durchgangsverkehr sind! Mach deine Sternfixierung!« Ihre Hände zitterten. Die Mannschaft war sicher nicht in besserer Verfassung. Pyanfar wünschte sich einen Drink, stellte sich Ströme eisiger Flüssigkeit vor, Güsse von Geschmack. Aber auch lauwarmes und brackiges Wasser hätte es getan. Einfach alles.

»Fixierung auf Kirdu«, sagte Haral. »Positiv. Kurs nach Maing Tol über Kita-Punkt.«

»Nachricht abgeschickt«, sagte Hilfy.

»Wie lange bis Stationssignal?«

»Etwa zwei Stunden«, sagte Tirun. »Das sind 2,3 I. Das Funkfeuer zeigt nirgendwo ein Schiff in Reichweite. Es nimmt uns nicht auf.«

»Funkfeuer-Signal«, meldete Hilfy. »Tante ... Wir empfangen einen kodierten Ruf vom Funkfeuer auf ID. Eine *Nachricht* wartet dort auf uns. Warte!«

»Puh!« Ein kaltes Gefühl breitete sich in Pyanfars Magengegend aus. »Gib sie auf eins durch!« Der Funkrobot sendete etwas, was durch die automatische Identifizierung der *Stolz* abgerufen worden war. Sie erreichten das System, das Funkfeuer bestätigte ihre Identität und spuckte aus, was in seinem Gedächtnis für sie gespeichert war. Eine teure Post. Sehr teuer.

Und der Robotscanner zeigte sie immer noch nicht in das Bild des Urtur-Systems integriert. Es war kein unmittelbares Scanner-Abbild, sondern vom Computer gezeichnet; und der Computer verheimlichte ihre Anwesenheit auf dem Bildschirm.

»Da liegt ein Irrtum vor«, meinte Haral. »Der Bastard von einem Funkfeuer gibt uns einen Kurs nach Kshshti und möchte, daß wir eine Sternfixierung auf Maing Tol vornehmen. Gib noch einmal die Anfrage nach einer Flugschneise durch, Hilfy! Der ist verrückt worden.«

»Halt das zurück!« Pyanfar starrte auf die Nachricht, die auf ihrem Nummer-eins-Schirm auftauchte. Sie schaltete den Ausdruck ein. Er summte und spuckte eine Festkopie in den Dokumentenbehälter. Unzählige Reihen von Chiffren, immer mehr Chiffren. Ihre ... *Ana Ismehanan-min,* besagte die Nachricht, *an gute Freund. Setzen Sie in Kenntnis, daß ich habe böses Problem an Kita-Punkt. Funkfeuer geben Ihnen jetzt neue Kurs. Ich machen klar mit Urtur-Behörde, Nummer eins gut.*

Gehen Kshshti-Route. Wissen, daß führen dicht an Kif, aber Kita haben zu viele Kif. Mahen Schiff, Kif-Schiff. Mahen Schiff zweiter Hand. Mahen Schiff nicht können sein überall so schnell. Entschuldigung diese Schwierigkeit.

Sie machen eine Sprung nach Kshshti Nummer eins fein, keine Schwierigkeit, nicht halten in Mitte von Dunkles wie Kita. Sie erreichen Kshshti, sie geben Bevollmächtigungskode Hasano-ma.

Sie es machen gut. Wissen Sie Nummer eins schnelles Denkerin. Kif nicht fangen!

»Dieser verfluchte, arschkriechende Bastard!« Der Gurt hielt sie auf dem Sitz fest und schnitt ihr beinahe die Luft ab. Mit ausgestreckten Krallen schlug sie auf die Platte und rammte den Ausdruck in den Zwischenraum des Paneels; aber der Bildschirm fütterte sie weiter mit Chiffren, und der Drucker arbeitete mit emsiger Beharrlichkeit weiter.

»Nachricht vom Funkfeuer«, sagte Hilfy mit bewußter Gelassenheit. »Blinkeralarm fordert uns auf, zu bestätigen und neuen Kurs entgegenzunehmen.«

Pyanfar schaltete ihren Bildschirm aus. Der Drucker summte trotzig weiter und spuckte ein neues Blatt aus.

Eine zweite Nachricht. Weitere Chiffren. *Urtur-Station geben Ihnen Kurs ändern sehr dringend. Sie nicht registriert auf Sy-*

stemscanner. Funkfeuer Sie halten fern aus Bild geben Ihnen Dekkung. Fliegen schnell.

»Das Funkfeuer hat keine Fehlfunktion«, brummte sie. »Es meint, was es sagt. Dieser Bastard Goldzahn hat mit Urtur etwas ausgeheckt. Sie geben uns einen Kurs nach Kshshti.«

»Kshshti ist halb Kif!« protestierte Geran. »Wenn wir dorthin fliegen ...«

»Es geht mit einem Sprung. In dem Punkt hat er recht, wenn Kita blockiert ist. Zumindest sind wir dann nicht draußen im dunklen Nichts mit den Kif ... Ruf die Aufzeichnungen ab! Was hat Kshshti an Muskeln?«

»Ich suche danach«, sagte Chur. »... Zwei Jägerschiffe, zugewiesen von Maing Tol; die Statistiken zeigen zehn Prozent Stsho-Besuche, sechzehn Tc'a-Chi, zweiunddreißig Kif, einundfünfzig Mahendo'sat ... Ich bekomme nicht klar herein, ob diese Jägerschiffe wirklich dort sind. Es soll ihr *Heimathafen* sein, steht hier.«

»Fein.« Pyanfar kaute auf den Schnurrbartenden und zuckte mit den Ohren, während das Funkfeuer zur Routine von Bestätigung und Einwilligung überging und der Kom mit Warnlampen blitzte. Tick-tick. Tick. Tick-tick-tick. Hoas war immer noch möglich. Ebenso Kura. Die Stsho. Der *Han*. »Wir tun, was er sagt. Ich sehe keine andere Möglichkeit. Andernfalls geht beim Funkfeuer eine Schaltung durch.«

»Wir stecken ganz schön tief in der Tinte«, meinte Haral, eine noch untertriebene Warnung. Der Stern hatte sie jetzt fest im Griff, und der Vektorenwechsel bedeutete totalen Verlust an Geschwindigkeit. Bedeutete eine rauhe Beschleunigung danach, einen Kampf um mehr Geschwindigkeit, als der Stern ihnen zu geben bereit war.

»Eine Wahl haben wir ja nicht, oder? Sag Tully Bescheid! Kann nicht warten.«

Hilfy übermittelte das. »Mit Tully ist alles klar. Er sagt: Los!«

»Mach es!« sagte Pyanfar und harkte mit den Krallen den letzten Ausdruck aus dem Kasten.

Und starrte darauf. Es war nicht der Computerausdruck, mit dem sie gerechnet hatte. Der lag am Grund des Kastens. Eine weitere Nachricht vom Funkfeuer war hereingekommen und automatisch ausgedruckt worden.

Keine Chiffren diesmal. Perfektes Hani.

Hani-Schiff Chanurs Stolz: *vermeiden Sie Kita. Akkhtimakt hat dort Wachen aufgestellt. Lebend kommen Sie dort sicher nicht durch.*

Seien Sie kein Dummkopf!

Ein Schauder lief Pyanfar über die Haut.

»Hilfy!«

»Tante?«

»Hast du schon die dritte Nachricht gelesen?«

Stille. Hilfy durchsuchte ihren Kasten.

»Wer hat denn *das* geschickt?« fragte Hilfy leise und mit heiserer Stimme.

»Jemand, der verflucht schnell war«, meinte Pyanfar.

»Abbremsen!« sagte Haral.

Die Generatorflügel wurden geschwenkt, ein schwindelerregender Rhythmus, der beinahe die Hyperraumblase aufbaute, ein Kräuseln wie ein Blick durch Öl.

Es ließ sie wieder los. Haral leitete die Kursänderung im Realraum ein, ein übelkeiterzeugendes Hämmern der Richtungsantriebe und des Hauptantriebs. Die Anziehungskraft zerrte an bereits aufgewühlten Innereien.

»Habe die Maing-Tol-Fixierung«, sagte Haral. Und eine geraume Weile später, als die Motoren nur noch weiterbrannten, ohne viel Fahrt zu machen: »Wir haben gerade Null überschritten.«

Und später, nach langem Schmerz für ihre Körper: »Einschwenken auf Markierung!«

»Los, sobald du bereit bist«, sagte Pyanfar. Urturs Staub hatte den Schiffskörper bislang nicht getroffen, aber dieser Ort jagte ihr doch immer wieder einen Schauer über den Rücken.

Aus dem Stationsscanner gelöscht, um der Götter willen! Ein Schiff raste dunkel und verheimlicht durch das Urtur-

System, in geheimer Absprache mit der Urtur-Station, ein Risiko für andere Schiffe ...

Aus Furcht wovor? Vor Kif im System?

»Wartet den Impuls ab!« Vor Erschöpfung versagte Haral die Stimme.

»Soll ich übernehmen?«

»Ich habe es geregelt bekommen. Haltet euch bereit!«

Wieder ein Impuls, ein weiterer übelkeiterregender Moment weder hier noch dort. Der blutige Schmierfleck einer roten Lampe brannte auf dem Pult.

»Flügel zwei rot«, murmelte Pyanfar. »Schalte dort ab!«

»Wir sind noch eine Idee von unserer Geschwindigkeit entfernt.«

»Was ist da los?« fragte Khym schwach. »Stimmt etwas nicht?«

»Regler in der Flügelsäule«, sagte Pyanfar. Sie blinzelte, um klar zu sehen. Die Knochen taten ihr weh. »Das Schiff verträgt die ständigen Umbesinnungen nicht. Tirun, mach einen Störungscheck für diesen Flügel!«

»In Ordnung.« Tiruns Stimme zitterte vor Erschöpfung. Keine Beschwerden. »Ich möchte wirklich gerne wissen, warum er sich nicht abgeschaltet hat.«

»Finde es von innen heraus.«

»Urtur ist kein Ort zum Spazierengehen.«

»Sind wir in Schwierigkeiten?« fragte Khym.

»Nur ein kleines mechanisches Problem. Wir verfügen noch über ein Reservesystem an dieser Stelle. Der Regler hätte eigentlich den Flügel abschalten sollen, bevor er kaputtging. Ich denke, da liegt unser Problem. Nichts Großes.« Aber es war immerhin ein Problem. *Irgend etwas* hatte ihn durchgejagt. Und es war ein sehr langer Einzelsprung bis Kshshti. Starke Anspannung. Falls dieser Flügel aufgab ... »Welche Transit-Zeit haben wir?«

»Wir haben ...«, sagte Haral, » ... noch 48,4 Stunden bis zum nächsten Sprung.«

»Bis dahin finden wir den Fehler.« Pyanfar schob den Sessel zurück, denn sie brauchte Raum zum Atmen. Eine weitere Vierteldrehung, und sie hatte Khym im Blickfeld, wie er dort saß, den Kopf zurückgelehnt, kurz und vorsichtig atmend, und sie mit trostloser Neugier betrachtete. Ihm war nicht schlecht geworden. Er war offensichtlich entschlossen, daß es ihm nicht passierte.

Er hielt es zurück, vermutete sie.

»Tully möchte heraufkommen«, meldete Chur.

»Schön.« Pyanfar war es gleich. Sie fühlte sich irgendwie isoliert von den Katastrophen am Treffpunkt und der einen Katastrophe auf ihren Fersen. Sie blickte zur Seite, als alle Nummer-vier-Schirme ein Bild von den Außenkameras der *Stolz* zeigten, eine Gewohnheit, wann immer sie irgendwo eintrafen. Haral hatte es abgerufen, ein Reflex oder eine Erklärung: keine Panik. Nur Routineoperationen.

Urtur war ganz gewiß bereits Schauspiel genug, ein großes Spiegelei von einem Stern mitsamt System, durch die Aufnahme vergrößert, ein gelber Stern wie Eigelb, der in der abgeflachten Staubscheibe, die ihn umgab, höllisch leuchtete. Planeten zogen auf ihren Bahnen dunkle Furchen in die Scheibe und lagerten dabei eigene Ringe an. Urturs Welten waren überwiegend Gasriesen, und nur ein paar dicht mit Kratern übersäte kleinere Planeten waren in dem Dreck vergraben.

Wirklich kein Ort für einen Spaziergang. Partikel würden in dichter Folge sogar einen massiven Anzug durchlöchern.

Das Urtur-System gehörte den Mahendo'sat, die hier mahen Dinge taten, wie in dem Staub herumstöbern und Anhaltspunkte suchen, warum Urtur so beschaffen war – aus reiner Neugier, die der Grund für recht viele eigenartige Dinge war, welche die Mahendo'sat unternahmen. Aber sie waren gleichzeitig praktisch und beherbergten hier auch Methan-Atmer, die das vorherrschend Methan enthaltende Elaji für einen schönen Aufenthaltsort hielten, eine Welt, deren Wolken unter dem ständigen Geflacker von Blitzen leuchteten und wo Meteore minutenweise durch eine Atmosphäre zogen, die bereits frühere Aufschläge zum Treibhaus gemacht hatten. Die Sauerstoff-Atmer besaßen Fotos

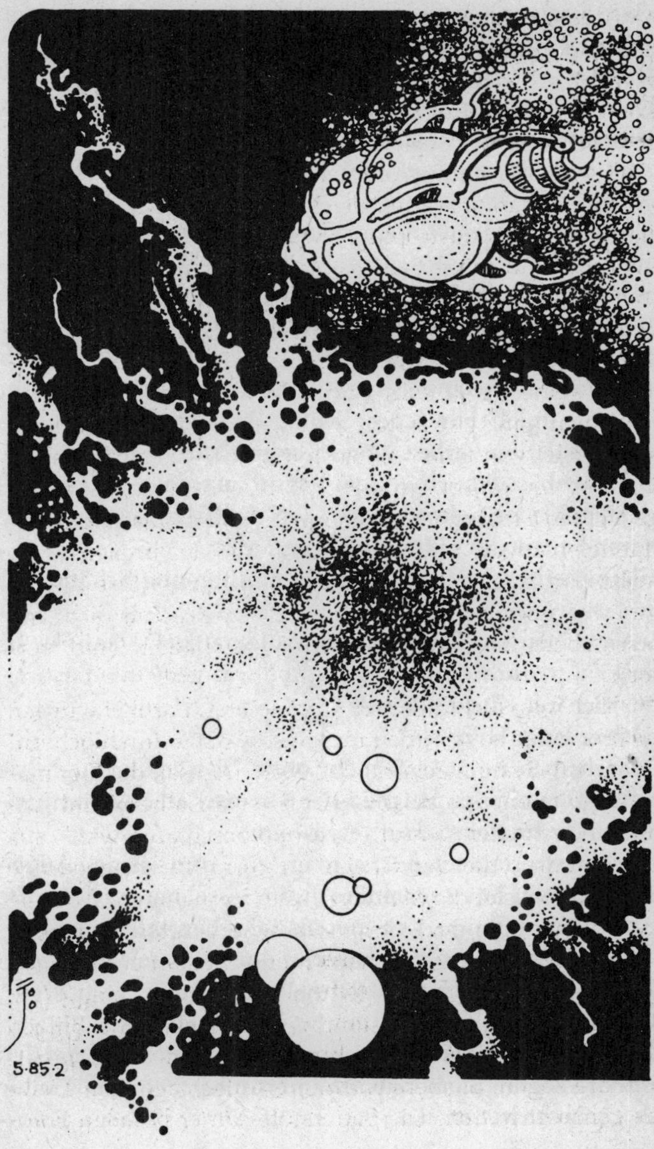
5·85·2

von der Oberfläche. Tc'a hatten dort ihre wahre Freude und gruben nach seltenen Metallen, und sie unterhielten eine Industrie in dieser Hölle.

Die Knnn auch.

Und wo, fragte sich Pyanfar in Anbetracht des unzulänglichen Scannerbildes, steckte ihr eigener privater Knnn?

Aus dem Scanner gelöscht wie sie, und auch außerhalb ihrer eigenen Aufnahme?

Vielleicht verschwunden. Ganz von ihrer Spur abgekommen.

Sie verließ sich nicht darauf. Den Knnn nicht zu finden, bedeutete einfach, daß sie ihn nicht fanden, nicht daß er nicht da war.

Die *Stolz* führte eine kleine Kurskorrektur aus, ein sanfter Stoß von links. Für jedes Schiff, dessen Kurs quer zur Staubzirkulation verlief, ging es beim Urtur-Transit darum, das brauchbarste Loch in dem Schutt zu finden und so wenig Flügelfläche wie möglich den Partikeln auszusetzen, während man die Ekliptik durchquerte.

Sie hatten es nun wirklich schon mit genug Schäden zu tun.

»Wir gehen eine Zeitlang auf Automatik. Du kannst die Checks durchführen, nachdem du etwas gegessen hast, Tirun. Wer hat Küchendienst?«

»Ich«, sagte Hilfy.

»Mach dich ran!« Und nicht ohne Überlegung fügte sie hinzu: »Das jüngste Mitglied der Mannschaft bekommt immer den Extradienst. Hilf ihr, Khym!«

Khym starrte sie nur schräg an, und seine Augen schwammen. Hilfy schwenkte ihren Sessel herum, löste die Gurte und stemmte sich heraus. Da bewegte sich auch Khym, stand wie ein Betrunkener auf und hielt sich einen Moment lang an der Sessellehne fest.

Arbeit. In der Tat.

Und er folgte Hilfy, ohne einmal zurückzublicken, bei den Göttern – der Ex-Lord von Mahn beim Küchendienst, ohne sich zu beschweren.

Pyanfar holte tief Luft und erinnerte sich an die Jugend, an Mahn und seine Felder, an das Haus mit der Quelle.

Und einen müden ältlichen Hani, der versuchte, noch einmal von vorne zu beginnen. In einer Dimension, die er kaum begriff.

»Werden noch ein Haufen verrückter Raumfahrer«, murmelte Tirun. »Erinnert ihr euch an den Eilauftrag von diesem Makler?«

»Ich wette, Ayhar schnappt ihn«, meinte Chur.

Pyanfar schnallte sich ab und stand auf. Die Gelenke taten ihr weh, und Feuer lief ihr den Rücken hinab.

Sie hielt inne, unterbrach die Bewegung, mit der sie sich strecken wollte. Tully stand im Eingang, geisterhaft still im weißen Rauschen, das die Funktionen der *Stolz* erzeugten. Er lehnte sich mit einem Arm an den Türrahmen, stand dort barfuß, bekleidet mit der Kniehose einer einfachen Mannschaftsfrau und sonst nichts, sah bleich und kalt aus. Kein *Freund* mehr und kein *Pyanfar.* Nur dieser verwundete, gehetzte Blick, der die Frage ausdrückte, ob irgend jemand Zeit für ihn hätte.

»Ich weiß«, sagte Pyanfar. »Wir machen dir etwas zu essen.«

»Sicherheit?« fragte er. *Er* kannte sich mit Schiffen aus, genug, um zu spüren, wie die *Stolz* versagte ... und er selbst ganz allein und mit zuviel Wissen. »Schiff ...« Er machte eine hilflose Geste. »Brechen?«

»Wir haben es unter Kontrolle«, sagte Pyanfar. »Schön. Sicher. Alles fein.«

Die blassen Augen flackerten.

»Bald repariert«, fügte sie hinzu. Ein notorisch ängstlicher und geduldiger Blick begegnete ihr. Sie winkte Tully herbei, und er kam ganz herein. Die beweglichen blauen Augen zuckten hierhin und dorthin, suchten auf den Monitoren etwas, das sie verstehen konnten, rasche und verstohlene Bewegungen. Dann richteten sie sich wieder auf Pyanfar.

»Müssen reden.« Er hatte sich ein wenig Hani angeeignet. Pyanfar gewöhnte sich langsam an seine undeutliche Artikulation. Das Übersetzungsgerät spuckte nutzlose Störungen aus. »Müssen reden, bitte müssen reden!«

»Vielleicht ist jetzt wirklich die Zeit, daß wir es tun.« Pyanfar fühlte sich sehr beklommen angesichts all der Dinge, die aus dem Takt geraten waren. Männer und Launen und ihr alter Freund Tully, dessen fremdartiges Gesicht diese seltsamen, abwesenden Augenbewegungen zeigte. Genausoviel Angst vor ihnen wie vor den Kif? Und als argwöhnisches Subjekt, das sie war, fragte sie sich: Lügen, Tully? Oder von Anfang an blankes Eigeninteresse?

»Sicher«, sagte sie. Sie stank; sie dachte unwillkürlich an Bäder, an Männer und Streitigkeiten und tausend verrückte Dinge wie Zusammenstöße bei dieser Geschwindigkeit und den Generatorflügel, der sich auf Tiruns Bildschirmen intakt zeigte, es jedoch innerlich nicht war, was sich als eine sehr schlechte Nachricht herausstellen konnte. Urtur. Anlegen, während wahrscheinlich auch Kif dort waren. Eine Menge Kif. Und keine Hoffnung auf Hilfe. Urtur besaß nicht genügend Kräfte, um irgend etwas abzuwehren. *Armer menschlicher Dummkopf, wir könnten dort alle untergehen, weißt du das nicht? Sie könnten eindringen, sich alles nehmen, was sie wollen, dich zuerst ...* »Kommt!« sagte sie zur Besatzung insgesamt. Sie alle waren nur noch mit bebenden Händen an der Arbeit. »Macht Schluß! Wir essen und schlafen dann etwas.« Sie faßte Tully am Arm. »Du kommst mit und erzählst mir alles, ja?«

SECHSTES KAPITEL

Der Staub flüsterte auf dem Schiffskörper wie ferne Störungen, überlagerte sich den anderen Geräuschen – schleifte an ihnen entlang, sagte sich Pyanfar; aber sie hatten die Generatorflügel so gekippt, daß sie mit den Rändern zu den Partikeln standen. Die Beobachtungskuppel und die Kameralinsen waren abgeschirmt, und das war alles, was sie tun konnten. So verließ die *Stolz* diesen Randbereich von Urtur mit ein wenig Schliff auf dem Schiffskörper. Sie waren so schnell, wie man in diesem Dreck am Rand des Systems nur sein konnte.

Inzwischen ...

Inzwischen drängten sie sich Schulter an Schulter in die Kombüse. Sie hatten den Tisch bereits ausgezogen und ein Bankende herabgeklappt, als *Na* Khym sich endlich setzte. Alle machten sich klein, versuchten, nicht mehr als ein paar Zoll zu beanspruchen, und sie nahmen noch Tully mit dazu, eine Siebenergesellschaft jetzt, und sie bestand aus recht unwahrscheinlichen Tischgesellen. Tullys Bewegungen waren immer noch zittrig, und seine Hände bebten, während er einen Becher kohlehydratversetzten Gfis nach dem anderen runterstürzte und an diesem und jenem knabberte. Khym ... Khym aß reichlich für jemanden, dem noch vor einer halben Stunde so schlecht gewesen war, daß er gezittert hatte. Pyanfar blickte immer wieder zu ihm hin. Sie hatte Bedenken, denn er machte den Eindruck, als würde er dafür sorgen, daß ihm erneut schlecht wurde, aber zum Teil war sie auch erfreut, denn er hatte die rauhe Fahrt durchgehalten, bei den Göttern! Und so weiß um die Nase er auch gewesen war, er hatte seinen Küchendienst angetreten, und das war ein unglaublich gutes Benehmen. Er tat so, als säße gar kein weiterer Mann am Tisch, so, wie er seine ganze

Aufmerksamkeit auf den Teller und die rotierende Zentralsektion mit den Serviertabletts verteilte.

Es war zum größten Teil still am Tisch – abgesehen von einem gemurmelten Diskurs, als Tirun, Chur und Haral ihr Generatorflügelproblem mit an den Tisch brachten und wie einen Knochen benagten. Ein bißchen »Nimm hiervon!« und »Versuch das!« von Hilfy, die versuchte, Tully etwas mehr Substanz unter die Rippen zu schieben.

Kein Zusetzen, kein Drängen – geh es langsam an, dachte Pyanfar. Und: Achte darauf, daß er ruhig bleibt, daß sich alles in einem besonnenen Rahmen hält! – während sie beobachtete, wie er sich endlich entspannte, ihr alter Freund und Kamerad. Es wirkte so, als wäre er – endlich – zu ihnen zurückgekehrt, genauso, wie er damals gewesen war, lockerer; als würde er letztlich innerlich loslassen.

Jetzt war die Zeit, über Verschiedenes zu sprechen, jetzt, wo er vielleicht die Wahrheit sagte. Vielleicht hatten sie ihn bisher in die Enge getrieben und zu sehr bedrängt, zu wenig beruhigt. Vielleicht hatte er die in der Luft liegende Panik gespürt und fühlte sich erst jetzt wohl. Vielleicht kam nun die Wahrheit heraus.

»Hat dein Haus dich geschickt?« fragte Khym plötzlich und sah Tully offen an. Pyanfars Herz setzte für einen Schlag aus.

Tully blinzelte langsam, schien nicht zu verstehen. »Schicken?« fragte das Übersetzungsgerät mit flacher Stimme ... O Götter, wirklich ein Vertrauen, Unschuld in geweiteten Augen. »Schicken mich?«

»Ich weiß gar nicht, ob sie überhaupt Häuser *haben*«, sagte Pyanfar. Sie stellte fest, daß sie die Finger gebeugt und die Krallen ausgefahren hatte. Khym *testete* die Situation. Sie kannte ihn. Und sie kannte Tully. Auf einmal herrschte am Tisch absolute Stille. Pyanfar wollte der Situation Einhalt gebieten, die Sache abbrechen, sah aber keine Möglichkeit angesichts von Khyms ausdrucksloser, glatter Angriffsstimmung. Auf der Jagd – mochten die Götter ihn verfluchen! Der Versuch, eine Reaktion zu provozieren, bei der

Besatzung und bei ihr. »Gebrauche keine großen Wörter. Das Übersetzungsgerät wird nicht fertig damit.«

»Haus ist kein großes Wort.«

»Halte dich an Dinge, die das Schiff betreffen! Technisches Zeug. Du weißt ja nicht, *wie* es am anderen Ende herauskommt.«

»Sagen noch einmal«, forderte Tully.

»Ich fragte, was dich geschickt hat.«

»# # mich schicken.«

»Siehst du?« sagte Pyanfar. »Du erhältst eine Antwort, die keinen Sinn ergibt.«

»Name Heimat«, sagte Tully. »*Sonne.* Auch nennen *Sol.* Planet Name *Erde.* Schicken mich.«

»Er redet *doch!*«

»So«, sagte Pyanfar. Ihre Ohren richteten sich unwillkürlich auf. »*Sonne,* ja?«

»Wo sind wir?« fragte Tully. »Ur-tur?«

»Urtur, ja.«

Er holte tief Luft. »Gehen Maing Tol.«

»Scheint so. Über Kshshti. Kennst du diesen Namen?«

»Kennen.« Er schob seinen Teller eine Handspanne weit zur Seite und berührte mit seinen seltsamen dünnen Fingern die Tischoberfläche. »Treffpunkt – Urtur – Kshshti – Maing Tol.«

»Hm.« Früher hatte er nicht viel von den Sternen des Paktes gewußt, und von den Hani auch nicht viel erfahren. »Hat Goldzahn dir das beigebracht?«

»Mahe Name Ino. Schiff Name Ijir.«

»Bevor Goldzahn dich fand, ja? Wie bist du mit Goldzahn zusammengetroffen?«

Er sah besorgt aus. Oder es war nur verschlüsselt durch das Übersetzungsgerät gekommen. »Gehen Goldzahn, ja.«

»Warst du lange bei ihm?«

»#?«

»Warst du lange in Goldzahns Schiff?«

Vielleicht lag es an ihrem Tonfall. Seine Augen begegneten den ihren und wichen für einen erstarrten Augenblick aus, stellten den Kontakt dann notgedrungen wieder her.

»Wo bist du Goldzahn begegnet?«

»Ino ihn finden.«

Sie war nicht zufrieden damit. Sie saß da und starrte ihn an, vergaß den Bissen auf ihrer Gabel, aber nicht Khym an ihrer Seite. Kein Kampf; fang keinen Kampf an, solange Khym dabei ist! Die Spannung kroch an ihren Nerven hinauf und wieder hinunter.

»Vor wie langer Zeit bist du gekommen?« erkundigte sich Geran.

»Weiß nicht«, sagte er und blickte zu ihr hinüber. »Lange Zeit.«

»Tage?«

»Viele Tage.«

Er hätte präziser sein können. Er kannte die Grenzen des Übersetzungsgerätes. Verstand sich jetzt besser als früher darauf, es zu manipulieren. Er hob seinen Becher und trank, überdeckte damit das Schweigen.

Möglicherweise bekam der Rest der Besatzung die Untertöne mit. Pyanfar glaubte es. Keine Regung am Tisch. Nur bei Tully.

Ihr alter Freund.

Pyanfar griff langsam in ihre Hosentasche, hakte den kleinen, dünnen Ring auf eine Kralle und legte ihn präzise auf die Tischplatte. *Klick*.

Tullys Gesicht glich sich eine Schattierung näher an die Stsho-Blässe an. Dann griff er nach dem Ring, hob ihn mit den Fingern – charakteristisch die seltsam flachen Nägel – und untersuchte das Innenband. Er blickte auf, das erstaunliche Blau seiner Augen erschreckt geweitet.

»Wo finden?« wollte er wissen. *»Wo finden, Pyanfar?«*

»Wessen?« Sie erkannte Schmerz, wenn sie ihn sah, und wünschte sich auf einmal, der Ring wäre wieder in ihrer Tasche und sie beide weniger in der Öffentlichkeit. Ein kifisches Geschenk. Sie war ein Dummkopf, daß sie etwas anderes als Kummer davon erwartet hatte, ein zweifacher

Dummkopf; und nachdem sie damit begonnen hatte, gab es keine andere Möglichkeit mehr, als weiterzumachen.

»Mahe bekommen?« fragte er. »Goldzahn?«

»Kif haben ihn mir gegeben«, sagte sie. Sie beobachtete, wie sein Mund zitterte und wieder damit aufhörte, wie sein Gesicht noch blasser wurde, falls das überhaupt möglich war. »Freund von dir, Tully?«

»Was sagen dieser Kif?«

»Sagte ... sagte, es sei eine Botschaft für unsere Fracht.«

Das Zittern setzte wieder ein, war jetzt schwieriger zu beherrschen. Keiner am Tisch bewegte sich, weder links noch rechts von ihr. Diese Situation blieb lange bestehen, begleitet vom Klicken und Scheuern des Staubes auf dem Schiffskörper, dem Rumpeln der Rotation, dem leisen Geflüster der Luft in der Leitung über ihnen. Wasser strömte aus Tullys Augen und lief in seinen Bart hinab.

»Freund, ja?« Sie hüstelte aus Abscheu vor sich selbst und schob den Teller weg, erzeugte damit Regungen am Tisch und ein paar gesunde lebendige Geräusche. Sie betrachtete die Besatzung finster. »Habt ihr vor, den Flügel zu reparieren?«

»Wo *bekommen?*« erkundigte sich Tully, bevor irgend jemand etwas machen konnte.

»Von einem Kif namens Sikkukkut. Schiff namens *Harukk.* Wem gehörte der Ring, hm?«

Er preßte auf einmal die Lippen zu einer dünnen Linie mit weißen Rändern zusammen, als er den Blick senkte und den Ring an den Finger steckte. Er war zu klein. Er zwängte ihn auf den Finger. »Brauchen #«, murmelte er, und es schien nichts mit ihnen oder dem Hier und Jetzt zu tun zu haben.

»Dieser Kif«, sagte sie, mogelte die Worte ins Ziel, solange der Schock noch frisch war. »Dieser Kif war am Treffpunkt, Tully. Er wußte, daß du von Goldzahn zu uns wechseln würdest. Er wußte, daß unser Weg versperrt war. Ich habe keine Vorstellung, was er sonst noch wußte. Willst du es uns nicht sagen, Tully? Wem gehört der Ring?«

Die blauen Augen brannten. »Freund«, sagte er. »Gehören Freund bleiben *Ijir.*«

Pyanfar atmete aus und warf einen kurzen Blick auf die Reihe verwirrter Hani-Gesichter. »Also hat sich Goldzahn abgesichert, hm? Du bist zu uns gekommen, deine Gefährten haben sich andere Ziele ausgesucht. *Welche?*«

»Kif haben. Kif haben # *Ijir.*«

»Dann wissen die Kif verdammt viel mehr, als du uns gesagt hast. *Was* wissen sie alles, Tully? Was hat sie eigentlich vor, deine *Mensch-Heit?*«

»Sie bitten Hilfe.«

»Was für eine Hilfe? Tully – was treibst du hier?«

»Kif. *Kif!*«

»Was geht da vor?« fragte Khym links neben ihr. »Wovon spricht er da ... von Kif?«

»Später«, sagte sie und hörte, wie der Atem durch Khyms Nasenlöcher stob. »Tully, sag mir, was in diesem Papier steht. Los, sag es mir!«

»Du müssen bringen nach Maing Tol.«

»Tully, bedeutet dir Dankbarkeit irgend etwas? Ich habe dein räudiges *Fell* gerettet, öfter, als ich sollte!«

Er lehnte sich zurück. Seine Augen hefteten sich mit jenem tragischen Ausdruck auf sie, den sie haßte. »Brauchen dich«, sagte er auf Hani, seltsame, verstümmelte Laute, auf die das Übersetzungsgerät mit Rauschen reagierte. »Freund, Pyanfar.«

»*Ich* frage ihn«, grollte Khym.

»Nein!« versetzte sie scharf. Sie spürte einen Säurestoß in ihrem Bauch, schiere Panik über das, was sich aus dieser Situation entwickeln konnte. Sie schlug mit der Faust auf den Tisch, daß die Teller klapperten. Tully zuckte zusammen, und sie funkelte ihn an. »Tully, erzähl mir alles, verdammt nochmal! Sag mir, was in diesen Papieren steht!«

»Bitten Hani kommen kämpfen Schiff nehmen Mensch.«

»Drück dich deutlicher aus!«

»Wollen begründen Handel Hani-Mahe.«

»Wirklich?«

»Wirklich.«

Seine Augen baten sie, ihm zu glauben. Es änderte nichts

an dem Gefühl in ihrem Bauch. Falsch, sagte es. Falsch, falsch, *falsch!* Ginge es nur um Kif-Probleme, hätten sich die Mahe auch direkt an den *Han* wenden können. Der Handel – stellte den Köder dar, und irgend etwas war da im Busch.

Pyanfar blickte an Tully vorbei zu Haral, der klugen, narbennasigen Haral. Harals Ohren waren zurückgelegt und ihr Schnurrbart herabgezogen, eine Andeutung, daß sie etwas roch.

Es lag jedoch kein Gewinn darin, Tully zu bedrängen. Vertrauen. Davon hatten sie noch etwas. Früher hatte Tully die Kif monatelang hingehalten und die, die ihn verhörten, an der Nase herumgeführt, trotz Folter und trotz Ermordung von Gefährten. Tully hatte durchgehalten. Und mehr, er war von einem kifischen Schiff entkommen. Er war kein Dummkopf. Und niemand, den man drängen konnte.

»Der Generatorflügel«, sagte sie mit Hintergedanken. »Geht!«

»Aye.« Haral bewegte sich, faßte Chur an der Schulter. Auch Hilfy und Geran machten ihre Plätze frei. Tully stand auf.

»Macht die Küche sauber«, sagte Pyanfar. »Tully, du bist jetzt der Jüngste. Geh Hilfy in der Küche zur Hand! Khym – du nimmst die Sachen und bringst sie auf die Brücke! Wer immer etwas braucht.«

»Ich will mit dir sprechen«, sagte Khym. Er bewegte sich nicht.

»Wir haben jetzt keine Zeit.« Sie drehte sich zu ihm um und setzte seinem Stirnrunzeln das eigene entgegen, weil er auf der Bank sitzen blieb und ihren Weg hinaus versperrte. »Sieh mal, Khym, einer der Flügel ist teilweise ausgefallen. Eine von uns muß vielleicht hinaus, um danach zu sehen. Hast du eine Frage, die das in den Schatten stellt?«

Er war so bestürzt, daß seine Ohren sanken.

»Raus!« sagte sie.

»Wir könnten Kurs auf Kura nehmen, oder nicht?«

»Nein, das können wir nicht. Wir können an dieser Seite von Urtur nicht noch einmal den Kurs ändern – wir stecken mitten im Staub. Einer unserer Flügel ist ausgefallen ... Die letzte verdammte Kursänderung hat uns beinahe umgebracht, begreifst du das nicht? Und ich habe jetzt nicht genug Zeit, um darüber zu diskutieren.« Sie schubste ihn, und er gab nach. Sie stand auf und blickte wieder zu ihm zurück, auch zu Hilfy und Tully, die in rasender Eile Teller einsammelten. Aber Khym zögerte noch, ein rasender Schmerz. Pyanfar raffte all ihre Geduld zusammen, packte ihn am Arm und führte ihn in die Zurückgezogenheit des zur Brücke führenden Korridors. »Sieh mal, Khym – wir haben Probleme.«

»Irgendwie«, sagte er, »habe ich mir das schon gedacht.«

»Kshshti gehört den Mahe«, sagte sie, »aber sie sind dort nur spärlich vertreten. Wenn die Kif Kita beobachten, haben sie wahrscheinlich auch jemanden bei Kshshti sitzen. Aber wir können dort Hilfe finden, oder die Mahendo'sat hätten uns nicht in diese Richtung geschickt.«

»Vertraust du dem, was sie sagen?«

Sie blickte an ihm vorbei dorthin, wo ein leichenblasser Mensch eilig Teller vom Tisch nahm und Türen schloß.

»Ich weiß nicht«, sagte sie. »Geh!«

»Wirf mich nicht hinaus, Py!«

Sie widmete ihm einen langen brennenden Blick.

»Chanur-Eigentum«, meinte er. »Ich bin wirklich vergeßlich.«

»Was willst du denn, Khym? Ich sage dir, was ich will. Ich will, daß der götterverdammte Flügel repariert wird. Ich will, daß wir von hier verschwinden. Hilfst du dabei?«

Er holte tief Luft und warf einen Blick über die Schulter auf Tully. »Dein Liebling?«

»Am besten hörst du an dieser Stelle auf!«

Seine Ohren, die sich ein Stück weit aufgerichtet hatten, sanken wieder herab. »In Ordnung. Das war gemein. Aber um der Götter willen, Py, auf was hast du dich eingelassen? Du kannst nicht außerhalb des *Han* handeln. Sie ziehen dir das Fell ab. Dieses Ehrran-Schiff ...«

»Du hast es bemerkt, nicht wahr?«

»Götter, Py!«

»Still!«

Er hustete. Holte Luft. »Chanur-Eigentum, richtig.«

»Hast du etwas anderes erwartet?« Sie stieß ihn heftig. Es brauchte schon einiges, durch die Haut eines Mannes zu dringen, wenn er einen solchen Blick zeigte. »Haben sie denn recht?«

»Wer hat recht?«

»Die Stsho in jener Kneipe.«

Seine Nasenlöcher weiteten sich, gingen zu und weiteten sich wieder, und er wurde weiß um die Nase. »Ich sehe nicht ein, was das hiermit zu tun hat.«

»Hilfy da hinten. Hörst du eine Frage von ihr?«

Er blickte über die Schulter zu Hilfy, die die Schrankriegel vorlegte, *klick, rumms, klick,* einen nach dem anderen; und Tully klappte den Tisch hoch. Khym wandte sich mit angelegten Ohren wieder um.

»Geh und hilf Tirun!« befahl sie.

»Ich habe eine Frage gestellt.«

»Nein, du hast *gezweifelt,* und das ist etwas ganz anderes, bei den Göttern! Wenn du Harals Rechte haben willst, dann verdien sie dir!«

Er schob sich an ihr vorbei und stolzierte Richtung Brükke. Und blieb stehen, etwa ein halbes Dutzend Schritte weiter – sah sie an, zu ihrer Erleichterung und Bestürzung. Wenigstens hatte er sich nicht in seine Kabine verzogen. Und, ihr Götter, kein weiterer Streit!

Er stand dort. Kalt, bewußtes Protokoll.

»Hilf Tirun und Haral!« wies sie ihn an. »Wir anderen haben keinen Todeswunsch. Dieser Flügel muß repariert werden.«

Das war der Weg – dieses Wort zu nennen. Tot, tot. *Tod.* Sie traf ihn damit mitten auf die Stirn. Ihr Magen rebellierte dabei.

»Gut«, sagte er, verbeugte sich und stolzierte davon, ein klobiger Schatten vor den Lichtern der Brücke.

Pyanfar warf sich auf den Fersen herum und ging zurück

in die eigentliche Küche zu Tully und Hilfy, die jetzt untätig herumstanden. »Raus!« sagte sie zu Hilfy, und Hilfy hastete an ihr vorbei. Ihre Schritte entfernten sich eilig in Richtung der Brücke.

Tully saß vor den Schränken in der Falle, lehnte dort mit den Ellbogen auf dem Tisch hinter ihm.

»In Ordnung«, sagte Pyanfar. »Tully, ich will die Wahrheit hören!«

»Maing Tol.«

»Ich mache dir Angst, was? Maing Tol, Maing Tol. Hör mir einmal zu! Du spielst besser nicht den Dummen! Du verstehst mich verdammt gut! Du wolltest mit mir reden. Du wolltest mich nicht damit in Frieden lassen. Also rede! Und rede ausführlich!«

Vielleicht überschlug sich das Übersetzungsgerät damit. Tullys Blick deutete es an.

»Sprich, Tully! Wenn du unser Freund sein möchtest, dann sei bei den Göttern, mir gegenüber offen!«

»Ich setzen«, sagte er und sank auf die Bank am Küchentisch, als wollten seine Beine ihn nicht länger tragen.

»Die Wahrheit!« Als er schwieg, kam sie näher, stützte sich mit beiden Händen auf den Tisch und funkelte Tully ins Gesicht. »*Sofort,* verstanden?«

Er zuckte zusammen. Er roch nach Angst und Menschenschweiß, wie damals, als sie ihn in den Armen gehalten hatte, als sein Herz so heftig geklopft hatte, daß sie es wie Hammerschläge spürte. Jetzt streckte sie mitleidlos die Hand aus und heftete seinen Arm auf den Tisch, wobei sie die Krallen ausgefahren hatte. »Du setzt das Leben meiner Mannschaft aufs Spiel, Tully. Du setzt Chanur aufs Spiel. Bei den Göttern, lüg mich nicht an! Woher kommst du? Antworte!«

»Freund«, sagte er.

»Soll ich dir das Gehirn durchschütteln?«

Er holte mehrmals schnell Luft. »Maing Tol. Gehen Maing Tol!«

Sie starrrte ihn an, eine Armeslänge von seinem Gesicht,

starrte ihn lange und ausgiebig an. »Du bist gekommen, um mich zu finden. Brauchen, sagst du. Was brauchst du? Sprich jetzt, Tully! *Was* brauchst du? Einen erstrangigen Dummkopf? Wo bist du *gewesen,* Tully?«

»Menschenraum. Wollen kommen. *Wollen,* Pyanfar.«

»Also bist du zu den Mahendo'sat gegangen.«

»Mahe kommen Menschenraum.«

»Goldzahn?«

»Name Ino. *Ijir.*«

Sie atmete tief ein. »Falscher Hund!« Womit sie Goldzahn meinte, mahen Handel und eine überwältigend große Lüge.

»Sag es noch einmal!« Blaue Augen betrachteten sie, zeigten enorme Besorgnis.

Sie ließ seinen Arm los und tätschelte ganz sachte sein Gesicht, hatte die Krallen dabei eingezogen. »Sprich weiter! Erzähl mehr! Wie ist diese *Ijir* ins Geschäft gekommen, hm? Hat sie im Menschenraum Handel getrieben?«

»Menschenschiff ...« Er zeichnete Schaubilder auf die Tischplatte. »Mensch. Kif. Mahe. Nicht gut gehen so ... Kif. Drei Menschenschiff. Weg. Nicht sehen. Nicht kehren zurück. Versuchen gehen Stsho. Mahe kommen-gehen.« Er zeichnete die Routen ein, über die mahen Händler in den Menschenraum kamen. »*Ijir* kommen. Sagen wollen bringen Mensch kommen sprechen mit Mahe. Wollen ich kommen. Ich, Tully.« Sein Mund verzog sich zu einem seltsamen Ausdruck. »Ich klein, Pyanfar. Menschen sehr verrückt. Sie selbes schicken mich. Ich klein. Mahe denken ich groß. Wollen. Holen. Menschen denken ich machen Schwierigkeiten. Sie still, Tully. Was du wissen schon?« Eine weitere kreuzende Linie, als die *Ijir* aus dem Menschenraum kommend Kurs auf den Pakt nahm. »Goldzahn kommen. Viel reden, Ino, Goldzahn. Goldzahn wollen sprechen mich, nicht sprechen viel mit andere Mensch, andere Mensch sehr verrückt.« Er holte tief Luft und blickte zu ihr auf, als wollte er sich davon überzeugen, ob sie sein Geplapper verstand, und sein Gesicht zeigte Schmerz.

»Politik«, sagte sie. »Und Protokoll. Dasselbe dort, hm?«

Er blinzelte verwirrt.

»Sprich weiter!«

»Goldzahn wollen sprechen mich. Wollen mich gehen Goldzahn Schiff. Ich sagen gehen finden dich, du Freund, gutes Freund. Nicht kennen Goldzahn. Wollen Hilfe. Wollen du sprechen mit diese Mahe.«

»Dieser Bastard!«

Wieder blinzelten die himmelblauen Augen.

»So«, brummte sie, »die Mahe wollten dich, ja? Und arrangierten ein Treffen. Wollten *dich!* Jemanden, mit dem sie sprechen konnten. Jemanden, der auch reden *würde,* hm? Was ist mit diesem Papier? Was steht darin? Warum Maing Tol?«

»Ich Raumfahrer.« Tullys Lippen zitterten, wie immer, wenn er aufgeregt war. »Ich nie sagen ich #, Pyanfar.«

»Was ist mit dem Papier, Tully? Von wem ist es? Was steht darin?«

»*Ijir* begegnen Goldzahn, er sagen machen Papier – selbes Papier Mensch auf *Ijir* haben ...«

»Das Papier kopieren, meinst du.«

Er nickte heftig. »Selbes. Ja. Sagen er bringen mich finden dich, gehen sprechen mit Stsho, gehen bringen Papier Maing Tol, helfen Mensch ...« Tully hielt die Hand mit dem Ring hoch. »Kif sie erwischen. Kif erwischen *Ijir,* erwischen Papier selbes du haben ...«

»Wie lange ist das her?«

Er schüttelte den Kopf. »Ich nicht wissen.« Sein Gesichtsausdruck verwandelte sich in Verzweiflung. »Ich bitten kommen Hani, bitten, bitten vieles Mal. Goldzahn Freund? Er Freund, Pyanfar?«

»Eine gute Frage«, sagte sie und verwirrte ihn damit. Sie streckte eine Hand aus und tätschelte seine Schulter, klopfte mit einer Krallenspitze auf ihn. »Sicher, verstehst du? Sag mir, warum Maing Tol? Und warum ich?«

Er zitterte eindeutig und langte über den Tisch, packte ihre Hand, die sie gerade zurückziehen wollte, kümmerte sich nicht um das reflexhafte Zucken der Krallen. »Große

Probleme. Viele Menschenschiff, viele gehen Maing Tol bald.«

»Durch den Kif-Raum? Da draußen sind die Knnn! Wie viele Schiffe? Von wie vielen Schiffen sprichst du? Drei? Vier? Noch mehr?«

»Papier sagen ... wir machen Schluß Kif kommen Menschenraum, nehmen Menschenschiff. Aber Goldzahn sagen mir ... Goldzahn sagen ... denken jetzt vielleicht nicht Kif erwischen Menschenschiff. Vielleicht Knnn.«

»O liebe Götter!« Der Mut verließ Pyanfar. Sie hätte sich jetzt gesetzt, wäre da eine Bank gewesen. Wie die Lage war, starrte sie nur Tully an.

»Goldzahn sagen Nachricht nicht gehen Maing Tol machen Stop Mahe, machen Stop Kif, gehen kämpfen ...«

»*Kämpfen?* Diese götterverdammte Menschheit kann die Knnn und die Kif nicht auseinanderhalten?«

»Nein.«

»*Nun, um der Götter willen, du kennst doch die Knnn! Hast du es ihnen nicht gesagt? Hast du ihnen den Unterschied nicht erklärt?*«

»Wer ich? Sie nicht hören. Sagen: Sei still, Tully. Ich sein kleine Person, klein, nicht #, Pyanfar!«

»Götter und Donner!«

»Pyanfar ...«

»Verrückte!«

»Goldzahn Freund?« fragte er wieder. »Ich machen gut?«

Sie betrachtete ihn lange, und er sah einfach verängstigt aus. Verängstigt und auf der anderen Seite eines nur unzulänglich funktionierenden Übersetzungsgerätes. Und eines Abgrunds unterschiedlicher Mentalitäten.

»Goldzahn ist ein Mahendo'sat«, sagte Pyanfar kategorisch. »Und er hat eine Persönlichkeit auf dem Hals. Sie wollten dich holen, Freund, weil sie den Handel wollen. Ich wette darauf. Und diese Menschenschiffe sind nicht durchgekommen. Die *Ijir* war kein gewöhnlicher Kauffahrer, auf gar keinen Fall. Sie wollten ein Treffen mit dir – wollten herausfinden, was die Menschheit im Schilde führt. Das *war* das Spiel. Aber sie haben verdammt zuviel herausgefunden, und jetzt hat Goldzahn Angst. Angst, verstehst du? Mit den Kif können die Mahe umgehen. Aber falls Knnn ihre kleinen schwarzen Pfoten in der Sache haben ... o *Götter,* Tully ... ihr Wahnsinnigen!«

»Haben viele Schiff kommen ... viele, Pyanfar. Werden kämpfen Kif, machen Schluß Knnn.«

»Niemand kämpft gegen die Knnn! Götter und Donner, man beginnt keinen Krieg mit jemandem, mit dem man nicht sprechen kann!«

Geweitete Augen betrachteten sie besorgt.

»Wo steckt Goldzahn, Tully? Weißt du das?«

Er zeigte durch ein Kopfschütteln, daß er sie nicht verstand.

»Verdammt!« Sie schob sich vom Tisch zurück. Die Knie waren ihr weich geworden. Und nach wie vor lag dieser starre, blauäugige Blick auf ihr. Verloren.

Gehen Sie nicht zum *Han,* hatte Goldzahn gesagt; und sein Stsho-Verbündeter hatte ihr geraten: Hüten Sie sich vor Goldzahn ...

Während die *Wachsamkeit* im selben Hafen lag.

Argwöhnische Gedanken kamen ihr, wenn sie auch unbestimmt waren und im Kreis liefen. Vielleicht hatte das *Han*-Schiff Wind davon bekommen, daß Chanurs Papiere wieder sauber waren, daß mahen Geld in Stsho-Hände geflossen war ...

... Möglicherweise hatte es eine Verbindung gegeben zwischen der Anwesenheit dieses Schiffes und der Goldzahns, eine Verbindung, von der Goldzahn nichts sagen wollte ... *Han*/mahen Konsultationen. Stsho wie Stle stles stlen, die Pantoffeln tief in der Sache drin ....

Und Verrat aus Selbstinteresse, mit mehr als nur finanziellen Hintergründen ...

Knnn. Götter, Stsho waren die vollendeten Fremdenhasser und Knnn der vollendete Grund für ihre Furcht ... da sie direkt nebenan lebten – lebten oder reisten, oder was immer die Knnn mit ihren Schiffen taten.

Vielleicht, wurde bei den Hani geflüstert, die betroffen waren von Anspielungen der Stsho, daß die Mahendo'sat die Hani als Gegengewicht zu den Kif in den Weltraum geführt hatten ...

... vielleicht stammte ein großer Teil dessen, was die Stsho wußten, von Methan-Atmern. Die Tc'a waren wahrscheinliche Kandidaten. Aber hatten diese gliederlosen Schlangengeschöpfe ihre hohe Technologie selbst *erfunden?*

Oder hatten es die Chi, die vielleicht Parasiten – oder Sklaven – oder Haustiere der Tc'a waren? Unwahrscheinlich.

Goldzahn hatte Grund, es mit der Angst zu bekommen. Und da er ein Mahe war, hatte er sich auf mahen Weise verhalten und die Kontakte gesucht, die ihm bekannt waren. Genauso, wie die ganze mahen Spezies sich verhalten hatte: Bringt Tully her! Holt ihn! Während Goldzahn, sobald Schwierigkeiten in Sicht waren, sie, Pyanfar, gesucht hatte. Nicht den *Han*. Nicht Ehrran. Der *Han* kannte die Mahendo'sat, bei den Göttern, und aus diesem Grund bestand das gesetzliche Verbot, in fremden Sold zu treten. Ziel der Mahendo'sat war die Persönlichkeit. Die Bekannte Größe. Sie begründeten Mächte. Zerstörten sie wieder. Verwickelten Hani-Regeln zu Knäueln und brachten Mächte zu Fall, indem sie sie in Krisenzeiten ignorierten.

Hier ist unbegrenzter Kredit – Freund. Sag uns, was du weißt. Genau so hatten sie es mit den Menschen gemacht.

Nach Tully schicken.

Götter, sie hatten ihn ausgenommen. Selbst die Kif hatten das nicht geschafft.

(*Ich machen gut?* hatte Tully gefragt. Mit diesem Blick wie von einer blauen Blume.)

Sie hatten sie, Pyanfar, am Bart. Soviel war sicher. Und vielleicht war es Stle stles stlen persönlich, der sie hielt.

Bis die Menschheit Schiffe in den Pakt schickte und die Knnn dagegen protestierten.

»Probleme?« fragte Tully.

Sie richtete die Ohren auf und zeigte ihm den ausdruckslosesten aller Blicke. »Wir werden damit fertig. Geh jetzt zurück in dein Quartier, ja?«

»Ich Raumfahrer. Ich arbeiten.« Er tätschelte seine Hosentasche. »Haben Papier, Py-an-far.«

Das hatte er wirklich. Ein Bürger des Paktes, ein Raumfahrer mit Lizenz. Wieder eine mahen Machenschaft. Er konnte die Kontrollen nicht bedienen. Er benötigte einen Zahnstocher, um die Schalter zu erreichen, und er war Analphabet in Hani.

Also schlossen sie ihn unten ein und schoben ihn hierhin und dorthin. Er hatte Besseres von ihnen erwartet. Die Götter wußten, daß er etwas Besseres von ihnen erwartet haben mußte.

»*Na* Khym ist an Bord«, sagte sie und spürte, wie ihr die Röte bis in die Ohren stieg. »*Männlich,* Tully.«

»Freund.«

Die Röte wurde noch heißer. »Solange ihr nicht im selben Raum seid, schön. Geh, wohin du willst! Aber komm ihm nicht in die Quere! Männer sind anders. Streite nicht mit ihm! Sprich nicht mit ihm, falls du es vermeiden kannst! Zieh einfach den Kopf ein und faß, um der Götter willen, weder ihn noch uns an!«

Größte Verwirrung.

»Verstehst du?«

»Ja«, sagte er.

»Dann los!« Sie ließ ihn los und beobachtete, wie er zur Brücke ging.

Sie wartete auf die Explosion – erkannte, daß sie darauf wartete, die Krallen gespannt. Sie zog sie ein. Sie hörte das Flüstern des Staubes, schrill bei ihrer Geschwindigkeit, und es erinnerte sie an die Bewegung der *Stolz,* wie sie auf einen Sprung zuraste, den sie jetzt machen mußte.

Ein anderer Ausweg bot sich nicht.

Die Lampen auf der Brücke brannten weiter, während alle Schlaf ergatterten, wo sie nur konnten. Sie machten abwechselnd Pause und suchten die Kabinen auf, kehrten dann zurück zu dem mit Papieren übersäten Nummer-zwei-Tisch, während der Staub am Schiffskörper flüsterte und gelegentlich größere Fragmente dagegenstießen. (»Wir werden leuchten wie ein neuer Löffel, wenn wir da durch sind«, hatte Hilfy zu Beginn gesagt; »Wir werden Krater haben wie Gaohn«, war Tiruns Erwiderung gewesen, die sich bislang noch nicht erfüllt hatte.) Hin und wieder verwandelte sich das Geräusch in ein Kreischen, wenn es zu Abweichungen bei der Geschwindigkeit kam. Gelegentlich lösten die Partikelsensoren und automatischen Systeme der *Stolz* die Trimmjets aus, was zu geringfügigen *G*-Instabilitäten führte, dazu, daß jemand stolperte, der einen Korridor entlangging. Hin und wieder zeigte der Scanner der *Stolz* etwas Größeres, und das Schiff wich ihm aus.

Auch die Arbeit der Hani ging weiter. Und die eines Menschen: an einer Computersektion war immer noch die Arbeitsbeleuchtung eingeschaltet, die zeigte, daß Tully noch daran beschäftigt war und tat, was er tun konnte. Er beschäftigte sich von dem Terminal in seinem Quartier aus mit Linguistik. Er suchte Wörter, gleiche Bedeutungen. Arbeitete daran, daß das Übersetzungsgerät weniger Lücken hatte und weniger Störungen erzeugte. Lernte Hani. Stundenlang saß er daran.

Und Khym kam wieder auf die Brücke gelatscht. Er hatte noch rote Augen und zitterte von seinem Auftrag im sogenannten beheizten Laderaum: »Vorräte sind weiter nach hinten gerückt«, sagte er und warf einen besorgten Blick auf die Pulte, deren Funktionen er nicht verstand, auf Rücken, die ihm zugewandt waren, während die Arbeit weiterging.

»Geh ins Bett!« sagte Pyanfar. »Nimm ein heißes Bad! Du hast getan, was du konntest.«

»Wir haben immer noch Probleme, nicht wahr?«

»Wir arbeiten daran. Geh schon! Brauche dich später wieder. Hol dir etwas Schlaf!«

Er ging schweigend, warf noch einen besorgten Blick zurück.

Pyanfar seufzte. Hörte auch Seufzer von ihrer Mannschaft, rieb sich die schmerzenden Augen und hatte ein leichtes Gefühl der Scham.

»Ich vermute, er hat das gesichert?« fragte Tirun.

»Er wird es nicht vergessen haben.« Aber in der Küche waren noch die Spuren seiner Gewohnheiten zu sehen – herumstehende Teller, ein geöffneter Schrankriegel. Pyanfar ging hinüber und schaltete einen Sicherheitscheck ein. Er ergab, daß alle Türen geschlossen waren, aber ein Gefühl der Panik nagte weiter an ihr.

Die öden Informationen von Zahlen wanderten immer noch über die Monitore. Konstanter Lauf. Egal, was sie versuchten. Es ging tiefer hinein in den Staub, in den Brunnen, und die Informationen von der Station zeigten vier Kif im Dock, einen, der systemauswärts flog, zwei mahen Frachter und sechs Tc'a-Bergbaufahrzeuge.

Schlechte Aussichten.

»Verdammt!« Das war Haral.

Eine weitere Theorie war gescheitert.

»Mach eine Pause«, brummte Pyanfar, als sie zum drittenmal wieder auf die Brücke kam und Tirun immer noch dort vorfand, in einer Gruppe von drei Köpfen rings um die Konsole: Hilfy hatte sich mit Chur abgewechselt, und Haral war nach einem Wechsel mit Geran wieder da; Tirun hatte zwei Schichten hintereinander durchgehalten. »Tirun, verdammt nochmal, habe ich dir nicht gesagt, du solltest eine Pause machen?«

»Entschuldige, Käpt'n.« Tiruns Stimme klang heiser, und sie blickte gar nicht auf von den Papieren und dem wandernden Stift. »Habe da noch diese Idee.«

Pyanfar stützte sich auf die Tischkante, um Halt zu finden, als die *Stolz* wieder eine Lagekorrektur vornahm. Sie kaute auf den Schnurrbartenden und wartete, wischte sich die Augen. Der Stift kratzte weiter auf dem Papier.

»Da ist der YR89«, sagte Haral und deutete mit dem Finger darauf. »Wenn dort etwas passiert ...«

»Huuuh.« Das Knurren klang heiser und verärgert, und

Haral zog die Hand weg, damit sie Tirun nicht in die Quere kam. Der Stift kratzte eilig.

Die Stille dauerte an. Der Staub kreischte jetzt lauter auf dem Schiffskörper. Die *Stolz* korrigierte. Ein Aufschlag erzeugte Echos.

»Verdammt!« rief Hilfy. Ihre Ohren sanken verlegen herab. Sie legte das Kinn wieder auf den Arm, der auf der Tischkante ruhte, und tat so, als hätte sie nichts gesagt.

Tirun schob einen Streifen unter das Lesegerät. Der Schlitz verschluckte ihn. Lichterkräuseln war zu sehen, als wäre alles in Ordnung. Tiruns Schultern sackten herab.

»Haben wir irgend etwas noch nicht versucht?« wollte Pyanfar wissen.

»Nein«, antwortete Haral ruhig.

»Es ist eine gespenstische Sache«, meinte Tirun. Ihre Stimme versagte und ihre Ohren sanken. »Ich kann es nicht finden.«

»Kommt es von der Belastung?«

»Ich denke schon. Immer möglich, daß das Teil verrottet war. Erinnere dich nur an das Nachlassen bei Kirdu.«

Pyanfar schnaufte schwer und starrte Tirun an, erkannte deren unwirsches Mißtrauen gegen ein unsauberes System. »Wir haben noch eine Reserveanlage«, meinte sie.

»Bis Kshshti haben wir keine mehr. Es reicht gerade zum Bremsen, wenn wir Glück haben.«

Pyanfar dachte darüber nach. Ging gedanklich das ganze Flügelsystem durch. »Wieder beim Regler«, stellte sie fest.

»Willst du das Y-Teil auswechseln?«

Das bedeutete, sich endlos durch den Flügelträger hinaufzuwinden, während die *Stolz* unter Energie gierte und stampfte. Ein langer, dunkler Solojob, einen Ausfall aus den Kopplungen zu fischen, während das System bereits versagte. Von innen – denn die Partikel würden jeden Anzug beschädigen.

»Nein danke, ich möchte gerne, daß wir alle noch Kshshti sehen.« Sie atmete tief ein. »Wir laufen dort ein und lassen uns reparieren.«

Die Gesichter wurden lang und die Ohren sanken.

»Nun, was *können* wir denn sonst machen?«

»Ich würde es mit dem Träger versuchen«, meinte Hilfy.

»Helden haben kurze Jobs, Kleine.« Und zu Haral: »Wir machen planmäßig weiter.«

»Falls wir dadurch ...«, setzte Hilfy an.

»Ich würde, verdammt nochmal, Chur dort hochschicken, falls es funktionierte! Wenigstens kennt sie *das System!«*

Ohren sanken; Schultern sackten herab.

»Wenn du da oben ums Leben kämst«, brummte Tirun, »hätten wir das verdammte Problem, dich aus der Anlage zu holen. Dabei könnte das System zusammen mit dir gebraten werden. Der Käpt'n hat zum erstenmal recht.«

»Damit fällt Kura als Möglichkeit sicher aus«, meinte Haral.

»Hm«, reagierte Pyanfar. »*War* gar keine Möglichkeit.«

»Da ist noch Urtur.«

»Da ist noch Urtur.« Sie atmete tief aus und dachte darüber nach, setzte damit nur fort, was sie bereits seit zehn Stunden tat. Tage auf Urtur verbringen. Mit fünf Kif, zwei mahendo'sat Frachtern und sechs Tc'a, die zu allem oder gar nichts fähig waren, während die Kif die *Stolz* entweder zusammenschossen oder enterten.

»Die Mahendo'sat«, sagte Pyanfar, »wollen, daß wir Kshshti anfliegen. Goldzahn will es. Habt ihr euch dieses Scannerbild angesehen? Wollt ihr darauf wetten, daß Sikkukkut die Nachricht nicht schon lange weitergegeben hat?«

»Die Kif haben die Würfel in der Hand«, meinte Haral. »Keine Wetten. Hast du von Tully irgend etwas über diese Geschichte erfahren, was du uns erzählen könntest?«

Pyanfar lehnte sich an den Schrank und starrte Haral an. »Eine große Sache. Wirklich groß. Wollt ihr es hören? Die Mahendo'sat haben versucht, die Menschheit durch die Hintertür hereinzuholen. Die Menschen haben ein paar Schiffe verloren. Ich denke, diese *Ijir* ist ein Jägerschiff. Sie fuhr in den Menschenraum und holte Tully – ein typisches mahen Kunststück. Sie wollten herausfinden, was vor sich geht, und sie wollten Tully in die Hand bekommen. Er würde reden. Er würde ihnen vertrauen. Er würde ihnen alles sagen, was sie wissen wollten.«

»O liebe Götter«, murmelte Hilfy.

»Das ist noch nicht alles, Nichte. Die Menschheit wollte ihre echten Autoritäten zu den Mahendo'sat schicken, vermute ich, weil sie Probleme haben. Die Mahendo'sat wollten Tully, weil auch *sie* Probleme haben. An dieser Stelle wird es kompliziert. Ich denke, die ganze Sache hat die Knnn aufgestöbert.«

Niemand bewegte sich. Die Augen der anderen waren zu extrem dünnen Bernsteinringen geweitet.

»Ich denke«, fuhr Pyanfar geduldig und ruhig fort, »die Menschen erfüllten einen vereinbarten Handel nicht. Daraufhin stellten die Mahendo'sat Untersuchungen an und schickten ein Schiff ... Die Menschen ihrerseits geben den Kif die Schuld, und Tullys Rang ist nicht hoch genug, daß die Menschheit ihm viel erzählte, was darüber hinausging. Von dem Knnn-Aspekt konnte er nichts wissen. Also haben sich die Mahendo'sat Tully geholt und ein Rendezvous mit Goldzahn vereinbart, irgendwo jenseits von Tvk, vermute ich. Um Fragen zu stellen. Die Götter wissen es. Tully sagt, die Delegation sei verärgert gewesen, weil Goldzahn nicht mit ihr sprechen wollte, sondern nur mit ihm. Und Goldzahn holte ihn allein auf sein Schiff. Die *Ijir* fuhr nach Maing Tol, und wohin sich Goldzahn wandte, das wissen allein die Götter. Inzwischen wurden unsere Papiere wunderbarerweise in Ordnung gebracht, nachdem die Stsho uns monatelang abgewiesen hatten, und Goldzahn und wir landeten gemeinsam am Treffpunkt.«

»Auch der *Han*«, warf Hilfy ein. Pyanfar wandte ihr den Blick zu und blinzelte. Auch ihr kam dieser Gedanke und stellte eine Verbindung zwischen zwei Punkten her.

»Stle stles stlen.«

»Der Stationsleiter?« fragte Haral mit heiserer und müder Stimme, aber aufmerksam gespitzten Ohren.

»Könnte sehr gut sein. Der *Han* wollte Konsultationen;

unsere Papiere wurden von der einen oder anderen Seite zurückgekauft ... *Irgend jemand* wollte uns in diese Geschichte hineinziehen. Ich habe das Gefühl, es waren die Mahendo'sat. Ich habe das Gefühl, es war Goldzahn selbst. Wir sind seine Bekannte Größe. Aber das ist auch Stle stles stlen. Theoretisch. Im Moment möchte ich auf gar nichts wetten. *Irgend jemand* hat die Dinge in Bewegung gebracht. Die Götter wissen, daß die Stsho unser Geld nahmen, um die Papiere in Ordnung zu bringen, aber vielleicht nahmen sie *jedermanns* Geld – wer weiß?«

»Verdammte Situation«, murrte Haral.

»Und das doppelt, wenn auch die Ehrran dabei beteiligt ist«, meinte Tirun.

»Wohin hat sich Goldzahn gewandt?« erkundigte sich Hilfy.

»Ich habe Tully danach gefragt. Er weiß es nicht. Sagt er. Wahrscheinlich weiß er es wirklich nicht.«

»Er ist hier durchgekommen«, sagte Haral. »Kura? Kita? Nach Kshshti?«

»Wir *meinen,* daß er hier durchgekommen ist«, versetzte Tirun. Ihre Stimme versagte. »Bei dem Burschen würde ich mich auf keine Wette einlassen.«

»Hetzen und wieder umdrehen«, sagte Pyanfar. »Der götterverdammte Mahe ist windig wie ein Kif. Nein, ich schwöre nicht darauf, daß er jene Nachricht nicht schon hier hinterlassen hat, bevor er zum Treffpunkt flog. Oder daß er nicht einen abgehenden Agenten damit beauftragt hat. Der Alarm ist längst schon vom Treffpunkt über Urtur bis Kshshti weitergegangen, das ist es, und wir denken vielleicht nur, daß wir die Wellenfront sind.«

»Dieser Knnn am Treffpunkt ...«, überlegte Tirun. »Nicht zu vergessen.«

»Wir können nichts gegen ihn machen. Außer von hier verschwinden.«

»Und dabei heil bleiben«, murmelte Haral. »Es ist ein *langer* Sprung bis Kshshti.«

»Wir können es schaffen. Selbst wenn wir dabei den Generatorflügel durchbrennen. Allein die Entfernung kann schon dazu führen, aber es hilft uns dann auch: Wir kommen mit nur unwesentlicher Geschwindigkeit an. Wir können schlimmstenfalls liegenbleiben. Bestenfalls war es gar nicht das Y-Teil, und der Flügel hält auf der ganzen Strecke.«

»Vielleicht tut er es und vielleicht auch nicht«, sagte Tirun. »Wenn es das ist. Eines von den Dingern bekommt eine Fehlfunktion, und man findet nie heraus, ob man sie gefunden hat oder nicht. Nie. Es könnte bis Kshshti halten, und wir könnten es bei Maing Tol verlieren, wenn wir eine höhere Geschwindigkeit haben.«

»Ich möchte, daß ihr eines tut: Schaltet den ganzen Flügel auf Reservesystem um, vom Bedienungspult aufwärts! Für den Fall, daß wir noch in einem anderen Teil einen Fehler haben. Wir überprüfen besser die Originalsysteme. Könnt ihr das in vier Stunden schaffen?«

»Können wir«, meinte Tirun.

»Du nicht. *Du* gehst schlafen!«

»Ich mache es«, sagte Haral.

»Geben wir dieses Y-Teil in der dritten Redundanz auf?« wollte Tirun wissen. »Es könnte beschädigt worden sein, als der Regler auf Reserve umschaltete. Wenn sich das als Fehlschlag erweist, schließt es sicherlich die Kopplung aus.«

Pyanfar überlegte. *Dachte* daran, überhaupt nicht auf Reserve zu gehen, was zeigte, wie verzweifelt die Lage war.

»Nein«, sagte sie dann. »Ich wage es mit der Nummer zwei. Das, was wir an Bord haben – wenn schon nichts sonst –, können wir nicht bei einem solchen Versuch aufs Spiel setzen. Mit der Reserve kommen wir an und haben dann noch etwas übrig. Mehr dürfen wir nicht wagen.«

»Was *haben* wir denn an Bord?« fragte Tirun.

»Eine Botschaft der Menschheit an Maing Tol und Iji. Einen Übersetzer. Eine Botschaft von Goldzahn an seine Persönlichkeit. Die Götter wissen, was darin steht. Höchstwahrscheinlich etwas über die Knnn.« Sie holte tief Luft und überlegte die Möglichkeit, daß es darin auch um den

Han ging. Bündnisse. Falsches Spiel. »Alle Systeme auf Nummer zwei, und wir springen planmäßig nach Kshshti. Sagt Chur und Geran, was wir machen, wenn sie wieder ihren Dienst antreten.«

»Dem Mannsvolk nicht?«

»Götter, macht euch ihretwegen keine Gedanken. Sagt ihnen, daß wir alles repariert haben.«

»Was ...«, fragte Hilfy ganz leise, »was ist mit Tully, wenn wir bei Kshshti liegenbleiben? Dann hängen wir im Dock fest. Die Götter wissen, die Kif ...«

»Was wir tun, Kleine, ist folgendes: Wir fliegen nach Kshshti, und was auch geschieht, wir übergeben ihn an die Mahe. Sollen *sie* sich seinetwegen Sorgen machen, hörst du? Sie können dort zwei Jägerschiffe in die Waagschale werfen. Sollen *sie* die Sache übernehmen.« Sie stand wieder auf. »Ruht euch etwas aus! Ihr alle diesmal!«

»Aye«, murmelte Tirun mit dem, was von ihrer Stimme noch übrig war. Hilfy starrte Pyanfar mit offenem Mund an.

»Wir können nichts anderes tun«, erklärte ihr Pyanfar. »*Nichts* anderes. Er hat zuviel Wert, um ihn aufs Spiel zu setzen. Diese Botschaft ebenfalls. Verstehst du? Wir sind fertig. Dieser Flügel hat uns geschafft.«

»Wenn wir so einlaufen, können wir für eine Woche festliegen!«

»Also nehmen wir den Schaden eben hin. Die Rechnung können wir begleichen; so viel Geld haben wir. Ansonsten sind wir fertig, Kleine. Am Ende.«

»Ich könnte es schaffen«, meinte Hilfy. »Ich könnte durch den Träger hinaufsteigen, und dann hätten wir das Teil ausgetauscht.«

»Falsch. Chur würde es tun müssen. Sie ist die Kleinste. Und sie ist einfach nicht dumm genug, um es zu machen.«

Es war still – abgesehen von diesen Worten. Von ihnen und dem kreischenden Staub.

Pyanfar stand auf und ging, taumelte etwas, als sie den Korridor erreichte und die *Stolz* wieder eine Kurskorrektur vornahm.

Ihr kam ein weiterer Gedanke, der sie frieren machte, und sie kehrte um und deutete auf Haral. »Dieses Kind versucht es auf keinen Fall! Paß auf sie auf! Wenn eine den Träger hinaufsteigt, werfe ich sie in den Weltraum hinaus, verstanden?«

»Aye«, bestätigte Haral.

Niemand folgte Pyanfar. Wahrscheinlich räumten sie die Papiere weg und schlossen ab. Pyanfars Blick verschwamm vor Erschöpfung, und sie hielt sich davon zurück, die Augen zu reiben, als sie an Khyms Kabine vorbeikam.

Sie dachte daran, zu ihm hineinzugehen. Sie hatte es nicht mehr getan seit Hoas. Es war nicht ihre Zeit, war es seitdem nicht mehr gewesen. Solche Nettigkeiten fielen für sie unter den Tisch, wie schon bei ihren Planetenbesuchen. Aber der Schlaf würde sich nicht leicht einstellen beim Lärm des Staubes und den ständig wiederkehrenden Veränderungen der Schwerkraft; und vielleicht schlief Khym und würde nur Fragen stellen, wenn sie ihn weckte.

Habt ihr es repariert, Py?

Sie machte die Tür zur eigenen Kabine auf und trat ein, setzte sich an den Schreibtisch und räumte methodisch den Kram ihrer eigenen Arbeit weg.

Kursentwürfe. Berechnungen jeder Art, die noch Hoffnung boten, ein weiteres Mal zu bremsen und sich nach Kura und zum Hani-Raum zu wenden, ohne daß sie bei Urtur Schiffbruch erlitten und hier in der Nachbarschaft von Kif strandeten.

Nichts davon war machbar. Und falls sie es doch gewesen wären – falls sie es doch gewesen wären, hätte sich die Aufmerksamkeit der Knnn danach nur auf die Hani gerichtet.

Goldzahn, Sie mahen Bastard! Er kümmerte sich um die Sicherheit seiner eigenen Leute, soviel war gewiß.

Also gab sie ihm das Päckchen zurück: *Hier, dummer Mahe, nehmen* Sie *es! Viel Glück. Machen Sie schnell!*

Und Tully ...

Sie stützte den Kopf in die Hände. Götter, Götter, Götter!

Knnn.

Und die Absicherung, die die *Ijir* darstellte, was immer sie auch sonst gewesen war mit ihren Menschen an Bord, und dann einfach verlorengegangen.

Die Kif hatten sie, mochten die Götter ihr helfen. Die Kif würden sie alle auseinandernehmen, Mahe, Menschen, alle. Tully wußte es, er, der eine Zeitlang in der Hand der Kif gewesen war und bei den Hani Hilfe gesucht hatte, weil er sie einmal auf den Docks des Treffpunktes lachen gehört hatte.

Mochten die Götter Sikkukkut und alle kifischen Geschenke verdammen!

Sie auf der *Stolz* waren jetzt draußen. Was auch an Gewinn oder Verlust noch zu machen war, die *Stolz* hatte ihre Grenze erreicht. Und sie sollten eigentlich froh sein, daß sie aus dem Spiel waren. Ein Flügel beschädigt. Sie konnten mit der *Stolz* nicht noch einmal springen. Schon bis Kshshti war es ein Vabanque-Spiel, bei dem ihrer aller Leben gefährdet waren. Bei Maing Tol stiegen die Chancen noch, daß es nicht mehr reichte, um noch zu bremsen.

Helden haben kurze Jobs, Kleine.

War es also das, was schmerzte, daß sie aufgeben und zusehen mußten, wie andere vollbrachten, was Hani nicht geschafft hatten?

Und daß sie Tully ganz allein an die Mahendo'sat weiterreichen mußten?

»Alles gesichert«, sagte Haral neben ihr an ihrem eigenen Posten. »Soll ich sie übernehmen, Käpt'n?«

»Ich nehme sie diesmal«, sagte Pyanfar, streckte den Arm aus und legte ihn in die Halterung. Sie blickte kurz zu dem Spiegelbild vom Rest der Brücke hinauf und sah, daß alle Besatzungsangehörigen an ihren Plätzen waren und auch Khym auf seinem Beobachtungsposten.

Repariert, hatten sie ihm gesagt. Und sein Gesicht hatte voller Vertrauen zu ihnen aufgeleuchtet.

Repariert, hatten sie auch Tully gesagt, der schwerer zu belügen war, da er selbst Raumfahrer war. Und er stand mittlerweile unter Medikamenten, ganz benebelt, wie es seine Rasse beim Sprung sein mußte.

»Sternfixierung positiv, Maing Tol«, meldete Haral.

Der Staub winselte am Schiffskörper, ein konstantes Geräusch, aber jetzt dünner. »Werden Kshshti ein wenig bestäuben«, meinte sie. »Nichts zu machen.«

Haral blickte kurz zu ihr hinüber, ein sehr, sehr intensiver Blick. »Nichts zu machen«, sagte sie.

Dann war plötzlich alles still, als sich das Sprungfeld aufbaute und die Schirme hochgingen.

Sie versuchten ihr Glück diesmal.

SIEBTES KAPITEL

Gefahrenlampen blinkten in dringendem Alarm, und Harals Stimme protestierte ...

... »Käpt'n ...«

... klagend, als hätte sie das Tuten nicht gehört und bereits die Hand ausgestreckt. Vielleicht war es eine Gnade, ein Mensch zu sein und bis zur Bewußtlosigkeit mit Medikamenten gefüllt ...

»Habe es«, hustete Pyanfar, obwohl ihre Kehle zu Stein geworden war im langsamen Vorbeisickern der Zeit an den Instrumenten, in der Umstülpung aller Verhältnisse im Sprungraum.

»Ort?«

Man wurde lethargisch, wurde tödlich ruhig in diesem schwindelerregenden Fließen, worin man nichts tun konnte, nichts als zusehen und einen subjektiven Tag benötigen, um einen Finger zu bewegen. Sie hatte einen Juckreiz an der Nasenspitze, der so wichtig war wie ihr kollektives Leben ...

Aber der Intellekt wußte noch, was der Wille vergaß. Der Verstand war instruiert mit einer Reihenfolge von Dingen, auf deren Ausführung Pyanfar zwei Monate gewartet hatte. Die rechte Hand erreichte den Schalter, nach dem sie vor zwei Monaten hatte greifen wollen, und schaltete das Feld ein, solange sie noch unter Energie standen, lange vor dem Eintreffen des Bojensignals. Ihre Augen suchten die Instrumente, divergierende Linien, die eigentlich ineinanderlaufen sollten ...

Die Felder von Mahn, gelb im Sonnenlicht, die Wälder, der gesprenkelte Schatten ...

Das Rebengewächs außerhalb der Mauer von Chanur, das sich wie ein Fluß verzweigte, von einem großen knorrigen

Stamm aus; und Generationen von Chanur waren hinaufgeklettert, von Ast zu Ast ...

»Wir sind dort.« Gerans Murmeln bestätigte das Erreichen des Ziels. »Wir sind im Sprungbereich.«

Ort: ich brauche den Vektor.

»Wir leben noch«, murmelte Hilfy. »Wir werden es schaffen, werden es schaffen ...«

... als wäre sie völlig überrascht.

Da war sie, jene exakt eingestellte rote Linie.

»Puh!« Pyanfar säuberte hustend die Kehle und blinzelte, um wieder klar sehen zu können.

»Natürlich schaffen wir es«, sagte Geran. »Irgendwelche Zweifel, Kind?«

Ein Schiff, das vom staubumkränzten Urtur kam, mußte bestimmte Sicherheitsmaßregeln ergreifen, und das taten sie jetzt nicht. Sie flogen in das System ein, begleitet von aufgeladenem Staub. Ein Teil davon würde dem kleineren Bremsfeld entwischen und wie harte Strahlung durch das Kshshti-System stürmen.

»Noch einmal bremsen«, murmelte sie, flehte das Schiff an. »Haltet euch bereit!« Und sie dachte dabei an ein Schiff, das sie sterben gesehen hatte – an ein Schiff, bei dem ein Generatorflügel in kleine Stücke zersprungen war, das ohne eine Chance in eine mahen Hölle des Langsamerwerdens gesprungen war.

Es war nichts weiter zu tun gewesen, als die Besatzung in die Kapsel zu stecken und zu hoffen ...

Sie schaltete die Bremsung ein und spürte ihre Augen rollen, als das Feld hochgefahren wurde ... komm schon, komm schon, Schiff, halte durch!

Weitere Ausfall-Lampen blinkten und blieben an.

Zweige an der Mauer ...

»Es muß dieses Y-Teil sein«, brummte sie Haral zu, zu niemand im besonderen, und hatte wieder Visionen von jenem sterbenden Schiff.

Von seiner Mannschaft war jetzt niemand mehr am Leben. Diejenigen, die die Mahendo'sat in ihrer Kapsel hereingeholt und damit gerettet hatten – waren auf Gaohn gestorben, als sie bei den Kif gestanden waren.

Pyanfar bewegte den Arm, führte eine dritte Bremsung aus, beobachtete fasziniert mit trübem Blick, wie die Linien auf den Anzeigen ineinanderliefen, miteinander verschmolzen wie Seidenfäden, rote und blaue, als die *Stolz* an der Grenzfläche zerrte und ihre Blase losließ.

Wieder unten, und das Heulen des Alarms holte Pyanfar ins Leben zurück.

»Immer noch über der Markierung«, brummte Haral. »Das sind zwanzig.«

»Ich weiß. Er ist heilgeblieben, mit dem Stromnetz.« Sie schaltete den Sprungantrieb aus und legte die *Stolz* in eine Rolle um die Achse, beseitigte die Schwerkraft und schaltete das Stromnetz ein, um den Job zu vollenden, bei dem der Antrieb versagt hatte. Es blieb noch ein wenig Spielraum. »Kif. Sind hier Kif? Werdet mal wieder lebendig da hinten!«

»Scanner frei«, meldete sich Churs Stimme zurück. »Kshshti positiv; empfange Funkfeuer. Warte auf Kurseingabe.«

Auf den Monitoren wechselten die Prioritäten. Die Kursänderung erschien blitzend, wich nur geringfügig von ihrem bisherigen Kurs ab. Pyanfar senkte den Bug und stellte das Schiff genau ein.

»Das war Glück«, meinte Haral zu dem Kurs, der ihnen angewiesen worden war.

»Puh«, sagte Pyanfar. »Priorität für dich.« Die Zugkräfte der Rotation machten sich wieder bemerkbar, als die Vektoränderung wirksam wurde. »Stell fest, was wir verloren haben!«

»Einen Augenblick«, sagte Tirun.

Es war für lange Zeit still, während der Computer unter Tiruns Händen seine Diagnose suchte.

»Hat er nicht gehalten?« Khyms Stimme, die sich klagend und ein wenig zittrig anhörte. »Haben wir den Flügel wieder verloren?«

»Hat nicht gehalten«, sagte Geran. »Aber wir sind in Ordnung.«

»Wir werden nicht sehr schnell wieder von hier wegkommen, nicht wahr?«

Er probierte es. Und es wurde schwieriger, ihn zu täuschen. Pyanfar schluckte schwer und besah sich die Schadenszusammenfassung, die auf dem Bildschirm erschien. »Wir sind in Ordnung«, hörte sie Hilfy sagen, wahrscheinlich in den Kom und für Tully bestimmt. »Wir sind durch. Wir hatten nur wieder Probleme mit diesem Teil. Bleib ruhig da unten!«

»Hat zwei Löcher ins letzte Reservesystem geblasen«, brummte Pyanfar Haral zu, ganz im Gesprächston.

»Götter«, sagte Haral. Mehr nicht. Und schaltete das Bild des Kshshti-Systems zu ihr hinüber, auf alle Bildschirme. »Macht nicht viel her, diese Gegend.«

»Hm!«

Das tat sie wirklich nicht. Eine trübe orangefarbene Sonne, die nur von Monden umgeben war, von Monden und einer Station. Ein wenig Bergbau, ausreichend für den heimischen Bedarf. Ein wenig Handel. Es waren überwiegend Mahendo'sat, die den Ort unterhielten, weil es ja jemand tun mußte, betrachtete man die Gegend, wo er lag. Und es war auch gut so, daß er den Mahendo'sat gehörte, denn er war Verbindungspunkt auf einer Route, die aus dem Kif-Raum, von Kefk aus, direkt nach Maing Tol führte. Und man fand hier eine Werft, den Göttern sei Dank.

»Viel Verkehr«, murmelte Pyanfar, die das Geschnatter über Kom empfing. »Götterverdammt viel Verkehr für dieses Loch hier draußen.«

»Kita«, erinnerte Haral sie.

»Sicherlich Kita. Die Nachricht hat sich ungewöhnlich schnell verbreitet, findest du nicht auch? Oder wir haben bei diesem Sprung doch mehr Zeit verloren, als wir hätten verlieren dürfen.«

»Huuuhn.« Kein Kommentar. Nicht hier und nicht jetzt. Nicht mit Khym auf der Brücke.

Zwanzig Sterne waren die Häfen, die die *Stolz* regulär anlief. Kshshti gehörte nicht dazu. Es war überhaupt kein Hafen, den irgendein Hani suchte.

»Widerliches kleines Ding«, murrte Geran von weiter hinten entlang der Reihe der Pulte. »Wirklich widerlich.«

Sie hatten Zeit. Es war Zeit für sehr vieles, während die *Stolz* auf Kshshti zuhumpelte ...

Zeit, das Geschwätz der Station zu hören, bevor ihre Wellenfront dort ankam und die Dann-Welle der Station sie erreichte: Das Schnattern und Jammern von Methan-Atmern, die sich verwirrt berieten, die schnalzenden Laute von Kif, deren unverschlüsselte Bemerkungen nur gewöhnliche kifische Angelegenheiten betrafen, kurz und nicht informativ. Keine Hani-Stimmen. Überhaupt kein Anzeichen von Hani.

»Station antwortet«, sagte Hilfy, als die Welle eintraf. Die Sendung war reine Routine, kalt und geschäftsmäßig. Es war ein Anflug wie auf irgendeine beliebige mahen Station, die weniger lebendig war als andere.

»Komische Stille«, bemerkte Haral. »So, wie wir hier angekommen sind, hätte ich Flüche quer durch eine mahen Hölle und wieder zurück erwartet.«

»Aber ich wette mit dir bei einer mahen Hölle«, meinte Pyanfar, »daß dies von Anfang an eine abgekartete Sache ist. Wir werden erwartet, und sie machen keinen Lärm in diesem Dickicht, 'nein.«

Damit erntete sie einen Blick von Haral. Keinen glücklichen.

Und so glitten sie immer näher an Kshshti heran, während die Laute von Methan-Atmern im Kom flüsterten.

Eine Randstation. Eine Grenzstation. Die Kif beanspruchten den Stern; Mahendo'sat hatten die Station gebaut und hielten sie mit den Tc'a und Chi, deren Bergbau hier keinen besonderen Gewinn einbrachte. Nichts von dem, was Kshshti tat, brachte welchen ... abgesehen davon, daß es Wert als ein Ärgernis hatte, das den Ambitionen der Kif mitten im Weg lag.

»Wo ist die Schiffsliste?« erkundigte sich Pyanfar bei Hilfy. »Ich will Namen, Kleine!«

»Ich bin dabei, es zu versuchen«, entgegnete Hilfy. »Die Station sagt, sie hätte Schwierigkeiten mit dem Computer.«

»Aber sicher haben sie das. Wie mit der Anzeige am Treffpunkt.«

»Wie bitte, Tante?«

»Götterverdammt viele Fehlfunktionen in letzter Zeit. Besorg die Liste! Sag ihnen, sie sollen sie laut vorlesen, und schneide den Unsinn ab!«

»Ich weiß nicht, was wir tun können«, murmelte Haral neben ihr. Und es entsprach der Wahrheit. Die Pulte für die Systeme der Generatorflügel flackerten, zeigten anhaltendes Desaster unter Tiruns Nachforschungen. Alle waren kaputt. Alle.

»Wir schaffen es schon«, meinte Pyanfar. »Irgendwie ...« Aber ihr Bauch war vor unaufhörlicher Panik verspannt. Sie fischte die Reparaturgenehmigung aus sicherer Verwahrung und verlagerte das Körpergewicht, um sich das Papier in die Tasche zu stecken, wappnete sich gegen Streitigkeiten mit mahen Beamten. Es würde Gebrüll und Geheul geben und Verzögerungen, wenn sie das nicht alles abwehren konnte.

Und wenn sie kein Schiff für Tully finden konnte, wenn die falschen Kif hier waren und keine Hilfe ...

Wir werden hier nicht so bald wieder wegkommen, wirklich nicht.

»Liste ist da«, meldete Hilfy.

»Auf deine Eins«, sagte Haral und schaltete sie auf ihren Bildschirm.

14 *Iniri-tai:* Maing Tol
9 *Pasunsai:* Idunspol
7 *Nji-no:* Maing Tol
30 *Canoshato:* Kshshti: systemintern
29 *Nisatsi-to:* Kshshti: systemintern
2 *Ispuhen:* Maing Tol: Reparatur

32 *Sphii'i'o:* V'n'n'u
34 *T'T'Tmmmi:* N'i'i
40 *A'ohu'uuu:* T t'a'va'o
49 knnn
50 knnn
51 knnn
52 knnn
10 *Ginamu:* Rlen Nle
20 *Kekkikkt:* Kefk
21 *Harukk:* Akkt
22 *Inikktukkt:* Ukkur
8 *Ehrrans Wachsamkeit:* Anuurn
15 *Ayhars Wohlstand:* Anuurn
3 *Chanurs Stolz:* Anuurn: im Anflug.

»Götter«, murmelte Haral.

»Eine richtige Party, wie?« Pyanfar zog die Mundwinkel herab, als verspürte sie einen schlechten Geschmack.

»*Kekkikkt.* Erinnerst du dich an die?«

»Könnte ich nie vergessen. Eine ganze Liste voller guter Nachrichten, nicht wahr?«

»Wenigstens finden wir hier Hilfe.«

»Wir finden hier Hilfe.« Sie durchforschte noch einmal die mahen Sektion. »Systeminterne und Kurzstreckenfahrzeuge. Jemals von einer *Iniri-tai* gehört?«

»Nein.«

»*Pasunsai?*«

»Nein. Von beiden nicht.«

»Verdammt, hier sollte ein Jägerschiff liegen!«

»Wir haben ja die *Wachsamkeit*«, bemerkte Haral trocken.

»Hm.« Der Humor steckte sie an, aber trotzdem hatte sie ein eisiges Gefühl im Magen.

»Was sagen wir ihnen?«

Sie erinnerte sich an das, was sie ihnen am Treffpunkt gesagt hatte, an die letzte Botschaft. *Kif auf unseren Fersen. Keine Erklärung möglich.* »Wir lassen uns lieber etwas einfallen.«

»Ayhar«, stieß Tirun zwischen den Zähnen hervor. Und das war die zweite gute Frage.

»Dieser Schrotthaufen könnte uns nie auf der Urtur-Route schlagen, soviel ist sicher.«

»Woher wissen sie überhaupt Bescheid?«

»Möchtest du eine Vermutung anstellen?«

Haral erzeugte einen Laut in der Kehle, der sich nicht angenehm anhörte.

»Rhif Ehrran hat sich ein Schoßtier zugelegt.«

»Was sollen wir machen?«

»Ich denke darüber nach.« Was bedeutete, daß sie es nicht wußte. Was bedeutete, daß sie nichts tun konnten außer bluffen, und das wußte Haral bereits. Die *Wachsamkeit* hatte einen Zeugen mitgebracht, das war es – hatte die Rechnung beglichen, um ein Handelsschiff wie die *Wohlstand* aus seinem normalen Flugplan zu holen.

Sie hatten die Fracht am Treffpunkt ausgeladen, genau wie die *Stolz*.

Und hatten *gewußt,* wo die *Stolz* abzufangen war. Genau wie es die *Harukk* gewußt hatte.

Götter, waren sie auf der *Stolz* die einzigen, die in diesem Geschäft blind umhertappten?

»Stsho? Stle stles stlen?«

Gtst kannte Goldzahns Pläne.

Falls *gtst* geredet hatte …

»Käpt'n«, sagte Hilfy. »Tully bittet darum heraufzukommen.«

Noch mehr Fragen. Scharfe Fragen. Sie holte tief Luft und rang die Panik nieder. »Sag ihm, er darf! Sag ihm …« … *er soll sich vorsehen.* Aber er wußte, wie man sich auf einem in Fahrt befindlichen Schiff bewegte. Er hatte die Unsicherheit beim Bremsmanöver gespürt, hatte sicherer als Khym verstanden, daß sie Probleme hatten und welcher Art diese waren – daß sie dem plötzlichen Tod entronnen waren. Aber sie hingen fest – an Kshshti. Zusammen mit Kif.

Was jetzt, was machen wir jetzt, hm, Py-an-far?«

Tully ließ nicht lange auf sich warten. Pyanfar drehte ihren Sessel, wandte sich von Tullys Spiegelbild über ihr zu ihm selbst um, wie er im Eingang stand.

Er wirkte besorgt. Er sah sich um, betrachtete die Monitore mit einem Blick, der wußte, was er suchte, der den graphischen Darstellungen mehr entnehmen konnte als Worten.

»In Sicherheit«, sagte sie zu ihm. »Wir sind sicher in Kshshti. Haben hier Hilfe. Großes Hani-Schiff.«

Er nickte. Er hatte wirklich Hoffnung. Der Blick, mit dem er Pyanfar bedachte, zeigte es. Eine andere Sprache redeten jedoch seine hängenden Schultern, als er sich umdrehte und auf den Platz setzte, den Hilfy ihm anbot – ein Beobachterposten neben ihr.

Er war ruhig, den Göttern sei Dank. Pyanfar schämte sich ihrer selbst, als sie sich daran erinnerte, daß er nie zu den männlichen Extremen ging. Er war Profi. Es fiel ihr schwer, nicht zu vergessen, daß Tully, was immer er auch war, nicht zur Hysterie neigte. *Da, Khym,* dachte sie. *So funktioniert es. So wird es gemacht. Du kannst es schaffen …*

So, wie sie es einmal geglaubt hatte, als sie mit Tully unterwegs gewesen war und gehofft hatte …

Khym betrachtete sie jetzt, warf ihr einen harten, unversöhnlichen Blick zu.

Sicher, Khym. Alles repariert.

Tully war vielleicht von Anfang an nicht auf die Lüge hereingefallen.

Und Khym hatte vielleicht gerade die Schiffsliste gesehen.

Pyanfar drehte sich wieder zu den Kontrollen um. Blinkende Lichter und mahen Geschwätz enthielten keine Beschuldigungen.

Der Metallfleck, der Kshshti war, verwandelte sich in einen Stern, einen Globus, löste sich auf dem Vid in eine Torusgestalt auf; wurde zu einer Summe aus Platten und blitzenden Lampen, während die *Stolz* heranflog und sich der Rotation des Rades anpaßte.

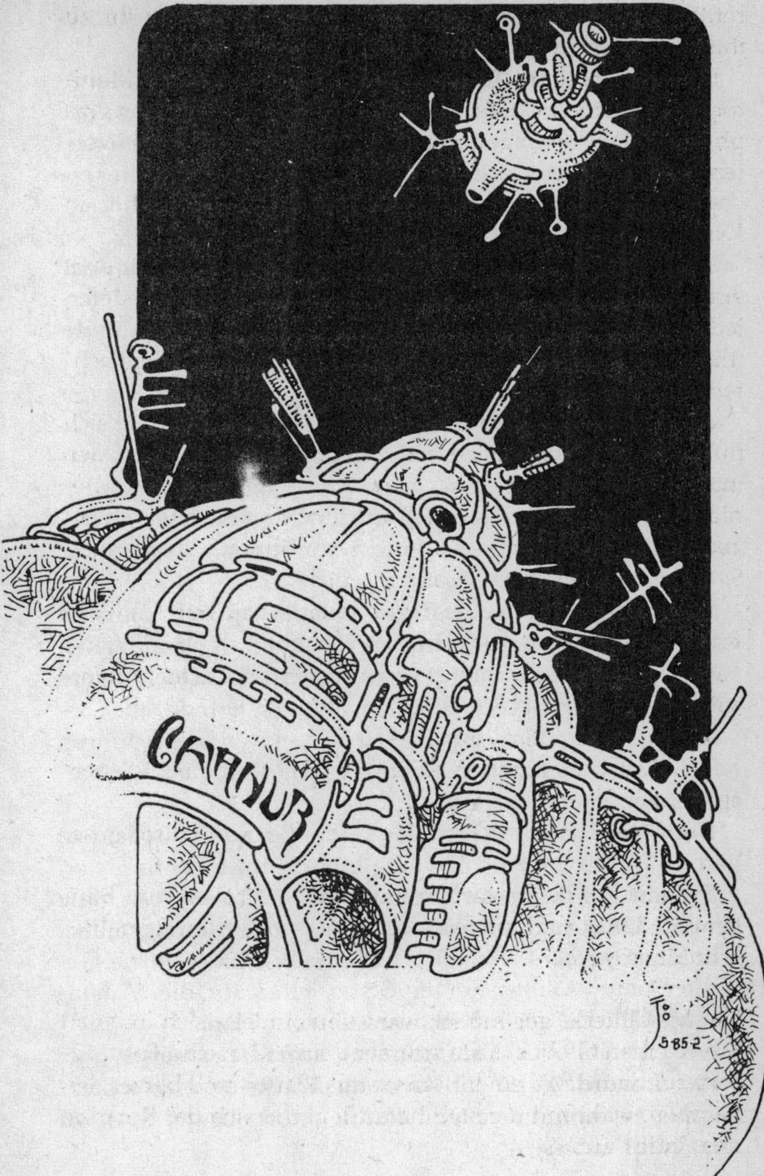
CHANUR

»Auf der Flugbahn«, meldete Haral. »Automatische Systeme in Betrieb.«

»Führ sie hinein!« Auf einmal häuften sich die Stunden zu einem bleiernen Gewicht. Pyanfar warf sich herum, so daß sie Überblick über die gesamte Brücke hatte, sah Khym dort sitzen, die Ellbogen auf der Konsole, wie er den Scanner betrachtete.

Tullys Haltung war dieselbe. Aber er drehte sich zu ihr um, zeigte ihr den gejagten Blick, den er seit Tagen an sich hatte.

»Wir lassen die Reparatur hier durchführen«, sagte Pyanfar. »Kshshti kann das machen.«

Hilfy drehte sich zu ihr um. Ebenso Khym. Und Khyms starrer Blick war finster.

Wieder eine Lüge? las sie aus der Stellung eines Ohres, das nach hinten geneigt war, aus dem Bauschen der Nasenlöcher.

Ihr Puls raste. Sie blieb äußerlich ruhig und sagte nichts, hatte nichts zu sagen, zu keinem von ihnen.

Lügen und nochmals Lügen.

»Wenn wir angelegt haben«, wandte sie sich dann an Hilfy und sah sie dabei direkt an, »möchte ich einen mahen Kurier hier sehen. Mir ist egal, wer das ist. Der Docksmanager wird reichen. Weck keine schlafenden Hunde, aber besorg uns jemanden, der uns zu jemand anderem führen kann. Das sollte nicht zu schwierig sein. Deute an, wir hätten Probleme mit unserer Ladung.«

Khym saß dort. Ihr kam der Gedanke, daß er in seinem ganzen Leben nie eine bewußte Lüge geäußert hatte ... er, ein planetarer Hani, der nur mit anderen Hani zu tun hatte und an den *Han* glaubte. Und ihr war noch nie aufgefallen, daß sie selbst bei Geschäften außerhalb Anuurns viele Gesichter hatte – eines für die Stsho, eines für die Mahendo'sat. Den Kif gegenüber war sie mehr Hani.

»Wir sind hier nicht auf Anuurn«, sagte sie mit leiser, aber fester Stimme, Worte, die durch die Brücke dringen sollten. »*Nichts* ist Anuurn außer Anuurn selbst, Leute, und wir sind nicht zu Hause.«

Vielleicht verstand er das. Sie sah ein leichtes Flackern in seinen Augen.

»Pyanfar«, sagte Tully. »Maing Tol. Gehen Maing Tol.«

Sie steckte den Kom-Hörer ins Ohr. »Ich verstehe«, sagte sie. Er hatte Angst. Große Angst. »Ruhig, ja? Wir haben dich übernommen und wir werden mit der Sache fertig. Wir regeln sie, hörst du?«

Er sagte nichts, und Khym tat es auch nicht.

»Verdammt«, brummte sie und stand auf. »Führ sie hinein, Haral!« Sie stolzierte nach achtern davon, packte den Sicherheitsgriff und blickte zurück. »Ich gehe mich waschen. Tirun, du wäschst dich auch; ich möchte, daß du mich begleitest. *Ich will diesen Kurier hier sehen, Nichte!*«

Es war nicht ganz leicht, sich während des Dockanfluges zu waschen. Sie atmete ein bißchen Wasser ein, das ihr in der Nase stach, aber die Begegnung, der sie sich hier gegenübersah, war auf ihre eigene Art dringend – erforderte es, so vorzeigbar wie nur möglich zu sein und beeindruckend; und sie hatte hier nicht die Zeit dafür, die erforderlich gewesen wäre.

Sie übertrieb es vielleicht ein wenig – legte die schönste rote Kniehose an und die prächtigsten Ringe. Sie stank nach Parfüm. *Das* war Interspezies-Höflichkeit; und es war Strategie, die bezweckte, gewisse subtile Hinweise für empfindliche fremde Nasen zu übertünchen.

Die Bastarde abzublocken, bei den Göttern!

Die *Stolz* stand auf dem Spiel. Und mit ihr ...

Die *Stolz* bahnte sich vorsichtig ihren Weg ins Dock, ein jetzt vollkommen glattes Gleiten; eine letzte Warnung von Haral und ein weiterer Schwerkraftwechsel, als die Schiffsrotation aufhörte und sie nur noch von der Anpassung an die Drehung der Station getragen wurden. Die Empfindung von fünfzig Pfund Extragewicht hörte auf. Pyanfar hielt sich an dem versenkten Griff neben der Kabinentür fest, vertraute auf Harals Fähigkeiten, und dann legte das Schiff weich an, begleitet von einem dumpfen Stoß am Bug und dem Krachen zupackender Greifer. Die Schwerkraft stabilisierte sich auf der mahen Norm von 0,992, als sie Teil des Rades von Kshshti wurden.

Pyanfar legte mit dem Kamm letzte Hand an Mähne und Bart, und sie zuckte mit dem linken Ohr, bis die Ringe ordentlich lagen. Die plötzliche Stille in dem ruhenden Schiff vermittelte die Illusion der Taubheit: das unablässige weiße Rauschen hatte aufgehört.

»Tante.« Hilfy meldete sich von der Brücke. »Ich habe Verbindung aufgenommen. Ein Zollbeamter ist unterwegs.«

»Gut.« Sie heftete sich einen Taschenkom an den Gürtel und steckte sich eine Pistole in die Hosentasche – Götter, keine Art für eine ehrliche Hani, Geschäfte zu machen! Aber, wie sie es Khym gesagt hatte, Kshshti war nicht Anuurn, und das Universum war ein einsamer Spaziergang zwischen Arten, die schon lange auf dieser Jagd gewesen waren, als die Hani dazukamen.

Den verdammten Generator in Urtur reparieren; den Träger hinaufkriechen, wirklich! Hilfy Chanur hätte das getan. Würde es tun, wenn sie die *Stolz* erbte. Hilfy würde große und weitreichende Entscheidungen treffen, den geraden Weg einschlagen, nicht den gewundenen.

Vielleicht hatte sie, Pyanfar, es selbst einmal so gehalten. Sie versuchte, sich daran zu erinnern. Vielleicht schwächte das Alter die Erinnerung.

Sie glaubte es nicht. Nein, bei den Göttern!

Ein junger Dummkopf sollte den Befehl über *ihr* Schiff übernehmen? Nicht mit ihr, noch auf Jahre hinaus nicht! Aber der Gedanke entsetzte sie ... nach Chanur zurückzukehren, in der Sonne zu sitzen und dahinzuschwinden; daß Haral und Tirun, selbst nicht mehr jung, ihre Posten an Backfische mit leuchtenden Augen abtraten, die glaubten, alles wäre einfach ...

Götter!

Sie verriegelte fest die Schublade und ging hinaus, und ihre Knie waren in Kshshtis größerer Schwerkraft ein wenig weich.

»Käpt'n.« Harals Stimme aus dem Taschenkom. »Nachricht von der *Wachsamkeit.* Rhif Ehrran ist an unserem Dock.«

»Oh, sie hatten es eilig!«

»Sie will, daß wir die Schleuse öffnen.«

Pyanfar steckte eine Kralle in den Taschenkom. »Wo bleibt dieser Zollbeamte?«

»Ist unterwegs. Mehr wissen wir nicht. Soll ich sie hinhalten?«

Pyanfar dachte darüber nach, verzichtete aber darauf. Es war nicht nötig, hitzig anzufangen. »Nein. Laß sie herein! Pflichtgemäße Höflichkeit. Du und Chur und Khym, ihr bleibt auf der Brücke und behaltet die Dinge im Auge! Hilfy: Küche. Geran und Tully, eine halbe Stunde, um sauberzumachen und die erste Schicht auf Wache abzulösen. Los!« Die Mannschaft war müde und erschöpft. Die Götter wußten, wieviel Ruhe sie bekommen würden. Oder wann.

»Aye«, bestätigte Haral. »Sie sind gerade dabei, den Eingang anzukoppeln.«

»Nach eurem Ermessen.«

Sie nahm den Lift nach unten, während die Verbindungen zwischen Schiff und Station an der Außenseite des Schiffskörpers unaufhörlich heulten und klirrten, Leitungen mit dumpfem Schnappen in ihre Fassungen einrasteten und die Kontaktstelle des Eingangsrohres sich in ihr Gehäuse am Schiffskörper schmiegte.

Tirun gesellte sich zu Pyanfar, kam schwungvoll herbeigelaufen, wobei sichtbar wurde, daß sie etwas Schweres in der rechten Hosentasche hatte. Kein Wort über Aussichten. Dies war schließlich Kshshti.

»Ehrran ist da draußen«, sagte Pyanfar.

»Ich habe es gehört.« Trübselig. »Hatte mir schon gedacht, daß die Schwarzhose schnell sein würde.«

Ein letzter dumpfer Schlag ertönte. Die Verbindung zur Station war hergestellt.

»Haltet euch bereit!« sagte Haral.

»*Ker* Rhif«, sagte Pyanfar – baute sich gegenüber der *Han*-Delegierten und deren Begleiterin mit ebenfalls schwarzer Kniehose auf; keine unverschämte Haltung, nur fest genug, um sie nicht zu weiterem Vordringen in den Korridor zu ermutigen.

»*Ker* Pyanfar.« Rhif Ehrran nahm eine ähnliche Haltung ein, die Arme verschränkt. Bewaffnet: eine schwere Pistole hing seitlich an der schwarzen Seidenhose. Die Begleiterin trug ebenfalls eine. »Es tut mir leid, Sie so früh zu belästigen. Ich bin sicher, Sie haben andere Dinge im Kopf.«

Pyanfar schnaubte leise, was Kommentar genug war.

»Was hat den Schaden verursacht?« erkundigte sich Ehrran in ihrer freundlichen, förmlichen Art.

Pyanfar schürzte die Lippen zu einem angenehmen Ausdruck und funkelte ihr Gegenüber an. »Nun, na ja, das ist eine Sache, um die wir uns noch kümmern, Kapitän. Wahrscheinlich war es Staub.«

»Wollen Sie Ihre letzte Nachricht vom Treffpunkt erklären?«

»Ich denke, sie erklärt sich von selbst. Ich habe es so gemeint. Es wäre besser, wenn Sie uns für den Moment aus dem Weg gingen. Wir haben ein Problem. Ich gebe nicht vor, daß wir keins haben. Aber ich denke nicht, daß man den *Han* mit hineinziehen sollte.«

»Fühlen Sie sich berufen, das zu entscheiden?«

»Jemand muß es tun, oder der *Han* steckt drin. Das wollte ich nicht.«

»Das wollten Sie nicht.«

Pyanfar hielt sich von einer Entgegnung zurück. Die Ehrran wartete ja nur darauf. Es war alles, was sie noch brauchte – falls überhaupt noch etwas fehlte.

»Welches Ziel haben Sie als nächstes?« fragte Rhif Ehrran.

»Gar keins, bis dieser Generator repariert ist.«

»Und dann?«

»Maing Tol. Und darüber hinaus.«

Darauf war es still. »Wissen Sie«, sagte Rhif Ehrran, »Sie haben viel Erfahrung hier draußen, sehr viel. Muß ich Ihnen noch etwas über den Brauch erzählen, der das Vermieten von Schiffen angeht?«

»Müssen Sie nicht. Das tun wir nicht.«

»Sie hocken hier mit eingeklemmtem Schwanz in einem Grenzhafen, Chanur. Wollen Sie weiterhin eisern leugnen? Ich gebe Ihnen noch eine Chance, eine einzige Chance, bevor ich auf der Stelle Ihre Lizenz zeitweilig einziehe. Bringen Sie ihre zweibeinige Ladung herunter und übergeben Sie ihn.«

»Sie meinen doch nicht meinen Ehemann?«

Ehrran legte die Ohren an und riß den Mund auf.

»Das habe ich auch nicht erwartet«, meinte Pyanfar. »Wer hat Sie geschickt? Stle stles stlen?«

»Sehen Sie, Chanur, Sie können nicht mit mir verhandeln. Ich habe ein *Han*-Schiff acht Lichtjahre tief in die Umstrittenen Gebiete geführt, weil ich mir schon dachte, daß Sie sich in die Sache verwickeln würden; man wird mich wahrscheinlich beschießen, wenn ich von hier abfliege, und ich bin nicht in der Stimmung, Nettigkeiten auszutauschen. Ich möchte das Alien hier unten sehen. Ich möchte ihn eingepackt sehen und bereit zum Abflug, und seien Sie froh, wenn ich Ihre Lizenz nicht einziehe!«

»Wir haben kein Alien an Bord. Sie sprachen von einem Bürger des Paktes.«

»Ich weiß von der Fiktion, die die Mahendo'sat arrangiert haben. Wir wollen nicht über Formsachen streiten. Holen Sie ihn herunter!«

»Er ist Fahrgast auf meinem Schiff. Er hat ein Wort mitzureden darüber, wohin er geht.«

»Er hat überhaupt nichts mehr zu sagen, wenn dieses Schiff keine Lizenz mehr besitzt.«

Pyanfar atmete langsam ein. Die Welt ringsherum war dunkel geworden, alles außer Rhif Ehrrans eleganter Gestalt. »Es gibt noch das Pakt-Recht, Ehrran. Ich hoffe, Sie vergessen es nicht!«

»Sie sind an der Grenze. Glauben Sie es mir!«

Pyanfar stand da, während ihr das Herz gegen die Rippen

hämmerte und das Licht sich weigerte, zurückzukommen. Sie wußte, daß Tirun an ihrer Seite stand, aber sie konnte sie nicht sehen. »Wohin werden Sie ihn bringen? Zum *Han?*«

»Überlassen Sie das uns!«

»Nein! Sie sprechen von einem meiner Freunde. Ich kann richtig schwierig werden, *Ker* Rhif. Und wir befinden uns hier nicht in Hani-Raum!«

Es wurde für einige Zeit ruhig, und alles wirkte wie erstarrt. Dann zuckte Rhif Ehrran mit den Ohren und durchbrach die Stille. »Sie sind ein Dummkopf, Chanur, aber ich kann nicht sagen, daß ich Ihre Position nicht respektiere.«

»Wohin bringen Sie ihn?«

»Vertrauen Sie mir, Chanur, wenn ich Ihnen sage, daß in diesem Universum auch Dinge ablaufen, die abseits von Ihren Interessen liegen. Es sollte Ihnen genügen, wenn ich feststelle, daß dies keine einseitige Aktion ist.«

»Verdammt, er ist keine Ladung Fisch!«

»Wenn Sie sich so um seine Sicherheit sorgen, Kapitän, schlage ich vor, daß Sie Abstand zwischen sich und ihn legen – wenn man den Zustand Ihres Schiffes bedenkt –, und mir ermöglichen, ihn von hier wegzubringen.«

Pyanfar wandte den Blick ab, fand aber nirgendwo sonst Trost. Blickte wieder zurück. »Wir bringen ihn.«

»Ich schicke einen Wagen.«

»Eine von meiner Besatzung wird ihn begleiten«, sagte Pyanfar ruhig. »Mit Ihrer Erlaubnis. Es wird ihm nicht gefallen.«

»Ich versichere Ihnen ...«

Eine dunkle Gestalt erschien im Korridor, an der Eingangsröhre; Ehrrans Ohren zuckten herum und der Körper folgte, während Pyanfar in die Tasche langte. Aber es war eine Mahendo'sat, kein Kif.

»Eine Zollbeamtin«, sagte Pyanfar.

»Ich gebe Ihnen einen Rat«, sagte Ehrran. »Dies hier ist Kshshti, nicht der Treffpunkt. Wenn Sie dieses Schiff wieder in Betrieb nehmen können, kehren Sie nach Urtur zurück und fliegen Sie von dort nach Kura weiter! Schnell! Wenn es das nicht durchhält, rühren Sie sich nicht!«

»Haben Sie der *Wohlstand* denselben Rat gegeben?«

»Die *Wohlstand* ist in *Hani*-Angelegenheiten unterwegs. Belassen wir es dabei. *Kümmern Sie sich nicht um Dinge, die Sie nichts angehen, Chanur!*«

»Ich höre Sie. Ich höre Sie sehr gut.«

»Der Wagen ist in einer Stunde hier. Ich will nicht, daß etwas verpfuscht wird!«

»Verstanden, Kapitän.«

Ehrran neigte in zurückhaltender Höflichkeit den Kopf, winkte ihrer Begleiterin und verließ den Korridor, vorbei an der Mahendo'sat, die sich umdrehte und sie anstarrte.

Es war eine kleine, besorgt aussehende mahen Beamte, die an der hinausgehenden Ehrran vorbeilatschte und einen Blick hinter ihr her warf. Es war eine mahen Frau, eine Bürofrau mit der üblichen Ansammlung von Klemmbrett, Signaturen, Siegeln und Notizbüchern, die überall an ihrem Brustkorb hingen; aber der Gürtel, der den Kilt an ihrer ziemlich spitzbäuchigen Gestalt festhielt, trug die Abzeichen mittlerer Autorität.

Sie zog den Bauch leicht ein und hob den Kopf – keine wundersame Umwandlung, aber dieses unansehnliche Individuum zeigte auf einmal doch einen etwas schärferen Blick.

»Ich Stimme«, sagte sie.

»Oh«, sagte Pyanfar und legte die Ohren zurück. Sie stemmte die Hände in die Hüften, atmete schnell ein und versuchte, ihre Gedanken für einen anderen Bezugsrahmen neu zu ordnen. Schon eine Stimme. Kein Docksbeamter. »Kennt Ehrran Sie? *Wessen* Stimme?«

Ein zweiter Blick zurück, diesmal mehr von oben herab und verächtlich. Die Stimme – falls sie eine war – trug keinen Namen und hatte keine besondere Identität, und doch war sie als Alter ego einer Persönlichkeit von beträchtlichem Rang, Sprecherin des Unsagbaren, direkte Unterhändlerin. Sie drehte sich wieder um und richtete sich auf. »Stimme

von Stationsleiter Kshshti. Stationsleiter schicken sagen Ihnen Sie erstrangiger Dummkopf kommen an auf dieses Weise.«

»Hatte keine Wahl.«

»Noch mehr Dummkopf haben Umgang mit Dummkopf.« Die Stimme deutete über die Schulter dorthin, wo die Ehrran verschwunden war. »Wo Ladung?«

Pyanfar zeigte der angeblichen Stimme eine mißbilligende Geste. »Wo Vollmacht?«

Die Mahe zog einen kleinen Gegenstand aus dem Gürtel hervor, ein Abzeichen, das mit Gold eingelegt war und das Hafenemblem von Kshshti zeigte. »Sie behalten diese Ladung an Bord.«

Pyanfar senkte die Ohren und richtete sie wieder auf. »Sehen Sie ...«

»Behalten. Nicht erlauben diese Überführung.«

Pyanfar schob die Hände in den Gürtel, wandte das finstere Gesicht zu Tirun um und betrachtete dann wieder die Mahe. Jetzt war nicht die Zeit, um zu schreien. Noch nicht. Sie deutete zum Unterdeck-Op-Raum. »Sehen Sie, wollen Sie nicht kommen und sich setzen, Stimme? Etwas trinken, reden?«

»Reden was? Wie haben große Fracht, haben Schaden, verpfuschen ganzes Geschäft?«

»*Sehen* Sie, Verehrte!« Jetzt war Zeit zum Schreien. »Die *Stolz* ist, verdammt nochmal, kein Kriegsschiff und hat keine Waffen, ja? Ich habe mein Schiff zweimal riskiert, wobei es beschädigt wurde, und ich habe das Versprechen Ihrer Regierung, das wiedergutzumachen.« Sie zog die Berechtigung aus der Tasche und reichte sie der Stimme. »Wir hatten Liegezeit, haben Fracht verloren ...«

»Wir regeln.«

Es war, als lehnte sie sich an eine Wand, die niedersank. Sie war für einen Augenblick aus dem Gleichgewicht gebracht, als sie in diese dunklen, ernsten Augen starrte.

Dann machte es Sinn. Sie holte Luft und zuckte mit den Ohren nach hinten, zeigte Ansätze der Verneinung.

»Inzwischen«, sagte die Stimme, »Sie halten hin diesen Delegiertendummkopf.«

»Nein, unmöglich!«

»Sie wollen Hilfe, dann machen!«

»Da wette ich. Habe eine Genehmigung.« Sie nahm der Stimme das Papier wieder aus der Hand und wedelte damit vor ihrer Nase herum. »Be-ding-ungs-los. Kode Hasanoma! Sagt Ihnen das etwas?«

»Wir nicht erlauben diese Überführung.«

»Nun, besprechen Sie das mit der Delegierten. *Ich* kann es nicht aufhalten. Es geht um meine Lizenz. Begreifen Sie das?«

Die Stimme kam näher und tippte ihr mit der stumpfen Kralle eines Zeigefingers auf die Brust. »Hani, wir Sie kennen lange Zeit. Wir nicht haben Vertrauen in diese andere Dummkopf.«

»Ich kann da nichts machen.«

Weiße Ränder erschienen um die dunklen Augen. »Sie bekommen erstklassige Reparaturjob, machen schnell. Wollen Sie wieder machen flott, Pyanfar Chanur. Sie hören zu! Wir haben diese Moment nicht hier Schiff um stoppen diese Bastard. Haben heikle Situation, haben Stsho aufgeregt – Sie kennen Stsho-Bastard, wissen Hani haben junge Dummkopf, alte Bastard Stsho sehr gescheit, sehr scheu, haben eigene Interesse. Nicht sagen Nicht-Freund. Haben eigene Interesse. Unsere Interesse sein Sie machen wieder klar. Sie regeln mit *Han*.«

Pyanfar klappte der Mund auf. »Liebe *Götter!* Wofür halten Sie mich?«

»Vielleicht wir reden, ja?«

»Wir haben nichts zu besprechen.« Pyanfar deutete nach achtern. »Das Y-Teil ist kaputt und hat die Hauptträgerkopplung gleich mitgenommen. Als die Kopplung versagte ...«

Die Mahe wedelte mit der schwarzpelzigen Hand. »Bekommen Sie Reparatur, *Sie* nehmen dieses Ladung.«

»Ich sage Ihnen doch, daß dieser Generator nicht schnell

genug repariert werden *kann!* Das erfordert zweihundert, dreihundert Arbeitsstunden. Und während wir hier sitzen, verteilen sich die Kif um das ganze System. Reichlich Zeit dafür. Mahe, die *Knnn* sind los!«

»Gott!«

»Nicht unsere Schuld. Mahendo'sat haben das alles arrangiert. Ihre eigene kostbare Persönlichkeit von Maing Tol. Man hat uns den Kurs hierher angewiesen. Erstklassiger normaler mahen Pfusch, wie am Treffpunkt, wie die Blokkade von Kita, wie davonzulaufen und mich ohne Unterstützung zurückzulassen ...«

»Schiff kommen. Inzwischen Sie reparieren. Miserable Hani-Bauweise, wie?«

»Verdammt, schicken Sie ein Schiff über Urtur und durch einen Kurswechsel dort, dann werden Sie sehen, ob es das durchhält!«

Die winzigen mahen Ohren zuckten. Die Stimme rümpfte die Nase und hob mißbilligend die Hand. »Technische Fragen nicht meines Sache. Persönlichkeit sagen: Finden Schaden, reparieren, schicken diese Dummkopf schnell weg, bevor Kif organisieren. Wir regeln. Sie behalten diese Fracht.«

»Das kann ich nicht!«

»Wollen Reparatur?«

Pyanfar erstickte fast. »Mir steht die Reparatur *zu*, Sie Bastard! Ich habe das Papier, worauf es steht! Ich kann die Delegierte nicht hinhalten ...«

Die Stimme runzelte die Stirn. Ihre kleinen Ohren klappten zusammen und zuckten, als sie aufsah und Pyanfar wieder mit dem Finger anstieß. »Wir kümmern um diese Fracht. Wir ihn bringen Stationszentrum, großes Befragen, vieles Reden. Machen Sie reparieren, bringen zurück Fracht – zwanzig Stunden.«

»Das kann nicht in zwanzig Stunden gemacht werden!«

Die Mahe hob einen Finger. »Wetten?«

Pyanfar starrte sie an, dachte an Verrat, an falsches Spiel; und gleichzeitig raste ihr Puls. Sie warf einen Blick auf Tirun und erkannte im Gesicht ihrer Ladechefin und Ingenieurin denselben argwöhnischen Gedanken, der ihr das Herz klopfen machte.

»Sie müßten die gesamte Heckpartie auswechseln, um das zu schaffen«, murmelte Tirun. »Kein Flickwerk.«

»Haben gute System«, sagte die Stimme. »Besser. *Mahen* Fertigung. Anpassung an Ihre Systeme problemlos. Zwanzig Stunden, Sie starten. Wir regeln mit *Han*-Delegierte. Wir konfiszieren diese Fracht. Schicken Delegierte Maing Tol machen Beschwerde.«

»Götter, wissen Sie, was Sie mir da einbrocken?«

»Wie viel jetzt schon, Hani? Sie denken. Wieviel Sie haben?«

»Wir hätten es immer noch mit den Kif zu tun.« Pyanfar biß sich auf die Unterlippe und blickte die Stimme an.

»Immer haben Kif.«

»Kennen Sie ein Schiff, das *Harukk* heißt?«

»Kennen. Erster Bastard.«

»Er ist uns seit dem Treffpunkt auf der Spur. Er weiß, was wir bei uns haben. Schiff namens *Ijir*. Unsere Unterstützung. Ist weg. Kif haben sie geholt.«

»Verdammt, Hani!«

»Die Kif haben erwischt, was immer dort zu finden war. Sie wissen jetzt alles.«

Die Mahe preßte die Lippen zu einem dünnen Strich zusammen, als sie den Blick senkte und wieder hob. »Sie fliegen schnell, Hani. Wir machen Sie reparieren, Sie wie mit brennen Schwanz rasch fort von Kshshti. Vielleicht arrangieren kleine Unfall dieses *Harukk*. Vielleicht Gleiter stoßen in Generatorflügel, hm? Vielleicht mehrfache Zusammenstoß.«

»Alle drei? Wollen Sie eine Kif-Fehde?«

»Regentropfen in Ozean, Hani. Sie machen Geschäft?«

Pyanfar kaute auf dem Schnurrbart, blickte auf die Deckplatten und dann wieder auf die Mahe. »Abgemacht. Sie regeln das mit der Delegierten. Halten sie auf. Gefangen zwischen örtlicher Regierung und einem *Han*-Befehl ... kann ich eine Beschlagnahmung nicht gut anfechten, nicht wahr – wenn sie zuerst hier eintrifft.«

»Wir besorgen Wagen. Nehmen Gewahrsam.« Die Mahe zog eine Uhr aus dem Durcheinander ihrer Gürtel hervor. »Zeit jetzt 1040. Sie erwarten Maßnahme – vielleicht halbe Stunde.«

»Ich möchte eine Unterschrift unter der Reparaturanordnung.«

Die kleinen Ohren zuckten. »Sie zweifeln an Wort?«

»Unterlagen können verlorengehen. Ich würde in große Schwierigkeiten geraten, wenn das passierte – nicht wahr?«

»So.« Die Mahe rümpfte die Nase und schnitt eine Grimasse, die mehr ein Hani-Grinsen war als ein primatenhaftes, und riß dann einen Block hoch. Sie kritzelte etwas darauf und setzte die Unterschrift darunter. »Genehmigen Reparatur, berechnen Maing-Tol-Behörde. Fertig. Sie zufrieden?«

Pyanfar nahm das Papier entgegen und deutete in den nach draußen führenden Korridor. »Beeilung, ja?«

»Zwanzig Stunden«, sagte die Mahe und bannte sie mit einem harten Blick, der einen Anflug von Heiterkeit zeigte. Dann drehte sie sich auf den Fersen um und ging auf den Korridor zu, der hinausführte.

Pyanfar holte tief Luft, atmete dabei das noch in der Luft hängende Parfüm der Mahe ein. Blies es wieder hinaus und sah Tirun an.

»Da haben wir eine Chance«, murmelte diese.

»Die Götter wissen, was sie uns ans Heck bauen. Oder was sie halten, wenn das Befragungskomitee zusammentritt. Wir haben gerade unser Einverständnis erklärt, daß man uns beschießt, ist dir das klar?«

»Bessere Chancen als vor zehn Minuten.«

»Hm.« Aber ihr Herz klopfte immer noch heftig an die Rippen. Es war Hoffnung, was sie empfand, ungewohnt geworden während der vergangenen zwei Jahre. Die *Stolz* wieder in bestem Zustand. Diesen Job beenden, die Laderäume in Maing Tol auf Kredit füllen, bevor die anderen Rechnungen eintrafen. Es war eine Chance, eine Chance – und wenn sich das Problem mit den Menschen lösen ließ und sich der Handel mit den Menschen verwirklichte, wenn *das* wirklich eintrat ... Sie deutete zum Ausgang. »Schließ ihn! Da draußen haben wir Kif.«

Inzwischen hatte sie etwas Schwieriges zu erledigen.

Der Duft von Gfi zog durch die Brücke, alltäglich und beruhigend; Stimmen waren aus der Küche zu hören, geräuschvoll und normal. Haral jedoch saß schon wieder an ihrem Posten, war noch feucht von einer hastigen Dusche, und sie warf Pyanfar einen ernsten Blick zu, als diese den Kodestreifen vom Signaturblock in den Computer schob.

Der Computer unterhielt sich mit dem Schiffsspeicher und mit dem Stationscomputer, ein rascher Austausch von Daten. »Ich überprüfe das«, sagte Pyanfar, als Tirun hereinkam und einen Arm über die Rückenlehne des Sitzes legte, in dem ihre Schwester saß. Zwei ernste, müde Gesichter. Haral hatte mitgehört, keine Frage: Haral hörte immer zu, wenn Fremde an Bord waren.

»Hat Tully zugehört?« fragte Pyanfar.

»Nein.«

»Wo ist er?«

Ein Nicken in Richtung Küche. »*Alle* sind dort.«

»Hm.« Sie zog die Schulter hoch wie in einem kalten Wind und blickte in diese Richtung. Sie schob die Hände hinter den Hosengürtel. »Kommt, ihr beide. Vernachlässigen wir jetzt einmal die Schadensliste.«

Sie folgten ihr wie zwei Schatten – *Verdammter Unfug!* dachte Pyanfar und nahm ihren Mut zusammen. Götter, war das denn noch gesunder Haniverstand, daß das Bekanntgeben dieses bißchens Unannehmlichkeit sie mehr aufregte als die Konfrontation mit dem *Han?*

Sie hörte Lärm und Geplauder, die tiefere Stimme Khyms, der etwas aus dem Schrank haben wollte ... »Setz dich, Tully!« sagte Chur. »Um der Götter willen, *na* Khym ... Hilfy, wo ist das Tofi hingekommen? Kannst du es finden?« Und sie drehte sich zu Pyanfar um. »Käpt'n ...«

»Setz dich!« sagte Pyanfar scharf, brachte damit alle zum

Schweigen, beendete die Tofi-Suche und das Öffnen und Schließen der Schränke. Geran trat zu ihr und reichte ihr einen Becher. »Du auch. Setz dich, Khym!« Dieser unternahm gerade einen letzten Beutezug in einem Schrank. Er schnappte sich einen Ersatz und sank dann finster blickend auf die Bank, auf einen Platz in der Mitte, gab von dem Gewürz in seinen Becher und konzentrierte sich ganz darauf, während die anderen ihre Plätze links und rechts von ihm einnahmen.

Pyanfar stützte sich in einer Ecke der Küche ab, die im Dock festen Halt bot, die Füße an die Kante des verschiebbaren Anstieges zur kardanisch aufgehängten Tischsektion gestemmt. Khym schmollte in allgemein übler Laune, und tat so, als sei er voll beschäftigt. Pyanfar lehnte in ihrer Ecke, nippte an ihrem Getränk und spürte, wie sich die Wärme durch eine ahnungsvolle Kälte in ihrem Bauch schlängelte. Die anderen waren still. Nicht einmal das Klappern eines Löffels war zu hören, nur die Bewegungen von Tirun und Haral, die Tully anschubsten, damit er weiterrückte, und dann auf die Bank rutschten.

»Ich werde es kurz machen«, sagte Pyanfar. »Ich bin dazu gezwungen. Tully, empfängt mich das Übersetzungsgerät?«

Er faßte sich ans Ohr, in dem der Hörer steckte. Betrachtete sie mit seinen strahlenden, besorgt blickenden Augen. »Ich hören gut.«

Sie trat an den Tisch und nahm auf dem Klappsitz Platz, stützte die Ellbogen auf den Tisch, hielt den Becher zwischen beiden Händen. Sie betrachtete die anderen, dann widmete sie sich Tully.

»Du wirst es schon wissen«, meinte sie. »Wir haben dieses Ding bei Urtur nicht repariert. Halt den Mund, Khym!« – bevor Khym den Mund überhaupt ganz aufbekam. »Tully, wir hatten keine Möglichkeit dazu, hörst du? Wir haben es dann so geschafft. Ein Generatorflügel ist hinüber. Es braucht Zeit, ihn zu reparieren. Verstehst du? Jetzt haben wir ein kleines Problem. Eine Hani ist hier, die dich auf ihr Schiff holen will. Verstehst du? Hani-Behörde.«

Die blassen Augen flackerten, was – vielleicht – Verstehen bedeutete. Man konnte sich bei ihm nie sicher sein. Angst – die hatte er bestimmt. »Gehen von dir?« fragte er. »Ich gehen? Gehen anderes Schiff?«

»Nein. Hör mir jetzt zu! Ich will nicht, daß sie dich holen. Dies ist eine mahen Station. Mahendo'sat, verstanden? Die Mahendo'sat bringen dich ins Stationszentrum, sorgen für deine Sicherheit, reparieren das Schiff. Zwanzig Stunden, verstehst du? Sie werden dich mitnehmen, ins Stationszentrum.«

»Kif. Kif hier ...«

»Ich weiß. Es ist alles in Ordnung. Sie werden nicht in deine Nähe kommen. Die Mahendo'sat bringen dich zurück, wenn wir wieder zum Abflug bereit sind. Auf diese Weise hindern wir die andere Hani daran, dich auf ihr Schiff zu holen. Wir sorgen für deine Sicherheit, verstehst du?«

»Ja«, stimmte er zu. Er hielt den Becher mit beiden Händen vor sich und sah aus, als wären ihm Appetit und Durst abhanden gekommen.

»Wir müssen uns beeilen, Tully. Geh nach unten! Nimm alles mit, was du brauchst! Kleider. Ein Wagen ist unterwegs.«

»Wagen.«

»Kein Unsinn diesmal. Du bist auf dem ganzen Weg unter Bewachung. Nicht wie bei den Stsho. Nicht wie am Treffpunkt. Die Mahendo'sat haben Zähne.«

»Eine von uns«, sagte Hilfy mit ruhiger Stimme, »eine von uns könnte mitfahren und sicherstellen, daß sie ihn verstehen.«

Eine Menge Fragen blieben rings um den Tisch unausgesprochen. Eine Menge besorgter Blicke kamen von Besatzungsmitgliedern, die wußten, welche Beschädigungen der Flügel aufzuweisen hatte. Niemand äußerte Zweifel.

»Hört mir zu!« fuhr Pyanfar fort und schob den Becher auf dem Tisch zur Seite. »Es stimmt: zwanzig Stunden. Wir bekommen erstklassige Arbeit. Eine ganz neue Konstruktion für da hinten.«

»Götter«, hauchte Geran ehrfürchtig. Chur blinzelte; Hilfy starrte Pyanfar an.

»Sie sagen zwanzig Stunden. Sie wollen selbst, daß wir so bald als möglich wieder abfliegen, haben ihre eigenen Gründe dafür. Jetzt ran! Wir müssen Tully in zehn Minuten unten auf dem Dock haben, verpackt und fertig.«

»Fährt eine von uns mit?« wollte Chur wissen.

»Du und Hilfy.« Die beiden hatten immer viel Umstände mit Tully gemacht. Indem sie es ihnen erlaubte, sorgte sie dafür, daß sie glücklich blieben. *»Bewaffnet!* Wir sind hier in Kshshti.«

»Ich werde gehen«, sagte Khym.

Sie blickte zu ihm und runzelte die Stirn. Ein ehrliches Angebot. Eine nutzlose Verrücktheit.

»Falls es Schwierigkeiten gibt«, meinte er.

»Nein.«

»Falls ...«

»Nein!« Sie stand auf und warf den Becher in den Müllschlucker. »Fangt an! Neun Minuten.«

Die Mannschaft beeilte sich. Haral nahm Tully ins Schlepptau, eine Hand um seinen Ellbogen, und ging mit ihm zur Brücke.

»Pyanfar«, sagte Khym, während er sich zwischen Tisch und Bank hervorarbeitete. »Pyanfar, hör mir zu!«

»Wenn du schmollen möchtest, geh in dein Quartier und komm uns nicht in die Quere!«

»Ist es die Ehrran?«

»Ich habe keine Zeit!« Sie schob sich an seinem Arm vorbei und eilte Richtung Brücke, warf sich herum, als sie hörte, wie er ihr folgte, und brachte ihn zum Stehen. »Gebrauche ein wenig Urteilsvermögen, Khym!«

»Ich versuche doch zu helfen!«

Sie blickte ihn verzweifelt an und sah, wie sich auch sein Gesichtsausdruck von Zorn in Verzweiflung verwandelte. In Kummer. Sie ging in Gedanken ein Dutzend Aufgaben durch, aber sie alle erforderten Fertigkeiten. »Du möchtest helfen, ich möchte die Kshshti-Daten aus dem Computer haben. Mach das!« Sie warf sich wieder herum und eilte weiter zur Brücke, um die Papiere zu holen, die sie dort unter sicherer Verwahrung hatte.

Sie mußten vom Schiff. Es war alles ein Paket, Tully und dieser Umschlag. Wenn die Ehrran von Tully wußte, dann wußte sie wahrscheinlich auch, daß er mit Dokumenten gekommen war. Und das alles mußte in mahen Gewahrsam gelangen. Rasch. Pyanfar konnte der Delegierten den Zutritt zur Brücke verwehren: Die Gesetze gaben ihr das Recht dazu.

Aber seit die Kif Gaohn getroffen hatten, seit es im *Han* zu sehr vielen Veränderungen gekommen war ...

Ging man keine Risiken mehr ein. Die Götter allein wußten, was die von der *Wohlstand* beschwören würden. Soweit war es gekommen. Mißtrauen gegen Fremde. Mißtrauen gegen Hani, die sich den Konventionen widersetzten. Fremde Wege, hieß es. Hani-Männer außerhalb Anuurns: Die Hüter des Heims, die lernten, daß es auch Dinge außerhalb des *Han* gab, getreuere Freunde als andere Hani, Gedankenwege von Außenseitern.

Sie erreichte die Brücke, öffnete das Sicherheitsfach neben Harals Sitz und holte das kostbare Paket hervor – beging damit Verrat, falls sie das nicht schon vorher getan hatte. Sie rammte das Fach wieder zu.

Haral drehte sich zu ihr um, das narbige Gesicht völlig gelassen.

Auch Khym war da und beobachtete sie nur von der Seite her, auf seine Weise so überzeugt weltgebunden wie der Ehrran-Clan.

Besorgt. Und schweigsam jetzt.

»Draußen kommt etwas«, sagte Haral, deren Augen und Ohren an dem Platz, wo sie saß, teilweise die der *Stolz* waren. Und deren Diskretion absolut war. »Zwei Minuten, Käpt'n.«

ACHTES KAPITEL

Sie eilte den Korridor vom Lift aus hinunter, schaltete die Luftschleuse auf manuelle Innenbedienung und blickte zurück, als Hilfy und Chur und Geran mit Tully in ihrer Mitte herbeigeeilt kamen.

»Wagen auf dem Dock«, informierte Haral sie über die Rundspruchanlage. »Bedient ihr die Schleuse manuell?«

»Das muß ich«, sagte Pyanfar, während sie die Aufnahme neben den Schleusenkontrollen berührte. »Halte du nur scharfen Ausblick von da oben!«

Die vier kamen an, Tully ramponiert und unansehnlich wirkend in einem weißen Stsho-Hemd, das halb in die blaue Hani-Hose gestopft war. Das Hemd war ihm viel zu groß, die Hose zu klein; und als Gepäck hielt er einen weißen Plastiksack fest in der Hand, von der Art, wie die Hani ihn für Gebrauchsdinge benutzten – für Kleider zum Wechseln, Toilettenartikel, wußten die Götter, was sie in einer so kurzen Zeit alles für ihn zusammengeworfen hatten.

»Hast du die Übersetzungsbänder?«

»Haben«, antwortete Tully für sich selbst und tätschelte dabei das Bündel.

»Hier.« Sie reichte ihm das Päckchen. »Steck auch das ein! Gib es um der Götter willen nicht den Mahendo'sat!«

Er wußte, was es war. Sie sah den beunruhigten Blick, den Zweifel.

»Gehen wir weiter«, sagte Pyanfar und öffnete die Innenschleuse. Sie fuhr zischend auf, ein Vorgang, der von einem Ausstoß kalter Luft begleitet war. »Chur, Hilfy, ihr achtet darauf. Ihr achtet darauf, daß es zurückkommt. Geht nicht zu Fuß! Wenn sie euch keinen Wagen geben, ruft an, und ich sorge dafür, daß sie es tun! Sagt ihnen, daß es Priorität hat! Erzählt ihnen von der Persönlichkeit!«

»In Ordnung«, sagte Chur.

Pyanfar betrat mit ihnen die Schleuse und drückte den Schalter, der dafür sorgte, daß die zweite Tür im Wechsel mit der ersten funktionierte, damit die erste hinter ihnen zuging. Sie ging kein Risiko ein. Nicht jetzt. Die gelbe Eingangsröhre klaffte vor ihnen wie eine gerippte Speiseröhre, und die Kälte drang auf sie ein wie eine Wand. »Schnell!«

»Pyanfar«, sagte Tully auf einmal, drehte sich um und bockte. Sie legte ihm eine Hand auf den Rücken und schob ihn vor sich her.

»Komm schon, komm schon, Tully! Es ist alles in Ordnung.« Sie ging mit ihm, gefolgt von ihren Frauen, hielt den Arm auf seinem Rücken und schob ihn immer weiter die Eingangsröhre entlang. Ihm war bereits kalt. Sie spürte die Steifheit seiner Bewegungen, als sie die Schräge erreichten und die Gangway hinabgingen. »Dauert nicht lange. Die Körper erwärmen den Wagen.« Geschwätz, um ihn abzulenken. Sie erblickte jetzt die Docks vor sich, grau, wie sie überall waren, die beiden Fahrzeuge mit den stroboskopisch blinkenden Lampen. »Das Übersetzungsgerät wird eine Zeitlang außer Reichweite sein, aber in der Stationszentrale schließen sie dich wieder an. Es besteht eine kleine Chance – eine kleine Chance, verstehst du? –, daß es länger als zwanzig Stunden dauert. Es *könnte* sein, könnte sein – daß sie dich auf irgendein mahen Schiff bringen müssen. Aber ich glaube es nicht ...«

Er schreckte wieder zurück, als es die letzten paar Schritte hinunterging, drehte sich um und sah sie voller Panik an.

»Käpt'n«, sagte Chur hinter ihr, stieß es scharf und drängend hervor. Pyanfar hörte jetzt selbst die Motoren und blickte über das Dock dorthin, wo das Geräusch herkam.

Ein weiteres Fahrzeug kam über das Dock schnell auf sie zu.

»Verdammt«, brummte Pyanfar, packte Tully am Arm und zog ihn weiter. »*Schnell,* Tully!« Die Mahendo'sat im Wagen stiegen aus, abgesehen von den beiden Fahrern. Einer war lockig und braun, ein Tasunno-Mahe, kleiner als die anderen und selten auf dieser Seite von Iji; ein Offizier und vier weitere Mahe von wußten-die-Götter welcher Rasse, die seit Generationen Raumfahrt betrieb, schwarz und hochgewachsen, angetan mit Abzeichen und Handfeuerwaffen am üblichen Gurtwerk. Sie sahen nicht freundlich aus, wirkten wie eine schwarze Mauer. Tully widersetzte sich erneut und blickte sich voller Panik um, als der neu ankommende Wagen summend heranfuhr und bremste, widerstand von neuem, als zwei Mahe ihn packten und zur offenen Tür des zweiten mahen Wagens zerrten.

»Pyanfar!« schrie er.

Hilfy trat vor, aber Pyanfar packte sie am Arm und hielt sie fest, während die Tür des dritten Wagens hinabglitt und drei Ehrran-Mannschaftsleute hastig ausstiegen.

»Halt!« forderte die Ranghöchste. »Hören Sie sofort damit auf!«

Pyanfar zuckte die Achseln und sah ihr entgegen. Sie hatte Hilfys Arm losgelassen, und alle waren stehengeblieben – die Mahe, die Tully in den Wagen zu zerren versuchten, die Ehrran, die aus ihrem Fahrzeug ausgestiegen waren.

»Geh weiter!« sagte Pyanfar zu Hilfy und machte eine Handbewegung an ihrer Seite. »Chur, Hilfy, alles in Ordnung. Tut mir leid, Ehrran. Man ist Ihnen zuvorgekommen. Der Stationsleiter hat interveniert.«

»Sie«, wandte sich die vorderste Ehrran an die Mahendo'sat. »Wo ist Ihre Vollmacht?«

Der Mahe-Offizier sagte etwas von einer von Ijis vielfältigen Sprachen und winkte dabei. Die übrigen Mahe zogen Tully in den Wagen, und Chur und Hilfy stiegen hinter ihm ein. Die Türen gingen zu.

»Chanur«, sagte die Ehrran.

Pyanfar zuckte erneut die Achseln und zeigte ihre leeren Hände. »Nicht unter meiner Kontrolle.«

»Das ist Ihr Personal!«

»Sie haben nur die Aufgabe, dafür zu sorgen, daß er unterwegs ruhig bleibt. Sie werden sich an die Stationsämter wenden müssen.«

Es gab Grenzen. Einem Kapitän ins Gesicht zu fluchen, war eine davon; sie als Lügnerin zu bezeichnen, eine andere. Die Ehrran tat beides nicht, drückte es aber mit den Augen aus, die wie funkelndes Messing wirkten. Die mahen Fahrzeuge fuhren die Türen hoch und setzten sich in Fahrt. Ehrran blickte ihnen wild hinterher, winkte ihren Gefährtinnen zu, und sie tauchten wieder in ihrem eigenen Wagen unter.

»Offensichtlich haben die Ehrran keinen Kom darin«, bemerkte Pyanfar gegenüber Geran, die an ihrer linken Seite stehengeblieben war. »Mögen die Götter geben, daß es wirklich so ist!«

Das Hani-Fahrzeug schwenkte heftig herum und schnitt die Mahendo'sat scharf, fiel zurück, als die Mahendo'sat auf dem engen Dock kein Überholen ermöglichten.

»Unverschämter Haufen«, meinte Geran.

»Das geht nicht gut hier draußen. Diese götterverdammten Schwarzhosen denken, sie wären auf Anuurn. Es sollte interessant werden, wenn sie ihrem Kapitän die Nachrichten überbringen, meinst du nicht auch?«

Geran sah sie fragend an.

»Ich kann mir vorstellen, daß sie ziemliche Schwierigkeiten hatten, an einen Wagen zu kommen«, meinte Pyanfar. »Aus irgendeinem Grund.« Weiter oben auf dem Dock kam es zu weiteren Schwenks, noch sichtbar, während die Fahrzeuge die Deckskrümmung hinauffuhren und auf das abschirmende Gewirr von Leitungen zuhielten, die den Blick abschneiden würden. »Götter*verdammt* ...«

»Sie sind verrückt«, sagte Geran.

»Komm!« forderte Pyanfar, warf sich auf der Stelle herum und eilte die Gangway hinauf, und ihre langen Schritte wurden immer schneller.

»Verbinde mich mit der *Wachsamkeit*!« sagte sie, sobald sie auf der Brücke eintraf, nicht ganz außer Atem, aber doch durch die Nüstern schnaubend. Geran war immer noch bei ihr und in vergleichbarem Zustand.

»Habe es über Vid verfolgt«, sagte Haral mit ruhiger Befriedigung, während Khym nur verwirrt blickte und Tirun an seinem Platz vorbeiging, um den Kom zu erreichen. »Wie ist dieses Manöver ausgegangen?«

»Knapp«, versetzte Pyanfar. Haral lächelte und warf ihren Sitz herum, um sich weiter mit dem Schadenscheck zu beschäftigen.

»Sie antworten nicht«, sagte Tirun und drehte den Sitz halb herum. »Keine Reaktion.«

»Halte das im Logbuch fest! Ruf das Stationsamt an und reich dort einen Protest ein!«

»Wegen Gefährdung unserer Besatzungsmitglieder?«

»Das wird genügen.« Sie atmete wieder ruhiger, hatte die Hände in die Hüften gestemmt. Betrachtete Khym und sah ein Leuchten in seinen Augen, das sie dort seit Mahn nicht mehr gesehen hatte. Sie holte Luft und reckte sich, ging zu Haral und beugte sich über deren Schulter. »Die nächste Sache ist die Reparaturmannschaft. Schon irgendein Zeichen von ihr?«

Die Docks von Kshshti zogen in einem verschwommenen Eindruck von Grau und Braun vorbei, von schmuddeligen Frontseiten, die von den Schutzschirmen der Wagenfenster verschleiert wurden, während das Fahrzeug dahinsummte, *summ-tamp-tamp,* wenn die weichen Reifen über die Verbindungsstellen nicht verfugter Decksplatten fuhren, in einer wahnsinnigen Geschwindigkeit, die zu Hilfy Chanurs Herzschlag paßte. Hilfy bog sich, damit sie zurückblicken konnte, soweit es das durch den Schutzschirm verschleierte Wagenfenster ermöglichte. Der Ehrran-Wagen war hinter ihnen, versuchte nicht mehr zu überholen, blieb ihnen aber dicht auf den Fersen. Tullys Bein drückte an ihr linkes. Sie drei nahmen die Rückbank ein, Chur an der anderen Seite. Zwei mahen Wachen saßen vorne neben dem Fahrer. Der Begleitwagen füllte einen großen Teil der Sicht nach vorne aus, so dicht fuhren sie hinter ihm. Das Leuchtsignal auf dem Dach des Führungswagens zeichnete Gegenstände und die drei Mahendo'sat auf dem Vordersitz als unwirkliche Silhoeutten und blockte die Außenwelt ab, als hätte sie keine Farbe. Verschwommene Eindrücke von Bürofronten und Portalmaschinerien zogen vorbei.

»Ruhig.« Hilfy spürt, daß Tully zitterte, und tätschelte sein Bein, als sie sich wieder umdrehte und ihn ansah. »Sicherheit, Tully. Alles in Ordnung.« Das Übersetzungsgerät lief nicht mehr, seit sie außer Reichweite waren, aber einige Wörter verstand er auch so. »In Sicherheit, hörst du?«

Er nickte und sah sie abwesend an. Er hielt sein Plastikbündel fest mit den Armen umklammert, und Chur und Hilfy saßen eng an ihn gedrückt, damit er es warm hatte. Das weiße Blinken von der Vorderseite des Wagens spiegelte sich an Tullys bleicher Haut und bleichen Haaren und verlieh seinen nervösen Bewegungen einen unwirklichen Charakter.

»Ich ...«, begann er, und da schlingerte der Wagen und brach aus, warf sie alle nach vorn und nach links, mit einer Plötzlichkeit, bei der die Rückseite des Begleitwagens in Hilfys Blickfeld rasch größer wurde, als sie den Kopf drehte. Der Mahendo'sat-Fahrer kämpfte darum, den Wagen vorbeizusteuern, und die Wachen rissen die Arme hoch, um sich zu schützen, als der Wagen sich in einen seitlichen Aufprall drehte. Er prallte ab und verhakte sich dann hoffnungslos in die zerstörte Karosserie des Begleitwagens, drehte sich aber langsam weiter. Metall kratzte, als sich ein Reifen vom Rand löste und über die Decksplatten holperte. Hilfys Blick verschwamm und wurde dann abrupt wieder klar, als die Mahendo'sat aufheulten und eine Faust nach ihnen schlug; die Rücklehne des Sitzes krachte Hilfy ins Gesicht, und sie griff noch nach Tully, als ihr Kopf gegen das Polster prallte. Der Schock einer Explosion dröhnte durch die Luft; der Wagen wurde hochgeschleudert und krachte wieder zu Boden.

»Sie schießen!« schrie Chur. Diese Tatsache gelangte in Hilfys Gehirn und ihre Hand griff reflexhaft nach der Pistole in ihrer Hosentasche. Ihre Finger waren wie betäubt von einem Schlag, den sie während der Drehung gegen den Ellbogen erhalten hatte. Der Wagen stand jetzt. Die Frontscheibe war zerbrochen. Der Fahrer war in sich zusammengesackt; die beiden Wachen lebten noch ... »Bleib drin!« schrie Chur gellend von der anderen Seite, als ein Wachtposten die Tür auf dieser Seite bearbeitete. Ein Schlag traf den Wagen und blühte zu einem Feuerball jenseits der geborstenen Frontscheibe auf. Hilfy bekam die Pistole aus der Tasche, und der Gestank von Ozon und silberner Rauch trieb durch die Tür. Diese ließ sich manuell öffnen und fiel herab. Qualm drang herein und der Mahe schlug der Länge nach hin und starb unter peitschenden Schüssen, die durch den Rauch drangen. Sein Kamerad feuerte aus dem Wagen heraus, und ein weiterer Schlag traf das Fahrzeug mit betäubender Wucht. Eine Feuerblume stieg hoch.

»Hilfy!« Tully zerrte an ihr. Kalte Luft kam von der anderen Seite. Chur bekam dort die Tür auf und stieg aus. Hilfy warf einen Blick in die andere Richtung, jagte einen Schuß nach dem anderen in das Flattern schwarzer Kif-Gewänder mitten in dem Qualm. Sie hatte vor zu fliehen, wenn sie damit fertig war.

Aber fremde Hände packten ihren Hosengürtel und zogen sie heftig auf dem Rücken über die glatte Sitzbank, während sie noch feuerte. Ein Arm fuhr um ihre Taille und riß sie von der Tür zurück, während sie die letzten paar Schüsse hinausjagte. Tully versuchte sie zu tragen, aber sie entwand sich seinem Griff, bekam die Füße auf den Boden und lief aus eigener Kraft, Tully neben ihr, und Chur ...

Ein weiterer Schlag landete neben ihr, und sie flog durch die Luft. Das Deck stürzte ihr unter den Händen und dem Gesicht entgegen, und etwas Schweres landete der Länge nach auf ihr.

Irgendwann rannte sie wieder. Ihre Beine funktionierten, auch ohne daß sie wußte, wie sie dorthin gekommen war oder wohin sie lief, bis ein grauer Träger sie an der Schulter traf und herumwarf. Sie wedelte mit den Armen um Gleichgewicht und stieß an Tully, warf die Arme um ihn, entschied sich dafür, Deckung zu suchen und sich fallenzulassen, kroch am Boden weiter, über Decksbolzen hinweg und entlang der Basis eines Portals. Sie packte die harte Kante des Basisrandes, zog sich daran weiter, lag schließlich still. Rauch quoll an der Decke entlang, wo rote Alarmlampen blinkten und die Träger und den Rauch gleichermaßen einfärbten. Die Geräusche klangen wie von ferne durch das Klingeln in Hilfys Ohren. An verschiedenen Stellen hatte sie Schmerzen, empfand aber auch sie wie aus der Distanz, sah Tullys vor Erschöpfung und Schmerz verzerrtes Gesicht. »Chur?« fragte er und stemmte sich auf dem Ellbogen hoch, um zurückzublicken, fragte noch einmal in Panik: *»Chur?«* Und Hilfy rollte sich auf die andere Seite, um durch den alles verschleiernden Rauch zu blicken, wischte sich die Augen und versuchte zu sehen und zu hören.

»Chur?« rief sie.

Der rotgraue Rauch gestattete für einen Moment den Blick auf ein Gewirr aus Fahrzeugen und anderen Trümmern, auf rennende Gestalten, auf Feuer von verschiedenen Stellen. Hilfy hörte das gedämpfte Geschnatter von Kif-Befehlen, zuckte zusammen, als ein Schuß in ihre Richtung fiel. Sie griff in die Tasche, wollte die Pistole hervorziehen, aber sie war fort.

»Hilfy . . .!« schrie Tully und zog sie ein Stück weiter zurück, als Kif an ihnen vorbeiströmten, um Stellung zu beziehen.

»O Götter«, flüsterte sie. »Wir sind hinter der falschen Linie!«

Schüsse krachten an die Wand hinter ihnen und rikoschettierten heftig. Hilfy duckte sich, und in der ersten Feuerpause packte sie Tully am Hemd, kämpfte sich hoch und lief mit ihm weiter, solange der Rauchvorhang noch hielt – aber dieser Rauch zerstreute sich gar nicht, wie er eigentlich sollte, denn die Ventilatoren funktionierten nicht. Es dämmerte Hilfys lädiertem Schädel, daß sie abgeschnitten waren: Die Sektionstüren hatten sich geschlossen.

»Wo?« schrie Pyanfar in den Kom, als könnte ihr die Lautstärke helfen. Sie wußte, daß Tirun und Khym und Geran hinter ihr waren und es überall sonst auf der Brücke still war. *»Was* ›stillhalten‹? Sie götterverdammter inkompetenter ... *Wo* auf der Umrandung?« Geschnatter ergoß sich in ihr Ohr. Sie wirbelte sofort herum, als sie eine Bewegung wahrnahm, sah Haral im Laufschritt die Brücke betreten und winkte der Besatzung heftig zu. *»Waffen!* Macht schon!«

»Haben Sektionssiegel zu«, schwatzte ihr der mahen Beamte ins Ohr. »Haben keines Chance Kif kommen fort. Sie warten Bericht ...«

»Ermächtigen Sie uns, an dem Verschluß vorbeizukommen, *verstanden?«*

»Amt nicht haben Recht ...«

»Tun Sie es!« Sie unterbrach den Beamten mitten im Wort und schob sich an Khym vorbei. Geran hatte die Seitenwaffen bereits aus dem Schließfach geholt. »Nehmt die Gewehre«, sagte sie. Sie besaßen welche. Das war illegal, ein Schutz, den sie gegenüber Hafenbehörden nie eingestanden hatten.

»Aye«, sagte Haral und lief los.

»Pyanfar ...«, sagte Khym.

Sie schloß die Kontrollen ab, wirbelte herum und rannte los. Khym war bei ihnen, und sie verspürte nicht das Bedürfnis, ihn aufzuhalten. Nicht bei dieser Sache.

Die riesigen Sektionstüren waren geschlossen. Rote und bernsteinfarbene stroboskopische Lampen schossen Lichtspeere durch die Rauchschwaden, die sogar bis hierher vordrangen. Sirenen heulten und hallten in den gewaltigen Räumen der Docks wider. »Sie sind zu, sie sind verschlossen!« keuchte Hilfy. Ihre Augen tränten in dem Rauch und zwangen sie zu blinzeln. Sie trug den Menschen fast, der seinerseits sie mit aufrecht hielt. Sie beide suchten sich ihren Weg vorbei am Durcheinander von Mülltonnen und Müllschluckern auf den Docks, suchten dabei einen Ausweg, um aus der Schußlinie zu kommen. »Wir kommen nicht hinaus ... Tully, halt!«

Schüsse kamen jetzt aus einer neuen Richtung. Hilfy zerrte an Tully und brachte ihn damit aus dem Gleichgewicht. Sie stolperten beide und stießen seitlich an eine Mülltonne, was weithin vernehmbar war. Hilfy landete heftig auf dem Hinterteil, und Tully brach nach Luft schnappend zusammen. Fleischgestank drang in ihre Nase. Tully rollte über den Boden, umklammerte einen Arm mit der anderen Hand, während Hilfy weiter an ihm zog, die Krallen in sein Hemd gehakt, kämpfte sich dabei auf einen Winkel zu ...

O Götter, gebt, daß wir dort Schutz finden!

Eine Art Gasse tauchte vor ihnen auf, ein Einschnitt, der für Ladearbeiten diente, eine Tür mit einem weißen Licht über der Vertiefung. DIENSTEINGANG, stand auf einem lädierten Schild, ROHOSU GESELLSCHAFT. Daneben mahen Graffiti, auf ihre Weise obszön. Hilfy probierte die Tür aus, aber sie war verschlossen wie jede andere Tür entlang der ganzen Reihe, seit der Alarm losgegangen war. Sie drückte die Klingel, hämmerte gegen den unnachgiebigen Stahl. »Öffnet, verdammt nochmal! Wir sind Hani! Laßt uns hinein!«

Keine Antwort. Tully plapperte etwas. Sirenen heulten. Auch Hilfy hörte sie, weit unten auf den Docks. Sie sank neben Tully zu Boden, riß seine Hand von dem Arm los und schnitt eine Grimasse angesichts der Wunde, die ihr das matte Licht zeigte, einer heftig blutenden Wunde mit schwarzverbrannten Rändern. Hilfy packte den Saum von Tullys Hemd und riß einen breiten Stoffstreifen ab, drückte ihn fest auf die Wunde und packte seine Hand wieder darauf, riß einen weiteren Streifen ab, um den ersten festzubinden.

»Ruhig«, flüsterte sie, sinnloses Geschwätz, damit er nicht in Panik geriet. »Ruhig, du bist in Ordnung, in Ordnung, hörst du?«

Er sackte an der Wand zusammen, und seine Gesichtsfarbe war wachsbleich. Die Hand des verletzten Armes zitterte, und dann breitete sich das Zittern im ganzen Körper aus, als sich der Schock bemerkbar machte. Aber er hörte Hilfy zu, und seine Augen ruhten auf ihr, wann immer sie hinsah.

»Hör zu!« sagte sie. »Hör zu, die Station kümmert sich inzwischen darum. Und die *Stolz* ... sie werden mittlerweile auch davon gehört haben. Der Käpt'n unternimmt sicher etwas. Du kannst darauf wetten, daß sie uns Hilfe schicken wird – Pyanfar, verstehst du?«

»Pyanfar kommen?«

»Darauf kannst du wetten! In Ordnung, hm?« Sie befestigte den Verband an seinem Arm und setzte seine Hand darauf, damit er hielt. Sie zog den Knoten fest, und Tully murmelte etwas in der Menschensprache. Keine Übersetzung. Das Übersetzungsband ...

... war im Kleiderbündel. Zusammen mit den Papieren! Dort hinten in den Trümmern. Mit Chur ...

»Hilfy ...« Er wurde steif, die Augen auf den Ausgang der Gasse gerichtet. Sie wandte den Kopf.

Schatten bewegten sich im rot gefärbten Rauch, blieben dort stehen und unterhielten sich, eine Versammlung schwarzer Gewänder, hochgewachsener Silhouetten mit hängenden Schultern.

Tully schob sich zur Seite, weg aus dem Licht, das die Tür warf. Auch Hilfy bewegte sich, so vorsichtig, wie sie konnte, soweit wie Tully, und sie legte die Arme um ihn, um seine Blässe mit dem eigenen rotbraunen Fell zu verdecken, soweit das möglich war in dem Schatten. Sie spürte, wie Tully zitterte, und auch, wie sich ihr Magen verspannte, als sie sich daran erinnerte, wie gut Kif sehen konnten.

Sie waren vorzugsweise nächtliche Jäger; und Tully ... weißes Hemd, bleiches Haar, noch bleichere Haut ...

Sie hielt ihn fest umklammert.

Und sah, wie das Gespräch vor ihrem Versteck abgebrochen wurde und sich die Kif wieder in Bewegung setzten.

Einer blieb stehen und blickte in ihre Richtung.

»Öffnen Sie diese götterverdammte Tür!« schrie Pyanfar und schlug den Gewehrkolben an das Fenster des Wachraums, und ein verängstigter Mahendo'sat in der Sektionsaufsicht schrie Drohungen von der anderen Seite zurück. *»Die Persönlichkeit hat es genehmigt!«* schrie Pyanfar. *»Öffnen Sie das Sektionssiegel!«*

»Au-to-matisch!« übertrug der Kom den Schrei in verstümmeltem Pidgin. Eine mahen Station. Die Hälfte des Personals hatte es nie zu fließendem Pidgin gebracht.

»Persönlichkeit!« brüllte sie in mahen Standard zurück.

Kauderwelsch war die Antwort. Dieser Mahe sprach Dialekt.

Schwarzgewandete Schatten füllten die Gasse, dunkel und gesichtslos, nur erhellt vom matten Licht in der niedrigen Decke des Türeinschnitts. Hilfy rappelte sich auf. Auch Tully mühte sich aufzustehen, und Hilfy half ihm an seinem gesunden Arm, damit er wenigstens diese Chance hatte.

»Lauf, wenn du kannst!« sagte sie leise zu ihm und dachte dabei, daß es ihr vielleicht gelang, ihm einen Weg nach draußen zu bahnen. Aber er kannte nur so wenige Worte. Er drückte sich enger an sie, als die Wand der Kif sich zunehmend um sie schloß. Er würde versuchen zu kämpfen – mit stumpfen Fingern, ohne irgendeinen Vorteil, ohne auch nur die Schnelligkeit, um einem Kif davonlaufen zu können. Und es war Tully, den sie wollten, und zwar lebendig. Hilfy zweifelte nicht daran. »Habe Krallen«, sagte sie unterdrückt. »Du nicht. Lauf! Verstanden?«

Die Kif kamen näher, hielten dabei ihre Kreisformation aufrecht. »Wir werden euch nichts tun«, sagte einer. »Du bist am falschen Ort, junge Hani. Ganz gewiß bist du das. Wenn du eine Schußwaffe hättest, hättest du sie sicher schon benutzt, nicht wahr? Aber wir sind nicht eure Feinde.«

»Wer?« Sie erkannte den Ursprung dieser Stimme: Der Sprecher ragte zwischen den anderen hervor, war größer und mit besseren Gewändern bekleidet, und sie vermutete

5.85.1

schon, wie er hieß, während sie sich an Tully drängte und versuchte, ihn mit dem Körper zu decken, während die Kif sich bewegten und durcheinanderschoben.

»Sikkukkut. Vom Treffpunkt. Du erinnerst dich sicher an mich, junge Chanur. Ich habe nicht den Wunsch, euch weh zu tun, keinem von euch beiden. Und wir sind bei weitem zu viele. Komm, sei vernünftig!«

Die Kif bewegten sich alle auf einmal. »Lauf!« schrie sie Tully zu, wirbelte herum und schlug zu, schlug immer weiter zu, als ihre Krallen einen Kif mit dem Kopf voran an die Wand geschleudert hatten. *»Lauf,* um der Götter willen, *lauf!«*

Schwarzer Stoff raubte ihr die Sicht und verschwand wieder, als Tully den betreffenden Kif von ihr wegriß, dem sie mit der Pranke den Schädel zermalmte.

Aber Kif-Klauen packten Tully an der Schulter und am Arm.

»Götterverdammt!« schrie Hilfy und versuchte, den Kif von Tully wegzuziehen, aber zwei weitere packten ihre Arme, und ein kifischer Arm schloß sich um ihren Hals.

Die Tür fuhr dröhnend auf und offenbarte ein Chaos, das Blinken roter Lichter in einem Rauch, den zu beseitigen sich die Ventilatoren weigerten, die Strahlen von Scheinwerfern, das verrückte Blitzen stroboskopischer Lichter. »Götter«, murmelte Geran. Der Mittelpunkt des Durcheinanders war erkennbar, ein Knäuel blinkender weißer Lichter, die ein großes Stück weiter oben auf dem Dock in den Rauch stachen. Pyanfar rannte als erste los, das Gewehr in beiden Händen ... »Nein, warten!« meldete sich der mahen Beamte, der die Tür geöffnet hatte. »Hani, müssen warten!« Aber Geran hielt bereits mit ihr Schritt und gewann noch an Boden – die schnellfüßige Geran, deren Schwester Chur in diesem Chaos war.

Ein Laserschuß stach durch den Qualm. Pyanfar riß das Gewehr hoch und feuerte im Laufen. Geran tat dasselbe, nicht mit besondere Geschicklichkeit, aber prompt; und weitere Schüsse kamen von hinten, wo der mahen Beamte ihnen zubrüllte, in Deckung zu gehen.

Khym schrie etwas; die Höhlen verzerrten es zu einem blutrünstigen Brüllen. Ein Gewitter im Rauch aufleuchtender Schüsse kam von den Kif in der Nähe der Wracks, und Pyanfar tauchte zur Seite, erinnerte sich mit einem Schrekken, der das Herz fast zum Stehen brachte, daran, daß Khym hinter ihr war, und rollte sich ab, um seinen blinden Ansturm zu decken.

Aber er rutschte neben ihr in die Deckung, schnappte dabei nach Luft, stützte die Pistole sofort ab auf der Suche nach Zielen, als auch Tirun ihre Deckung erreichte. Geran und Haral hatten sich mit dem Mahendo'sat neben einem Containerstapel versteckt: Schüsse fauchten gegen das Plastik, und die drei duckten sich.

Dann kam ein Geschoßhagel von der anderen Seite, und für einen Moment ertönte das Knallen von Projektilfeuer überall an der Decke. Mahen Stimmen heulten befriedigt in der Ferne, und Pyanfar streckte den Kopf hervor und zog ihn sofort wieder ein, denn Schüsse peitschten überall rings um die Wracks herum und auch das Dock hinauf bis zu ihrer Position.

Geran feuerte drei rasche Schüsse, und Haral schickte einen Feuerstoß hinterher. »Das ist mahen Feuer!« schrie Haral, die von ihrer Position aus etwas sah. Pyanfar wagte einen weiteren Blick, sah Schüsse in die andere Richtung gehen und stürmte aus ihrer Deckung hervor zum letzten Sprint nach den Wracks, von deren Deckung aus ein konstanter Geschoßhagel auf die Gegenseite gezielt wurde.

Mahe, die sich in dem Gewirr verschanzt hatten, fuhren hoch bei ihrer Ankunft, und Hani zwischen ihnen drehten sich mit zurückgelegten Ohren um.

Ehrran.

Pyanfar glitt zwischen sie, packte eine Ehrran an der Schulter und schüttelte sie, während Geran und der Rest der Mannschaft eintrafen. »Wo ist Chur?« schrie Pyanfar in die zurückgelegten Ohren der Ehrran-Frau. »Wo, verdammt nochmal?«

Die Ehrran deutete stumm auf eine Hani, die auf dem Deck lag, und Pyanfars Herz machte einen Sprung, während Geran schon an die Seite ihrer Schwester hastete.

»Wo ist der Rest?« schrie Pyanfar. Ein größerer Hani-Arm tauchte hinter ihr auf und packte eine Faustvoll Ehrranbart. *»Wo sind sie?«* brüllte Khym, und die Ehrran winkte heftig mit der Hand, deutete auf das ganze Dock.

»Weggelaufen ... sie sind weggelaufen ... irgendwo da draußen ...«

Pyanfar ließ sie los und schubste sie noch einmal, ging dann hinüber zu Chur.

Chur lebte. Man hatte ihren Kopf abgestützt und die Wunde, die ringsherum ihr Blut vergossen hatte, war fest verschlossen und glitzterte vor Plasma, das weitere Blutungen verhinderte. Geran beugte sich über Chur und hielt einfach ihre Hand, und ihr Gesicht zeigte mehr als nur Angst.

»Wie geht es ihr?« fragte Pyanfar.

»Sie hat Schmerzen«, antwortete Chur für sich selbst, fast ohne dabei die Kiefer zu bewegen. Ihre Augen waren schmale Schlitze. »Wo sind Hilfy – und Tully?«

»Das wissen wir nicht. Wo hast du sie verloren?«

Chur bewegte schwach den Kopf. Versuchte zu deuten. »Rausgekommen«, sagte sie. Ihr Fingerzeig deutete auf nichts besonderes. »Weiß nicht.«

Pyanfar blickte sich zu den anderen um, die in der Nähe waren. »Dieses Päckchen. Tully hatte es. Durchsucht das Wrack.«

»Habe ich«, sagte Chur schwerfällig und bewegte schwach die Hand. Sie war im Delirium, dachte Pyanfar, bis sie das Ding erkannte, worauf Churs Kopf lag. Chur versuchte daran zu ziehen. Es war Tullys Plastikbeutel.

»Götter«, sagte Pyanfar bewegt. »Geran, bleib bei ihr! Kümmere dich um sie! Sie werden bald eine Ambulanz schicken.«

»Nicht Kshshti«, sagte Chur. »Die *Stolz.*«

Einen Moment lang begriff Pyanfar nicht, und dann packte sie Chur am Arm. »Wir lassen dich auf keinen Fall hier zurück, hörst du?«

»Ja«, antwortete Chur und schloß die Augen.

»Bleib bei ihr!« wies Pyanfar Geran an. »Wir werden die anderen finden.« Sie stand auf, blieb aber geduckt, denn es stachen immer noch Laserschüsse durch den Rauch. Sie zog Tirun, Khym und Haral zu den Mahe hinüber. Sie packte einen von diesen am Arm und zog ihn herum. »Hani. Hani gesehen?«

»Nicht gesehen«, sagte er.

»Fremden?«

»Nicht gesehen.«

Sie wich wieder zurück, sah sich um inmitten des Durcheinanders eintreffender Unfallfahrzeuge und des Dröhnens der Rundspruchanlage über den Sirenen. Ein Geräusch vermischte sich mit dem anderen. *Evakuieren,* verstand sie. *Evakuieren, evakuieren ... nicht mehr sicher ...*

Die Unbeteiligten wegschaffen. Darauf hoffte sie. Möglicherweise war der gesamte Stationssektor als Folge der Explosionen nicht mehr sicher. Geschrei in der mahen Sprache war nur schwer von Sirenenlärm zu unterscheiden. Pyanfar hob den Kopf, denn das Schießen hatte aufgehört, zog ihn wieder ein, als ihre Mannschaftsangehörigen sie herunterzogen, aber es wurde nicht wieder geschossen.

»Ich denke, sie haben es geschafft hinauszukommen«, meinte Pyanfar und packte Haral am Arm. »Schaff Chur in eine Ambulanz! Geran soll bei ihr bleiben. Egal, was passiert.«

»Alles klar«, sagte Haral; sie drehte sich um und wollte gehen, erstarrte aber, so daß auch Pyanfar hinsehen mußte. Hani waren zwischen den Unfallfahrzeugen aufgetaucht, einige in schwarzen Hosen, mehrere in blauen. Der erste Blick belebte Pyanfars Hoffnungen, und der zweite zerstörte sie wieder.

»Ayhar!« Sie spie den Namen geradezu aus und sprang auf die Füße. *»Ehrran!«* Denn Rhif Ehrran gehörte zu dieser

Gruppe. Pyanfar eilte in einer Mischung aus Wut und Hoffnung auf sie zu, wich Trägern mit einer Bahre aus und einem Feuerwehrtrupp, die zu den Wracks unterwegs waren. Hani-Gesichter wandten sich ihr zu, Banny Ayhar und Rhif Ehrran vor allen anderen.

»Chanur!« rief Ehrran und ging ihr entgegen. »Bei den Göttern, Chanur, Sie haben es wirklich verpfuscht, wie?«

Pyanfar wurde langsamer und ging jetzt nur noch, wenn auch mit sehr langen Schritten. Eine Hand packte sie am Arm, aber sie riß sich wieder frei.

»Käpt'n«, bat Tirun sie. »Nicht!«

Sie blieb stehen. Und die Ehrran besaß genug Verstand, um außerhalb ihrer Reichweite anzuhalten. Pyanfar war flankiert von Tirun und Khym.

»Wo sind sie?« fragte sie die Ehrran.

»Götter, wenn ich das wüßte!« sagte diese, die Hand auf der Pistole an ihrer Seite. Das Weiße zeigte sich an den Rändern ihrer Augen. »Götterverdammt, Chanur, was ...?«

»Machen Sie sich nützlich! Wir brauchen Leute, die suchen. Es kann sein, daß sie sich irgendwo auf den Docks versteckt haben.«

Ehrran zuckte nervös mit den Ohren, drehte sich um und gab ihren Leuten ein Handzeichen. »Schwärmt aus! Nehmt euch in acht!«

»Los!« sagte Pyanfar zu den ihren, und sie gehorchten.

Hilfy bewegte einen Finger, eine Hand, fand das Bewußtsein wieder und erinnerte sich an Kif, deren Gestank sie umgab. Sie versuchte, den ganzen Arm zu bewegen, beide Arme, holte in Panik tief Luft und öffnete die Augen, blickte auf zu einer grauen Decke und nacktem Stahl und Lichtern, erinnerte sich an einen Ruck, den sie nicht ganz gehört hatte, während ihre Arme in etwas verheddert waren, ihre Beine festgemacht ... *das Wrack – o Götter ...*

Sie drehte den Kopf in dem schwindelerregenden Lichtschleier, sah einen hellen Lichtfleck, in dem Kif um etwas

Bleiches auf einem Tisch versammelt waren, etwas, das bleich war und von menschlicher Gestalt.

Sie stemmte sich hoch, wurde aber von Banden an der Oberfläche festgehalten. Decken waren um ihre Arme gewickelt, und um die Decken herum war sie gebunden. Wieder hörte sie das Rasseln von Maschinen, Abschirmungen, die eingezogen wurden, all die vertrauten Geräusche, beobachtete, wie die Kif ängstlich nach oben blickten und sich dann wieder ihrer Arbeit zuwandten ... *Klirr! Tamp!*

Schiffsgeräusche. Greifer lösten sich. Die Kif blieben an ihrer Arbeit, und als der Zug der Schwerkraft wechselte, hielten sie sich am Tisch fest, auf dem Tully lag. Hilfy hörte Zischen, das Klicken der kifischen Sprache. Sie schloß die Augen und öffnete sie wieder, und der Alptraum blieb Wirklichkeit.

Pyanfar blieb stehen und blickte sich um, schwang das Gewehr herum, als sie jemanden kommen hörte in dieser Zone der Zerstörung und ausgeschossener Lichter. Eine Hani-Silhouette zeichnete sich vor hellerem Licht ab.

»Käpt'n!« rief Haral, und Echos breiteten sich aus. »Käpt'n ...« Pyanfars Erster Offizier schnappte nach Luft und blieb stehen, lehnte sich an ein Portalbein. »Die *Harukk* hat gerade abgelegt. Die Mahendo'sat haben eben die Nachricht übermittelt ...«

Pyanfar sagte nichts. Nichts schien zu passen. Sie hängte sich lediglich das Gewehr über die Schulter und eilte zum Zentrum der Suche, um dort an Hilfe zu finden, was sich bot.

Sie waren gegangen. »Tully«, sagte Hilfy. Die Zugkraft war beträchtlich und erschwerte das Atmen; die Kif hatte es zur Tür hinaus getrieben, um irgendwo Schutz zu suchen, aber sie hatten Tully auf dem Tisch liegen lassen, ohne eine Dekke, ohne irgendeinen Schutz vor der Kälte. »Tully ...«

Aber er regte sich nicht. Sie gab den Versuch auf, ihn zu wecken. Die Kif hatten das Schlimmste geflickt, vermutete sie. Sie waren in eine lange Beschleunigungsphase eingetreten, flogen einem Sprung entgegen, und sie wollten, daß ihr Gefangener solange am Leben blieb.

Sie selbst, überlegte Hilfy, war eine ganz andere Sache. Mit Chanur hatte eine recht große Zahl von Kif noch eine Rechnung zu begleichen.

Wohin ging es? Sie entwarf die Karte in Gedanken. Kefk war am wahrscheinlichsten. Kefk im Kif-Raum. Sie konnten es mit einem Sprung erreichen.

Das ganze Schiff rüttelte. *Ein Treffer!* dachte Hilfy in der wilden Hoffnung, daß irgend jemand irgendwie in Position gelangt war, um sie aufzuhalten; aber dann wurde die Zugkraft noch schlimmer, unglaublich schlimm. Das Schiff hatte Fracht ausgestoßen – nein, nicht einmal Fracht: Sie erinnerte sich an die bösen Linien der *Harukk* im Dock des Treffpunktes. Es waren die tarnenden Anbauten, die das Schiff gerade abgesprengt hatte, um sich auf das Jägerschiff zu reduzieren, das es in Wirklichkeit war.

Nichts konnte die *Harukk* jetzt noch einholen.

»Wie lange ist das her?« schrie Pyanfar den Boten an, und der große Mahe wich einen Schritt zurück.

»Kurz her, kurz.« Der Mahe legte sich die Hände auf die Brust. »Ich Bote, Hani-Kapitän, haben Kom geschossen kaputt, kommen Amt Persönlichkeit mir geben selbes, sagen bringen Sie.«

Pyanfar schlug mit der Faust ins Leere, wandte sich ab und sah sich Rhif Ehrran gegenüber.

»Nun, Chanur, haben Sie irgendeinen brillanten Plan?«

»Wenn Sie nicht hier unten auf dem Dock wären, wenn Sie nicht das einzige Schiff, das sie jagen könnte, ohne Besatzung zurückgelassen hätten, Sie götterverdammter Dummkopf ...«

»Was sollte ich dann tun? Ein Jägerschiff bis Kefk verfolgen? Sie sind der Dummkopf, Chanur. Es wird einen detaillierten Bericht geben. Glauben Sie mir, das wird es!«

»Py, *tu's nicht!*« Es war Khym, der noch rechtzeitig ihren

5·85·2

Arm festhielt und sie zurückriß, so daß es zu spät war, um es noch in Weißglut zu tun. Sie straffte sich und starrte die Ehrran an, deren Mannschaft hinzugetreten war, um ihren Kapitän zu unterstützen.

»Kapitän«, sagte ein Mahe, der herbeikam. »Kapitän, Persönlichkeit wollen sehen, schnell, bitte schnell! Haben Wagen.«

Pyanfar reichte Khym das Gewehr, drehte sich um und folgte dem Mahe über den von Trümmern übersäten Boden. Sie bemerkte, daß Haral sie begleitete, daß Tirun und Khym sich beeilten, sie einzuholen.

»Chanur!« Eine Hani-Stimme. Eine beleibte Hani kam von der Seite auf sie zu. »Chanur ...« Banny Ayhar packte Pyanfar am Arm und versuchte sie anzuhalten.

Pyanfar schüttelte die Hand ab. »Gehen Sie mir aus dem Weg, Ayhar! Gehen Sie und lecken Sie der Ehrran die Füße!«

»Hören Sie mir zu, Chanur!« Ayhar packte erneut und diesmal kräftiger Pyanfars Arm und verstellte ihr den Weg. »Es tut mir leid! Wollen Sie eine Überfahrt?«

Pyanfar blieb abrupt stehen und starrte in Banny Ayhars breites Gesicht.

»Hat sie Sie gemietet?«

»Nein.«

»Wer dann?«

»Sehen Sie, Chanur ...«

Pyanfar ließ sie stehen.

NEUNTES KAPITEL

Der Lift entließ sie dort, wo Tully und Hilfy hätten ankommen sollen, auf den oberen Sicherheitsetagen, wo Wachtposten nervös wirkten angesichts einer Gruppe blutbefleckter und mit Gewehren bewaffneter Hani, einer davon ein Mann.

Aber die Türen wurden ihnen geöffnet, ohne daß sie mit Fragen konfrontiert wurden, eine Tür nach der anderen in Kshshtis nützlichkeitsorientierter Architektur, grauer Stahl, starke Sicherheitsvorkehrungen, in Abständen bewaffnete Posten.

Sterne und Dunkelheit. Pyanfar sah dies anstelle der Szenerie vor ihr, erinnerte sich an das Kif-Jägerschiff im Dock des Treffpunkts – schlank, schnell, tödlich; an ein Schiff unterwegs zum Kshshti-Nadir und in den Sprungbereich, mit einer zunehmend größeren Geschwindigkeit, die sich der des Lichts näherte. Pyanfar folgte den Winks der Posten, ging dorthin, wo die Türen auseinanderglitten.

Hinter der letzten betraten sie einen matt beleuchteten Raum mit einer Plasteen-Trennwand, hinter der violettes Licht war. Auf der in weißes Licht getauchten Seite erkannte sie einen Schreibtisch und zwei Mahendo'sat, auf der violetten Seite eine riesige Schlangengestalt, die sich vor dem bis zur Hüfte reichenden Glas ruhelos bewegte und ständig die Position wechselte.

Tc'a. Der Anblick des Methan-Atmers erschreckte Pyanfar so sehr, daß sie unwillkürlich stehenblieb. Die Barriere wirkte zerbrechlich, und die Gegenwart dahinter, die Hani nur verschwommen auf Vid gewohnt waren, zeigte Einzelheiten, die sie nur um so bedrohlicher machten: Runzelige Haut aus weichem Leder mit goldfarbenem phosphoreszierenden Leuchten; Augenflecken, so groß wie Fäuste, ganze fünf davon rings um einen komplexen dreilappigen

Mund/Sensor angeordnet. Die Zunge des Wesens zuckte unablässig hervor, und der ganze Körper verschob sich immer wieder von einer Seite auf die andere, wie die Tc'a es ständig taten.

»Verehrter Kapitän.« Die Stimme sprach untypisch gedämpft. »Ich stellen vor die Persönlichkeit Toshena-eseteno, Stationsleiter dieses Seite Kshshti; die Persönlichkeit Tt'om'm'mu, Stationsleiter Methan-Seite.«

»Verehrte«, murmelte Pyanfar. Allein der Tc'a verdiente schon den Plural, und das gleich mehrfach; und die Götter mochten den Psychologen helfen.

Die ledrige Schlangengestalt schob sich näher heran und verdrehte sich, um mit den fünf orangefarbenen Augenflekken durch das Glas zu spähen. Ein fünfstimmiges Klagen ertönte, von einem Gehirn mit mehreren Teilen, während ein Monitor unter dem Glasfenster die leuchtende Matrix zeigte:

TC'A	TC'A	HANI	HANI	MAHE	KIF	KIF
CHI	CHI	BLEIBEN	BLEIBEN	BLEIBEN	GEHEN	GEHEN
EINHEIT	EINHEIT	ZORN	ZORN	ZORN	GEHEN	GEHEN
BLEIBEN	BLEIBEN	BLEIBEN	BLEIBEN	BLEIBEN	GEHEN	BOTSCHAFT

»Ich danke der Tc'a-Persönlichkeit. *Was* für eine Botschaft?«

»Kif.« Die mahen Persönlichkeit erhob sich langsam von dem Schreibtisch, und ihre Gewänder fielen ordentlich, strenge Gewänder, ganz anders als die Zurschaustellung von Persönlichkeiten andernorts. Er hielt Pyanfar mit eigener Hand ein Papier hin, und sie nahm es. »Dies kommen«, sagte die Persönlichkeit, und zwar nicht vermittels der Stimme, »von *Harukk.* Alle drei Kif-Schiffe abgeflogen. Wir haben zwei mahen Schiffe verfolgen.«

»Beschuß?«

»Kein Beschuß.«

Für einen Moment kam ihr der schreckliche Verdacht, daß

die Mahendo'sat vielleicht darauf verzichtet hatten zu schießen, obwohl es möglich gewesen wäre, sei es nun wegen der Geiseln oder nicht. Falls die *Stolz* die Verfolgung aufgenommen hätte – aber sie schob diesen Gedanken weg. Entfaltete das Papier.

Jägerin Pyanfar, stand darauf. *Wenn der Wind weht, sollte man seine Netze ausbreiten. Ich hatte damit Glück für uns beide. Sollten Sie aufgrund Ihres* Sfik *darauf bestehen, mir zu begegnen, dann ist Mkks dafür als neutraler Boden geeignet. Dort können Sie wieder beanspruchen, was Ihnen gehört.*

»Er hat sie«, sagte sie zu ihrer Besatzung und reichte Haral das Papier. *Mkks.* Umstrittenes Gebiet. Nicht Kefk im Kif-Gebiet.

Ein Köder. Dort, wo sie ihn erreichen konnte.

»Ich geben Befehl«, sagte die Persönlichkeit, »daß mahen Schiff verfolgen dieses Kif. Gehen Mkks. Versuchen zu gebrauchen Einfluß.«

»*Einfluß!* Wieviel Einfluß, wenn ein Kif schon in der Hand hat, was er möchte?«

Die Persönlichkeit machte eine kleine wegwerfende Geste. Pyanfar stand dort, und der Puls hämmerte in ihren Ohren. Sie hatte überhaupt kein Vertrauen mehr dort, wo sie den Interessen des Mahe in die Quere kam.

»Sie verfolgen diese Kif?« wollte die Persönlichkeit wissen. »Oder Sie gehen Maing Tol?«

Welches Ziel verhilft mir zur Reparatur meines Schiffes, Verehrter? Aber sie sprach es nicht aus. Sie blickte zu dem Fenster, wo der Tc'a auf- und niedersank und sinnlose Muster webte. Dann wandte sie sich wieder dem Mahendo'sat in seinen asketischen Gewändern zu. »Haben Sie einen Vorschlag?«

Die Persönlichkeit verfiel in die mahen Sprache.

»Hani-Kapitän«, sagte die Stimme, »Kif gebrauchen eine Sprichwort welches bedeuten er ernten Erfolg von eine Verwirrung von jemand anderen. Vielleicht nicht Plan. Haben vielleicht anderes Motiv. Dieses Sikkukkut ...« Die Stimme verlagerte ihr Gewicht von einem Fuß auf den anderen und legte die Hände hinter den Rücken. »Vergeben.

Nicht haben höfliches Hani-Wort. *Hatonofa.* Er wollen bekommen Nummer eins Position.«

»Ich kenne das Wort. Aber ich kenne diesen Kif nicht. *Niemand* kennt einen Kif, es sei denn, er wäre selbst einer.«

Wieder ein Wortwechsel zwischen der Persönlichkeit und der Stimme.

»Persönlichkeit«, sagte die Stimme, »wollen machen dies feinfühlig. Ich gestehen mangelndes Geschick.«

»Drücken Sie sich offen aus! Ich setze die Höflichkeiten hinzu.«

»Fragen was sonst Sie haben was wollen diese Kif?«

»Ich weiß es nicht.«

Der Tc'a machte ein Geräusch.

CHI	TC'A	HANI	HANI	KIF	KIF	KIF
BLEIBEN	WARNEN	DATEN	DATEN	WOLLEN	HABEN	WOLLEN
TC'A	KSHSHTI	MKKS	MKKS	MKKS	KEFK	AKKT
ANGST	WARNEN	STERBEN	STERBEN	NEHMEN	NEHMEN	NEHMEN

»Informationen«, übersetzte Toshena-eseteno.

»Was bedeuten das *Kefk* und das *Akkt?*«

Der Bildschirm wurde dunkel und blieb so.

»Was bedeutet das?« fragte Pyanfar den Mahe.

»Nicht klar.« Die Persönlichkeit ging zu dem Fenster und legte eine Hand darauf. »Nicht immer klar Tc'a-Kollege. Warnen Sie. Müssen warnen Sie. Mannschaft ... bereits an Arbeit reparieren Ihre Schiff. Wohin gehen?«

Pyanfar kaute auf den Schnurrbartenden. »Zwanzig Stunden.«

»Vielleicht schaffen besser.«

Der Bildschirm wurde wieder hell. Die Schlange jammerte.

CHI	TC'A	CHI	KNNN	HANI	HANI	MAHE
TC'A	HANI	HANI	HANI	SELBES	ANDERES	ANDERES
KSHSHTI	KSHSHTI	KSHSHTI	KSHSHTI	KSHSHTI	KSHSHTI	KSHSHTI
MKKS	MKKS	MKKS	MKKS	MKKS	MKKS	KSHSHTI
SEHEN	SEHEN	SEHEN	SEHEN	GEHEN	STERBEN	BLEIBEN
GEFAHR	GEFAHR	GEFAHR	DROHUNG	GEFAHR	GEFAHR	GEFAHR

»Was für eine Bedrohung?« wollte Pyanfar wissen. Die Matrix konnte in jede Richtung gelesen werden. Der Computer suchte sie aus der Harmonie heraus, und die Reihenfolge war dabei nicht sicher. »Knnn? *Welche* Hani stirbt? Jetzt oder in der Zukunft?«

Der Tc'a wich von dem Fenster zurück.

VERMEIDEN VERMEIDEN VERMEIDEN VERMEIDEN

VERMEIDEN VERMEIDEN VERMEIDEN

»Ist das eine Antwort oder nur eine Reaktion?«

Der Tc'a senkte sich und webte sein Muster. Ein Chi rutschte von der Unterkante des Fensters herauf ins Blickfeld, ein hani-großes Bündel sich schnell bewegender Stökke, die im violetten Licht phosphoreszierten. Es kletterte an der runzeligen Flanke des Tc'a hinauf und klammerte sich an ihm fest, berührte ihn unter frenetischem Zucken der Glieder.

Die sechste angebliche Intelligenz des Paktes. Oder ein Symbiont der Tc'a. Niemand hatte das bisher mit Gewißheit herausgefunden.

GEFAHR GEFAHR GEFAHR GEFAHR

GEFAHR GEFAHR GEFAHR

»Ruhig, sei ruhig!« Die mahen Persönlichkeit hob die Hände in das violette Leuchten und drehte sich vor dem Licht um. Die Ohren waren nach hinten gelegt. Das Licht bildete einen Heiligenschein um ihn, und das Gesicht lag im Schatten, war unkenntlich.

»Einer ist vom Treffpunkt verschwunden«, sagte Pyanfar. »Ein Knnn. Auch ein Tc'a. Es hat dort Probleme gegeben. Ich habe ihn seitdem aber nicht mehr gesehen.«

»Knnn kommen, Knnn gehen. Niemand fragen.«

»Er könnte hier sein, meinen Sie?«

»Knnn-Sache. Nicht besprechen das.«

»Sie haben die Menschenschiffe geschnappt.«

»Nicht sprechen über das!« Die Persönlichkeit wandte ihr das Gesicht zu, das jetzt ganz im Schatten lag.

Pyanfar zuckte mit den Ohren und hob den Kopf, und sie atmete flach ein vor Widerwillen. »Entschuldigung.« Ein zweiter, noch kürzerer Atemzug. Die Luft kam ihr stickig vor. »Ich gehe jetzt lieber, Verehrter.«

»*Wohin* Sie gehen?« fragte die Persönlichkeit. »Maing Tol? Mkks?«

»Wollen Sie mir sagen, wohin?«

»Ich sagen, Sie nicht hören, richtig?«

Dumm war er nicht, ganz und gar nicht!

Und wenn man alles zusammenzählte, was gefragt und nicht gefragt worden war, dann wußte er auch nicht alles, was Goldzahn geplant oder getan hatte. Vielleicht bestand die ganze Wellenfront dieser Informationen nur aus einem einzigen Hani-Schiff. Oder vielleicht hatte Maing Tol kein Vertrauen in die Sicherheit von Kshshti gehabt.

Windungen innerhalb von Windungen. Um die Schlange am Schwanz zu ziehen, mußte man erst einmal wissen, welches Ende welches war.

»Ich habe Anweisungen von einem Mahe erhalten«, sagte Pyanfar, »der mir diesen Auftrag gab. Er vertraute mir. Und Sie?«

Die Persönlichkeit sagte etwas, was die Stimme nicht übermittelte, und drehte sich dann um und betrachtete Tt'om'm'mu. Der Tc'a und der Chi waren anderweitig beschäftigt. Der Chi fuhr geschäftig mit den Gliedern über die ledrige Haut des Tc'a. Vielleicht war das Sprache. Kein Sauerstoff-Atmer wußte es.

Der Mahe drehte sich wieder um. »Sie gehen wohin wollen. Nicht haben Rechnung, keine Dockgebühr. Kshshti geben.«

»Danke.«

Der Mahe legte höflich die Hände zusammen. Der Tc'a Tt'om'm'mu – blieb beschäftigt.

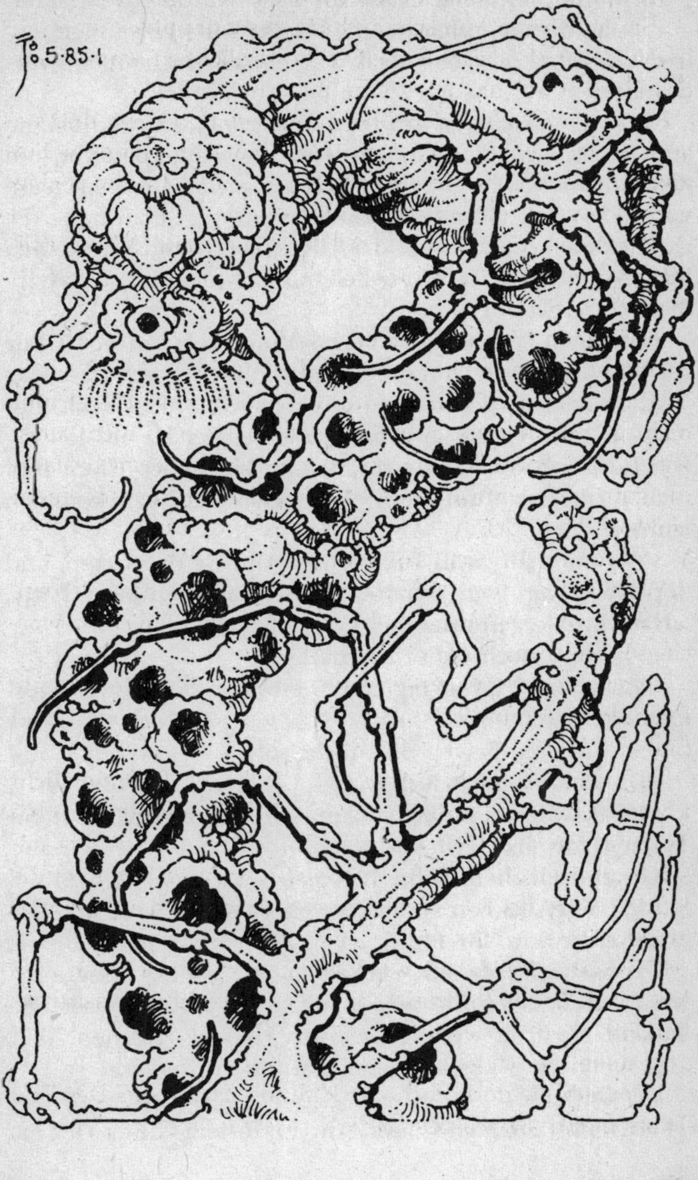
5·85·1

»Tut weh«, murmelte Chur. Ihr Blick wurde etwas klarer, als sie zu denen aufblickte, die um ihr Bett versammelt waren. »Möchte ...« Der Rest war einfach nicht mehr verständlich.

»Das Sedativum ist sehr stark«, sagte Geran und beugte sich auf ihrem niedrigen Schemel neben dem Bett vor, um über die Mähne ihrer Schwester zu streichen. Pyanfar nickte; sie hatte die Hände im Gürtel stecken. Geran hatte die Neuigkeiten draußen vor der Tür erfahren und kannte den Inhalt der Botschaft. »Gute Behandlung hier. Kshshti-Ärzte haben viel Übung.«

Es war ein Witz, der aus Verzweiflung geboren war. Chur lächelte leicht, die Augen weiterhin geschlossen, aber das Lächeln war so gezwungen wie der Witz. »Hol mich hier raus, Käpt'n! Götterverdammt langweiliger Hafen.«

»Ruh dich aus!« Pyanfar beugte sich über Chur und schloß die Hand um ihren Arm. »Hörst du? Wir kommen zurück.«

»Wo sind Hilfy und Tully?« Chur öffnete die Augen, und ihr Blick war weit schärfer, als Pyanfar erwartet hatte. »Habt ihr sie gefunden?«

»Wir sind noch damit beschäftigt.«

»Verdammt!« Chur regte sich, bewegte den ganzen Körper. *»Wo sind sie?«*

»Schlaf jetzt! Beweg dich nicht so!«

»Da stimmt etwas nicht!«

»Chur.« Geran packte sie am Arm. »Der Käpt'n hat Arbeit. Schlaf jetzt weiter!«

»In einer mahen Hölle. *Was gibt es für Nachrichten?«*

Mit Lügen kamen sie nicht weiter. Nicht bei Chur. Unwahrscheinlich. Ihr Blutdruck würde nur steigen, immer mehr, während sie sich Sorgen machte. »Mkks«, sagte Pyanfar. »Kif haben die beiden gefangen. Ein gewisser Sikkukkut. Sagt, er wolle über einen Handel sprechen. Will, daß wir nach Mkks kommen, um ihn zu treffen.«

»O Götter!«

»Hör zu!« Sie hielt Churs Arm mit festem Griff. »Hör mir

zu! Es ist nicht hoffnungslos. Wir bekommen Hilfe von den Mahendo'sat. Wir bringen sie zurück, alle beide.«

»Du läßt zu, daß die Mahendo'sat es tun?«

Pyanfar zögerte mit der Antwort. Gab sie dann ganz auf zugunsten der zweiten Wahrheit. »Haral und Tirun und ich, wir können die *Stolz* führen. Die Reparaturen sind im Gang.«

Churs Ohren sanken auf das Kissen hinab. Ihre Augen blieben geschlossen. »Du hast es mir versprochen.«

»Ich kann es nicht machen. Jetzt nicht.«

»Morgen bin ich wieder auf dem Schiff. Geran auch.«

»Du ruhst dich aus!«

»Huuhhhn.« Chur öffnete die blitzenden Augen. »Der Flicken wird halten. Ich werde den Sprung gut durchhalten, Käpt'n.«

Pyanfar trat zurück und begegnete Gerans Blick.

»Wir sehen dich auf dem Schiff«, sagte Geran.

Pyanfar legte die Ohren zurück. »Hör mir zu!« Sie legte Geran eine Hand auf die Schulter und zog sie zur Seite. »Wir können es schaffen, können soviel tun. Götterverdammter Platz hier, um zurückgelassen zu werden. Bleib bei ihr, hm?«

»Und was *dann?*«

Ohne Schiff. Zwei gestrandete Hani. Pyanfar wußte keine Antwort darauf.

»Wir sehen dich«, sagte Geran.

Eine zurückgelassene Hani. Auch nicht besser. Chur ohne Geran. Sie waren noch nie getrennt gewesen, hatten nie damit gerechnet, daß sie es je sein würden. Es war ein endgültiger Schock, für das, was an Gefühl noch nicht betäubt war.

»Sehe dich.« Pyanfar ließ die Hand fallen und machte kehrt, um Tirun und Haral einzusammeln. Khym stand neben der Tür. Ohne die Gewehre. Sie hatten sie draußen bei einem nervösen Stsho-Arzt abgegeben und sich dann in einem Waschraum die Hände geschrubbt. Der Rauchgestank hing jedoch immer noch an ihren Kleidern. Starke Seife und

Rauch. Der Geruch drehte Pyanfar den Magen um. »Kommt, es ist besser, wenn sie sich ausruht. Chur, nimm es leicht, ja? Wir bringen das in Ordnung. Vertraue uns.«

Chur schlief wohl bereits, dachte Pyanfar.

»Käpt'n!« Geran beugte sich neben das Bett und hob einen weißen Plastiksack auf. Abgewaschen, da Churs Kopf darauf gelegen hatte. »Es ist da drin. Das Päckchen ist intakt.«

»Gut.« Pyanfar nahm das weiße Bündel und klemmte es sich unter den Arm. Kif hätten dafür getötet, hätten die Station ausgelöscht, nur um es zu bekommen – sofern sie davon gewußt hätten. Selbst den Stationsleitern war nichts davon bekannt gewesen. Sie wußten überhaupt vergleichsweise wenig, wenn man alles in Betracht zog. »Richte ihr meinen Dank aus, ja?«

Auf der Brücke legte sie den Sack auf dem Tisch ab, hatte jetzt nicht den Nerv, sich mit den persönlichen Dingen zu beschäftigen. Sie zog das Päckchen hervor und sah innen nach.

Intakt. Zerknitterte Papiere. Aufnahmen, die in ihren Behältern geschützt waren. Sie steckte das Ganze in ein Sicherheitsfach und schloß den kodierten Riegel.

Geräusche klangen durch den Schiffskörper, entsetzliche Geräusche von achtern her, wo die Schneidlaser an der Arbeit waren und die Heck-Anbauten abtrennten. Die Erschütterungen gingen sogar durch das Gerippe, während ein Drittel von der Länge der *Stolz* abrasiert wurde. »Py. Käpt'n.«

Sie blickte auf und wandte sich um. Khym stand dort.

»Du hast mich nicht erwähnt, als du davon sprachst, wer von der Mannschaft nach Mkks mitkommt.«

»Khym ...«

»Ich kann Sachen holen und tragen. Ich kann die Küche putzen. Das entlastet doch die ausgebildete Besatzung, nicht wahr?«

Schützende Instinkte regten sich in Pyanfar. Das gleiche

galt für ein anderes Bild, das Bild von Khyms Arm zwischen ihr und der Ehrran; Khym, dessen Verstand weiter funktioniert hatte, als ihrer den Dienst aufgab.

»Gute Arbeit«, sagte sie, »diese Sache auf den Docks.« Sie ging an ihm vorbei und tätschelte ihm freundlich den Arm.

»Käpt'n!«

Nicht *Py* ... Sie blickte zurück und sah Zorn und Verletztheit.

»Um der Götter willen, entlaß mich nicht *damit!*«

Sie stand da und versuchte sich zu erinnern, was sie gesagt oder getan hatte. »Ich bin müde«, sagte sie. »Es tut mir leid.«

Er wußte nichts zu erwidern, brachte keine Antwort hervor.

»Wenn du mitkommen möchtest«, fügte sie hinzu, »dann, verdammt nochmal, bist du eben dabei. Wirst zusammen mit dem Rest von uns umgebracht. Zufrieden?«

»Danke«, sagte er kategorisch. In einem feindseligen Tonfall.

Sie drehte sich um und ging weg. Das war das beste, wenn der Grund für seine Launen nicht mehr ganz verständlich war. Mochten die Götter ihn schützen. Dummkopf!

Er war in Hilfy vernarrt, das war es. Das Alter machte sich bei ihm bemerkbar, und er liebte Töchterbilder abgöttisch, erinnerte sich an die eigene Tochter, ihre gemeinsame Tochter Tahy. Die ihm nicht gegen ihren Bruder geholfen hatte. Hilfy jedoch respektierte ihn, nannte ihn *Na* Khym, tat kleine Dinge für ihn und verwöhnte ihn auf die Art, wie er es gewohnt war.

Götterverdammt!

Pyanfar betrat die Küche, langte in Schränke und schüttete Gfi in den Kocher, spürte, wie ihr die Knie zitterten. Sie hatte sich noch nicht saubergemacht, abgesehen von dem Händewaschen im Krankenhaus. Jetzt kümmerte sie sich auch nicht um diese Frage, wollte nur etwas im Magen haben.

»Soll ich das für dich machen?« bot ihr Khym an, der ihr gefolgt war. »Setz dich, Py!«

Ihr Arm spannte sich, um den Deckel des Gerätes zuzuschlagen, aber dann senkte sie ihn doch vorsichtig und sah sich um. Khyms Gesicht war ausdruckslos. »Die Küche ist dein Reich.«

»Wie viele hast du hineingetan?«

»Einen.«

Er fügte noch einige hinzu, ging schweigend seiner Arbeit nach. Also hatte er einen Platz für sich gefunden, und es stimmte, wenn er die Mannschaft von dieser Arbeit befreite, machte er sich dadurch nützlich.

Was immer die Mahendo'sat am Heck auch unternahmen, die Geräusche stiegen zu einem fernen Kreischen an.

»Py.« Er reichte ihr den Becher, und sie nahm ihn entgegen. Er goß die restlichen Becher voll und deckte sie ab, um sie Haral und Tirun an ihre Posten zu bringen.

Aber Haral kam gerade herein. Sie hatte gebadet; die grobe blaue Hose zeigte noch nasse Flecken, und Mähne und Bart hingen in Ringellocken herab. Sie hielt ein Papier in der Hand. »Ist das meiner?« fragte sie und deutete auf einen Becher Gfi, legte Pyanfar das Papier vor. »Das ist hereingekommen.«

Pyanfar betrachtete es. Nippte dabei nachdenklich an dem Getränk.

Ehrrans Wachsamkeit, *Kapitän Rhif Ehrran, immune Delegierte des* Han, *an* Chanurs Stolz, *Kapitän Pyanfar Chanur, Flaggschiff der Chanur-Gesellschaft:*

Diese Nachricht dient als rechtliche Mitteilung, daß eine Klage eingereicht wird betreffs Bruch der Charta, Absatz 5: vorsätzliche Mißachtung der gesetzlichen Ordnung; Absatz 12: Vermietung des Schiffes; Absatz 22: illegale Fracht; Absatz 23: illegaler Waffenbesitz; Absatz 24: Gebrauch der Waffen; Absatz 25: Handlungen in Übertretung des Vertragsrechtes; Absatz 30 ...

Sie blickte auf, als Khym mit seinen Bechern ging. »Sie haben den illegalen Systemeintritt ausgelassen.«

Haral lachte kurz und trocken und setzte sich. Die *Stolz* zitterte unter den Arbeiten am Heck, und die gute Laune erstarb schnell wieder.

»Geben wir darauf eine Antwort?«

»Das füllt die Zeit.« Pyanfar holte tief Luft. »Schlafen, ausruhen, Kurs planen. Wir gehen davon aus, daß sie uns den Abflug gestatten.«

Harals Blick schweifte zur Uhr. Auch Pyanfars Augen wurden unwiderstehlich dorthin gezogen.

»Tully«, murmelte Hilfy. Die Schwerkraft ließ nicht nach. Hilfys Nase sprudelte mit jedem Atemzug; irgendein Gefäß darin war geplatzt und fügte einen Schmerz dem anderen hinzu. Ihre Wunden pochten, und vielleicht bluteten sie auch, aber sie konnte das nicht feststellen, und die Decke, in die sie eingehüllt war, würde das Blut aufsaugen.

Tully war immer noch bewußtlos. In Abständen sprach sie ihn an, für den Fall, daß er aufgewacht war, wollte ihm mitteilen, daß ein Freund bei ihm sei. Aber er reagierte nicht. Möglicherweise hatten sie ihm ein Drogenpflaster angeheftet. Vielleicht gelang es ihm einfach nicht, wieder zu sich kommen. Hilfys Instinkte forderten, um Hilfe zu rufen, und andere Instinkte erinnerten daran, wer kommen würde, und sagten ihr, sie solle den Mund halten und ihn sterben lassen, falls er konnte.

Sie eilten dem Sprung entgegen. Und wäre er wach gewesen, hätte er nur Angst gehabt.

Die hatte sie, wenn sie ihren Gedanken erlaubte, sich mit ihr selbst zu beschäftigen. Wenn sie das tat, hoffte sie, daß ein oder zwei Schiffe sie verfolgten und einen unerwarteten Schuß abfeuerten, bevor sie springen konnten, und damit ihr Problem auf einen Streich lösten.

Sie wollte an alles denken, nur nicht an den Ort, zu dem sie unterwegs waren.

Lieber an Pyanfar, die wahrscheinlich gerade die Stationsbehörden auseinandernahm und ihnen sagte, was in dieser Sache zu tun war – ein Gedanke, der die Hoffnung in ihr weckte; und Haral – sie stellte sich vor, wie Haral in jenem Sessel saß, dessen Bezug sie schon ganz abgewetzt hatte, wie sie ihn einfach so schwenkte mit dieser unerschütterlichen Ruhe, die niemals durchbrochen wurde, nicht einmal damals, als sie auf dem ersten Flug einen gefährlichen Fehler gemacht hatte.

Möchtest du das wieder geradebiegen? würde Haral fragen.

O ihr Götter, sie wünschte sich, sie könnte es tun.

Der Andruck verschwand plötzlich, einfach so, wechselte zu Schwerelosigkeit, daß es Hilfy den Magen umstülpte.

Vorbereitung auf den Sprung.

»Die *Harukk* ist verschwunden«, meldete Tirun, als die Nachricht eintraf. »Das sind 43 Lichtminuten vom Stationszentrum. Das Bild wurde vom verfolgenden Schiff übertragen. Der Sprung fand statt ... vor etwa einer Stunde und fünfzehn Minuten.«

Zeitverzögerung, wollte Tirun damit sagen; die Übertragungszeit war darin eingerechnet, für die Übertragung dessen, was der Schiffsscanner aufnehmen und senden konnte, wobei er das Funkfeuersignal um ein paar Minuten schlug.

Pyanfar nickte und arbeitete an der Kursplanung weiter. Ein großer Teil dieser Arbeit war vergeblich, bis sie die Instrumentenablesung für die neue Ausrüstung hatten. Wenn die fertig war.

Wenn.

»Mkks-Vektor bestätigt.«

»Hm.« Pyanfars Hände zitterten. Sie streckte die Krallen aus, und zog sie wieder ein, warf den Sessel herum und nahm die Arbeit am Heck in Augenschein, auf die die Kuppelkamera ausgerichtet war. Sie zuckte bei dem Anblick, der sich ihr bot, zusammen. Die *Stolz* war ihrer vertrauten Umrisse beraubt. Ein neues Teil wurde herantransportiert. Sie konnten die Sendungen vom Schlepper empfangen. Und die Anfügung des Heckteils an das Schiff war nur der gröbste Beginn für die ganze Arbeit. Es ging dabei darum, daß die von den Abtrennarbeiten beschädigte Oberfläche für neue Schweißstellen vorbereitet wurde. Arbeiter in stabilen Raumanzügen wirkten wie Funken in der Arbeitsflut, wie ein Insektenschwarm dort, wohin sie sich für die Ankunft des Heckteils zurückgezogen hatten. Die Frequenz des Dienstkoms schwieg nie und prasselte vor *Chiso,* der mahen Mundart, welche ihre zig Sprachen überbrückte. Sie fiel den Mahendo'sat leichter als die Handelssprache.

»Ich gehe mich etwas ausruhen«, sagte Pyanfar, denn das erdrückende Gewicht von allem senkte sich plötzlich auf sie, und das Aufstehen aus dem Sessel und der Gang durch den Korridor kamen ihr vor wie ein größeres Unternehmen.

»Ruft Haral, wenn es nötig wird!«

»Aye«, sagte Tirun. Kein Ausdruck, keine Frage, was sie tun würden oder wie.

Pyanfar wußte das zu schätzen.

Die Zeit lief jetzt in Windungen. Auf eine gewisse Weise konnte sie sich entspannen, denn bis zur nächsten Station blieb ihr die Gesellschaft der *Harukk* erspart, in der Verdichtung des Hyperlichts, wo alles zeitweilig aufgehoben war und nichts wieder einsetzte, bis der Gravitationsschacht von Mkks sie packte und herausriß. Mindestens zwei Wochen, in deren Verlauf alles stillstand. Kein Schmerz. Keine Angst. Nichts, bis sie wieder zum Vorschein kamen.

Aber Tully benötigte Medikamente für diesen Gravitationssturz, brauchte sie wie die Stsho. Vielleicht wußten das die Kif. Vielleicht machten sie sich etwas daraus, daß er geistig gesund blieb.

Aber vielleicht war es auch besser, wenn er es nicht blieb.

Pyanfar erwachte plötzlich, packte den Rand der Schlafschüssel und bemerkte, daß sie nicht fiel, trotz ihres Herzklopfens. Sie rollte sich auf die andere Seite, blickte auf die Uhr und schaltete das Licht und die Kom-Verbindung ein. Das Hämmern am Heck hatte aufgehört. Und deshalb war sie aufgewacht.

»Brücke, verdammt nochmal, es ist 0400!«

»Aye, Käpt'n.« Harals Stimme. »Alles ruhig, und da dachten wir, wir lassen dich schlafen.«

»Ach was!« Sie setzte den Ellbogen auf die Bettkante. »Der Schwanz ist dran?«

»Sie sind jetzt beim Schweißen.«

»Dann schaffen sie den Termin nicht.«

»Es sitzen bereits Techniker an den Pulten. Sie treiben es voran.«

»Götter!« Sie legte den Kopf auf den Arm, hatte ein Gefühl, als wäre gestern eine Wand auf sie gestürzt und als lägen jetzt noch einige Ziegel herum. Dann hob sie den Kopf wieder. »Wie geht es Chur?«

»Geran hat angerufen und gesagt, es ginge ihr gut. Sie haben beide etwas geschlafen.«

»Hm. Gut.«

»Ein Anruf von der *Wachsamkeit* ist gekommen. Sie haben unser Papier erhalten. Ehrran kaut auf Stöcken.«

»Sehr gut.«

»In der Küche steht ein Topf mit etwas darin.«

Pyanfars Magen rebellierte. »Fein.« Sie fuhr sich mit der Hand übers Gesicht und rieb sich die Augen. »Ich komme.« Sie schaltete den Kom ab, rollte sich herum und setzte sich auf die Bettkante, wo sie versuchte, ihre Beine zur Arbeit zu überreden.

Götter, Hilfy und Tully! *Das* legte sich wieder auf ihre Schultern. Da war noch das Päckchen im Sicherheitsfach. Da waren Tt'om''m'mus sich windende Gestalt im violetten Schein und der Mahendo'sat, die sich am Glasfenster gegenüberstanden *(fragen Sie nicht nach den Knnn)*. Und Mahendo'sat stellten lebenswichtige Verbindungen auf ihrem Schiff her, wo doch Mahendo'sat-Inkompetenz den Kif ermöglicht hatte, zu tun, was ihnen beliebte.

Inkompetent? Der Stationsleiter von Kshshti hatte nichts Besseres zu bieten?

Argwöhnische Gedanken waren die halbe Nacht lang durch ihr Unterbewußtsein marschiert, meldeten sich jetzt wieder als Erinnerungen an Träume von einem Kif in den Schatten dieses Raumes. Von empfindlichen Verbindungen in den Trägerleitungen, an denen irgendein mahen Techniker sorgfältig eine Reihe von Fehlern machte, die an den Pulten zu falschen Ablesungen führten. Götter, was, wenn ...

Man konnte verrückt werden über Was-wenns. Was, wenn es ein Verrat Goldzahns war von Anfang an? Was, wenn die *Wachsamkeit* im Recht war – für Hani-Interessen? Was, wenn Chanur auf der falschen Seite stand und obendrein im Begriff war, in irgendeiner mahen Intrige entbehrlich zu werden?

Oder zur Verräterin?

Sie stand auf, duschte und bekleidete sich dann in einfacher Form: eine alte Hose, die sie für grobe Arbeiten aufbewahrt hatte. Keine Ohrringe außer den schlichten, wie sie jede Raumfahrerin trug.

Khym hielt es ganz ähnlich, trug eine Seidenhose, die den Aufruhr am Treffpunkt miterlebt hatte und nie wieder die alte sein würde. Er empfing sie in der Küche, bewirtete sie mit Gfi und einem Teller, dessen Inhalt zu stark gewürzt war – also auch in der Kochkunst kein Genie. Aber die Arbeit wurde getan, und das Zeug war bei weitem nicht tödlich.

»Gut«, sagte sie, um ihm eine Freude zu machen, und sie verband das gleich mit dem häßlichen Gedanken, daß hinter Mkks nichts mehr eine große Rolle spielte. Das Morgen. *Ihr* Morgen und ihr Übermorgen, wenn sie an der anderen Seite des Sprunges herauskamen.

Wie groß war der Zeitgewinn für ein Jägerschiff wie die *Harukk* und ihresgleichen? Um Tage schneller, als die *Stolz* es bestenfalls bringen konnte. Die *Harukk* würde schon gut eine Woche im Hafen von Mkks liegen, wenn das Übermorgen der *Stolz* kam, und sie würden Zeit brauchen, um in Mkks anzulegen und für all den dazugehörigen Unfug. Falls sie überhaupt so weit kamen.

Pyanfar erschauerte, schluckte einen zu stark gewürzten

letzten Mundvoll und spülte ihn mit Gfi hinunter. Ihre Ohren hingen herab und blieben ganz unwillkürlich so. Sie richtete sie bewußt wieder auf. Betrachtete Khym. »Wir haben eine Verfahrensliste im Computer«, sagte sie zu ihm. »Eine Checkliste.«

»Ich habe sie bereits hier«, sagte er und legte ein Papier auf den Tisch. Götter, das war tüchtig. Pyanfar verbannte die ganze Sache aus ihren Gedanken, stand auf und ging weg.

Vielleicht – *vielleicht* – würden die Kif in Hilfys Fall warten, bis sie diesen Köder für alles ausgenutzt hatten, was sie damit bekommen konnten. Nicht bei Tully, nein. Nicht, wenn sie eine Chance hatten, von ihm Informationen über die Menschheit zu beziehen, und eine Woche Zeit, um es zu schaffen. Als sie ihn zum erstenmal in der Hand gehabt hatten, hatte er nur wenige Wörter sprechen und nur ein paar mehr verstehen können, und hatte beides den Kif nie eingestanden.

Jetzt bekam er schon einmal einen Hani-Satz heraus. Und Sikkukkut sprach fließend Hani.

»Käpt'n«, sagte Haral, als Pyanfar die Brücke betrat. »Habe hier eine Bitte vom Leiter des Reparaturteams. Sie möchten von innen Zutritt zum Träger. Ich habe ihnen gesagt: nur zu. Ich öffne das Unterdeck dafür.«

»Schick ihre Sicherheitsleute dorthin.« Der Gedanke an Fremde, die aufs Geratewohl durch die Innengänge der *Stolz* streiften, machte ihr zu schaffen, aber sie selbst hatten einfach kein Personal mehr. Überhaupt keins mehr.

»Die zweite Sache«, berichtete Haral. »Ein Frachter tauchte um etwa 0300 Uhr der letzten Wache im Anflug auf 29 auf. Unser Scanner war abgeschaltet. Er tauchte einfach auf, *blink,* erschien auf Stationssendung in der Eins-Zone. Ich dachte, die Sache sei es nicht wert, um dich zu wecken, aber ich habe bei der Station angefragt. Sie identifizierte das Schiff als *Eishait.* Sie behauptete, es sei während der *Harukk*-Geschichte eingetroffen und die Sicherheit habe es aus dem Scanner herausgehalten. Ich habe auch bei der *Wohl-*

stand gefragt. Auch ihr Scanner war abgeschaltet, und sie liegen zu weit um die Krümmung herum, als daß die Kameras noch eine Hilfe wären. Dann habe ich bei der *Wachsamkeit* angerufen. Entschuldige bitte ...«

»Haben sie es empfangen?«

Haral senkte die Ohren. »Sie sagten, zitiere: sie seien nicht ermächtigt, Informationen freizugeben. Ich habe vorgeschlagen, daß sie ihren Kapitän wecken. Sie schlugen vor, ich sollte dich wecken.«

Pyanfar atmete scharf ein und lehnte sich an die Tischkante, die dem Ausgang am nächsten lag.

»An diesem Punkt«, sagte Haral, »legte das Schiff an, und ich überlegte, daß da zunächst nicht sehr viel zu machen war. Das Büro des Stationsleiters blieb bei der *Eishait*-Geschichte. Ich rief wieder bei der *Wohlstand* an und schlug vor, daß eine von dort einen Spaziergang in diese Richtung unternehmen sollte.«

»Du hättest mich sofort wecken sollen, verdammt!«

»Die *Wohlstand* stimmte zu. Sie sagten, da unten wimmele es von Sicherheitsleuten. Man kommt nicht vorbei. Unsere Arbeitsmannschaft da hinten unterbrach ihre Arbeit nie, gab nie ein Zeichen von irgendwelcher Besorgnis, während das Schiff anflog. Inzwischen gab der Kom nichts Kifisches mehr her. Ich denke, es ist ein mahen Jäger.«

»Nicht nett von der Station, das nicht zu sagen, findest du nicht auch?«

»Es macht mir Sorgen«, sagte Haral. »Dieser ganze götterverlassene Ort macht mir Sorgen.« Ihre Augen schweiften geringfügig nach achtern, ein Blick, der implizit auch der Reparaturmannschaft galt. Dann wieder zurück. »Willst du immer noch die mahen Sicherheitsleute an unserem Eingang?«

Das Frühstück lag Pyanfar jetzt schwer im Magen. »Schick sie dorthin! Sie sind alles, was wir haben. Und spiel die Gespräche ins Logbuch.«

»Habe ich bereits.« Haral warf ihren Sitz herum und schaltete die Stations-Komverbindung ein. »Kshshti-Zentrale, hier ist der wachhabende Offizier auf der Brücke der *Chanurs Stolz* ... Besorgen Sie mir Leute von der Dockssicherheit.«

Pyanfar stemmte sich vom Tisch weg, blickte nach links, als Tirun noch im Halbschlaf hereintrottete, und nickte ihr höflich zu.

»Morgen«, sagte Pyanfar zu Tirun. »Chur geht es gut. Frühstücke etwas!«

»Hm«, sagte Tirun und ging wieder, in blindem Vertrauen. Auf dem Unterdeck würden sie in Kürze eine Schleuse öffnen.

Pyanfar setzte sich an Tiruns Platz an den Brücken-Operationen, spürte die Pistole, die sie in der Hosentasche bei sich trug und die an ihr Bein drückte. Sie begann die Türen zu schließen, und sie schaltete den Lift auf ausschließliche Bedienung durch Schlüssel und die Brücke, verschloß jeden Laderaum-Zugang außer dem einen, der nötig war, damit die Arbeiter an die wesentlichen Teile der *Stolz* kamen.

»Die Sicherheitsleute kommen«, meldete Haral.

Mahen Arbeiter kamen und gingen, ein ungewohntes Trappeln nackter laufender Füße, ein Schwall schwarzer und brauner mahen Körper in den unteren Korridoren, die diesen oder jenen Gegenstand trugen, den die Techs verlangten – ehrliche Mahendo'sat, überzeugte sich Pyanfar selbst. Sie ging hinunter und betrachtete die Gesichter, beurteilte die Reaktionen, und die ernsten Blicke der Arbeiter beruhigten sie. Auch deren Schnelligkeit und die überraschten, reflexhaften Respektsbezeugungen beruhigten sie. Einige erkannten sie an der blauen Hose, als sie den Rundgang durch die Ops machte, wo mahen Techniker ihre Checks durchführten. Weiter oben und achtern kam die erste neue Flügelplatte im vorsichtigen Griff eines Schleppschiffes heran, und Mahendo'sat in Raumanzügen bereiteten den Träger auf die Befestigung vor.

Der neue Flügel sollte einhundertzehn Platten breit werden im Vergleich zu den neunzig alten, und er wirkte monströs und gewaltig. Der alte Antrieb hätte ihn nicht schieben können. Der alte Antrieb, das alte Herz der *Stolz,* war in den Klauen eines mahen Schleppers entschwunden. Ein neues mahen gefertigtes Aggregat hing jetzt am Legierungsrückgrat der *Stolz,* und die Streben waren wieder angebracht. Pyanfar kam es vor wie eine Amputation an ihr selbst, ein Austausch gegen irgendein tolles fremdes Teil. Sie beobachtete, wie die Flutlichter hell am Rand der Platte funkelten und auf ihrer Oberfläche glitzerten, als der Schlepper sich drehte. Ein Schauer lief ihr den Rücken hinauf, Sorgen um Komplikationen bei der Telemetrie, bei Systemen, die sich vielleicht nicht vertrugen und sie noch weiter zurückwarfen, ungeachtet der beruhigenden Versprechungen der Stimme. Weiter oben im Schiff führte Tirun Berechnungen auf Berechnungen durch, äußerte die dritte, diesmal schwefelhaltige Bitte um die bloßen Angaben für die einzelnen Teile ... *»Machen schnell«,* war die Antwort des Aufsehers. *»Geben Zusammenfassung.«* Und als Tirun dagegen protestierte: *»Müssen fragen Sicherheit geben frei dieses Information.«*

»Liebe Götter!« hatte Tirun in den Kom geschrien. »Das ist ein Teil unseres *Schiffes,* Sie Wahnsinniger!«

»Ich machen Nachfrage«, antwortete der Aufseher.

Inzwischen fuhr die Platte heran, führten die Mahendo'sat in den Ops ihre eigenen Checks durch. Und es herrschte das Gefühl, daß die Dinge annähernd unter Kontrolle waren. Nicht nur das neue Heckteil angebracht. Die Rechnung. Die Finanzen.

Neun Zehntel des materiellen Wertes der *Stolz,* abgesehen von den Lizenzen und Rechten – und die Mahendo'sat trugen die Rechnung.

Fremder Sold. Die *Wachsamkeit* hatte diese Anklage schon erhoben. Die Leute von dort waren da unten und trugen alles in ihr Logbuch ein. Es würde zu Nachfragen kommen.

Der *Han* würde Fragen haben. Eine Menge Fragen. Wenn die von der *Stolz* nach Mkks noch am Leben waren.

Pyanfar wandte sich von den Bildschirmen ab, ging an einer Ansammlung *Chiso* schwatzender Mahendo'sat vorbei, die ihre Instrumente an Hilfsfassungen des Op-Pultes gesteckt hatten, und ging hinaus in den Gang, um frische Luft zu schnappen. Sie hatten die Temperaturen wegen der Mahendo'sat heruntergedreht, und es war kalt im Gang. Ein kalter Zug wehte von der unteren Schleuse herauf, ein Zug, der den Duft der Kshshti-Docks mitbrachte, von Öl und saurem Bier und Mahendo'sat, und Pyanfar roch all das, während sie durch diesen Korridor ging. Arbeiter in orangefarbenen Overalls kamen herein, andere gingen hinaus. Pyanfar wandte sich zum Lift.

Hilfy. Der Gedanke schlich in sie hinein, wann immer sie es zuließ, und sie schob ihn wieder beiseite. »Käpt'n«, sagte ein Mahe, »kommen!«

Sie blieb stehen und blinzelte angesichts des Arbeiters, der sie zur Schleuse winkte, und sie öffnete schon den Mund, um diese Unklugheit abzulehnen. Aber der Mahe war schon wieder um die Biegung geeilt, so hastig, wie alle Mahe hier waren.

Irgendein götterverdammter Aufseher mit Fragen. Ihr Schiff. Ihr Zugang. Sie widersetzte sich der Rebellion ihrer Nerven und folgte dem Arbeiter. Aber sie hatte die Hand in der Hosentasche, als sie die Schleuse betrat.

Niemand da. Sie warf einen Blick über die Schulter, dann noch einen, als etwas Dunkles auf sie zukam, mahe-groß und mit goldenen Raumfahrerringen.

Pyanfar spannte die Finger, zielte durch den Stoff und alles. *»Pyanfar!«* rief der Mahe und warf beide Hände hoch; und ihr Finger stoppte.

»Jik!« keuchte sie, und ihr Herz schlug wieder. Der Mahe hielt seine Hände so lange hoch, bis sie ihre Hand aus der Tasche genommen hatte. »Wo kommen Sie denn her?« Und dann wußte sie es schon. »Es ist die *Aia Jin* dort in 29, nicht wahr?«

»Selbes.« Jik wirkte immer noch nervös. »Machen schnell kommen her. Haben Probleme, wie?«

Sie betrachtete ihn von Kopf bis Fuß, diesen hageren einsamen Mahe mit genug Schmuck an seiner Kleidung, um eine Hani neidisch zu machen. »Jik.« Ihr kam es vor, als fiele die Hälfte aller Probleme im Universum von ihren Schultern. »O Götter, es ist wirklich Zeit! *Es wird verdammt nochmal Zeit, verstehen Sie mich?* «

Er warf die Hände wieder hoch, bat sie um Ruhe. Sie packte ihn am Arm und zog ihn in Richtung Lift. »So hierher zu kommen«, brummte sie, fischte den Schlüssel hervor und führte ihn ein. »So angezogen.« Sie zog ihn hinein, diesen Mahe, der ein Drittel größer war als sie. Er lehnte an der Liftwand, während der Wagen hinaufschoß und oben die Tür aufging.

Khym stand im Korridor. Ihm fiel der Mund auf bei diesem Anblick.

»Jik«, stellte Pyanfar ihren Besucher vor. »Mein Ehemann Khym. Alter Freund. Goldzahns Partner. Kommen Sie weiter, Jik!«

ZEHNTES KAPITEL

Nomesteturjai war sein Name, Kapitän Keia Nomesteturjai. Jik für Hani, die sprachlich nicht versiert genug waren – dieser dünne, jetzt ängstlich wirkende Mahe. »Setzen Sie sich!« sagte Pyanfar, drehte den Sessel am Kom herum und drückte Jik hinein. Sie lehnte sich auf den Tisch und eine Sessellehne, so daß keine Armeslänge mehr zwischen ihrer und Jiks Nase blieb. »Wo ist Goldzahn?«

»Nicht wissen sicher.«

»Was, Sie wissen es nicht?«

Jiks dunkle Augen bewegten sich unbehaglich bei dieser Entfernung. »Denken nahe Kefk.«

»*Kefk!*«

»Nicht wissen sicher.« Seine Augen wanderten hin und her, und ihre Ränder waren blutunterlaufen. »Nicht gut machen Vermutung.«

»Götter und Donner, in was für einer Sache stecken wir da?«

»Sie gehen Mkks?«

Sie schob sich zurück. »Khym, besorge ihm etwas Heißes zu trinken, hm?« Götter. *Ihm.* Ein müdes Zucken ging durch ihre Nerven, ein panischer Ansturm gegen die Biologie.

Aber Khym sagte nur »Aye« und ging. Pyanfar setzte sich auf die Tischkante. Haral senkte eine Hüfte auf die Konsole nahe ihrer Station, um die Lage im Auge zu behalten, und Tirun lümmelte auf der gepolsterten Armlehne des zweiten Beobachterpostens.

»Wir reden jetzt«, sagte Pyanfar. »Richtig langsam. Sie verstehen mich.«

»Nicht schlafen«, sagte Jik und wischte sich mit einer mageren, mit stumpfen Krallen bewehrten Hand übers Gesicht. Seine Schultern fielen herab. »Gott, lausiger Kurswechsel Urtur-System.«

»Genau das hat uns geliefert«, sagte Pyanfar. »Kommen Sie schon, Jik, was geht da draußen vor? Hilfy und Tully sind unterwegs nach Mkks, Chur liegt im Krankenhaus, man schneidet mein Schiff in Scheibchen, die Persönlichkeit sagt, es tue ihr leid, und ich solle nicht über den Knnn sprechen, der mich verfolgte.«

Jiks Arm hielt mitten in der Bewegung an. Er heftete den Blick auf sie. »Knnn?«

»Vom Treffpunkt an. Vielleicht bis hierher. Ich weiß es nicht. Die Stationsleiter von Kshshti sind nervös wie Stsho. Was geht da vor?«

»Haben Kif nehmen Menschenschiff. Menschen viel beunruhigt.«

»*Knnn* haben das Menschenschiff geholt, verdammt, sagen Sie es doch geradeheraus! Und ich habe noch weitere Nachrichten. Von einem Schiff namens *Ijir*. Der andere Kurier mit weiteren Menschen. Die Kif haben es geholt.«

»Gott!« Er lehnte sich in dem Ledersitz zurück, die Arme auf beiden Lehnen, und betrachtete Pyanfar. »Woher Sie wissen?«

»Nachricht von Sikkukkut an'nikktukktin. Der, der Tully und Hilfy in die Hand bekommen hat.«

»*Er* haben *Ijir* genommen?«

»Weiß nicht.«

Jik atmete tief aus. Seine geröteten Augen hoben sich wieder, als Khym mit einem Tablett hereintapste. Khym reichte ihm in steifer Höflichkeit den ersten Becher, und Jik nahm ihn, ohne zusammenzuzucken. »Wir nicht treffen. Beides Gaohn Station.«

»Hm«, flüsterte Khym, ein Knirschen in seinem Hals, aber er richtete interessiert die Ohren auf. Er reichte die Becher herum, behielt einen für sich und setzte sich schweigend – Götter, wie schicklich! – auf die Armlehne des Sitzes an der Kom-Station, stellte das leere Tablett auf den Tisch, blieb schweigsam wie Haral und Tirun.

»Jägerschiff«, sagte Pyanfar, um Khym ins Bild zu setzen, während Jik seinen Gfi trank, die Nase rümpfte und erschauerte, als er schluckte. Gfi war kein Getränk, das die Mahe sonderlich schätzten, aber es war wenigstens eine Substanz, und Jik schien etwas zu brauchen. Er wirkte aller Kraft beraubt, als wäre er sehr lange gelaufen. »Der beste Pilot im mahen Raum«, sagte Pyanfar, und es war nicht gelogen. »Haben Sie mit dem Stationsleiter gesprochen, Jik?«

Er hob die müden Augen zu ihr, und sie waren arglos. »Gehen Stationszentrum, reden.« Wieder ein Schluck Gfi, wieder ein kurzer Schauder und eine Grimasse über den Geschmack. »Müssen fragen Sie – Pyanfar, wo Päckchen?«

Sie nahm einen tiefen Schluck aus dem eigenen Becher. »Was für ein Päckchen?«

Jik schluckte schwer. Der Gfi war heiß, und Tränen stiegen ihm in die Augen, die jetzt eine eigene Hitze zeigten und ein hartes Glitzern vor Gedanken. »Bastard«, sagte er. »Keine Spiel.«

»Das ist es nicht. Wenn sie mein Heck wiederhergestellt haben, hm? Wissen Sie, mir kommt der Gedanke, daß jetzt, wo die *Aia Jin* im Hafen liegt, ich vielleicht nicht mehr die Priorität habe. Sie haben jetzt ein Jägerschiff, nicht wahr? Brauchen keine Hani mehr.«

»Regeln.«

»Sicher, das werden sie.«

Er saß für einen Moment nur da und atmete ein und aus, und hinter seinen Augen jagten sich weiter die Gedanken. »Sie haben Päckchen, hm? Kif haben Tully, Sie haben Päckchen und gehen Mkks. Was wollen? Geben beides zu Kif?«

»Vielleicht handeln.«

Eine Andeutung von Unsicherheit schlich sich in seinen Ausdruck. »Nein, Sie nicht machen.« Aus der Unsicherheit wurde Furcht. »Sie werden zu viel gescheit, Pyanfar.«

»Nein«, sagte sie und blickte ihm tief in die Augen. »Ich habe Freunde, *oder nicht,* Jik?«

Er holte Luft. »Sie geben Päckchen. Verdammt, Hani! Sie versuchen behalten dieses Sache, Kshshti-Behörde kommen an Bord und holen!«

»Der Stationsleiter weiß gar nicht, daß es existiert, nicht

wahr? Nicht Eseteno, nicht Tt'om'm'mu, nicht unser Strolch Stle stles stlen mit den rosa Pantoffeln. Aber Sie wissen davon. Und je weniger Leute davon wissen, desto besser, meinen Sie nicht auch?« Sie stach mit einer Kralle nach ihm. »Woher wußten die Kif so schnell, daß sie losschlagen konnten, daß sie einen Hinterhalt auf den Docks legen konnten? Wie konnte das arrangiert werden?«

»Sie sagen Stationsleiter?«

»Behaupten Sie, die Kif hätten glücklich geschätzt?«

»Ich kennen diese Eseteno. Nein. Nein, Pyanfar. Nicht. Er ehrlich, lange Zeit haben Posten. Vertrauen ihm.«

»In Ordnung. Was ihn angeht. Aber wie weit nach unten reicht die Ehrlichkeit? Wieviel erfordert ein solches Komplott schon? Die Kif schnappen sich Verwandte irgendeines Sicherheitsagenten und treffen ein Abkommen mit ihm, nicht wahr?«

Jiks dunkles Gesicht war sehr, sehr ernst, und seine Ohren hingen herab. »Alles Zeit möglich.«

»Vielleicht haben sie auch einen Agenten in der Reparaturmannschaft, wie?«

»Kif wollen Sie gehen Mkks. Wenn wollen sprengen Schiff dort haben große Chance. Nicht brauchen Sabotage.«

Das ergab Sinn. Es war die fröhlichste Beruhigung, die sie seit den Explosionen auf den Docks gehört hatte. Sie zog den Schnurrbart herab, während sie über die Chancen nachdachte.

»Geben Päckchen!« forderte Jik. »Müssen gehen Maing Tol, dieses Päckchen. Ich bitten. Nummer eins wichtig.«

»Goldzahns Beobachtungen, nicht wahr? Sein Bericht – was dort draußen im Kif-Raum vor sich geht. Auch Knnn-Zeug.«

Jiks kleine Ohren sanken nach hinten. »Sie nicht erhalten Profit wenn machen Vermutung, Pyanfar.«

»Ich schließe ein Abkommen. Ich vertraue meinem ehrlichen Mahe-Freund. Diese Reparaturmannschaft bleibt an der Arbeit, und meine Ingenieurin bekommt schleunigst ihre Angaben über die neuen Teile.«

»Bekommen.«

»Sie besitzen Befehlsgewalt, nicht wahr? Sehr viel Befehlsgewalt, genau wie Goldzahn.«

Jiks Ohren zuckten. »Manche Dinge ja.«

»In manchen Dingen, hm? Wenn Sie dieses Päckchen wollen, begleiten Sie mich nach Mkks.«

»Hani, ich bewachen Ihre Schwanz bei Gaohn!«

»Bewachen Sie ihn auch bei Mkks, und Sie bekommen das Päckchen.«

Freundlich: »Sie Bastard, Pyanfar.«

»Genauso einer wie Sie. Was Sie sagen, tun Sie auch. Das weiß ich.«

»Ich gehen Mkks«, sagte er.

»Hol das Päckchen, Haral!«

Haral stand auf. Jik lehnte sich in das Lederpolster zurück und sah zu, raffte sich nur dazu auf, den Umschlag entgegenzunehmen, als er gebracht wurde, diesen ziemlich großen mehrfach zerknüllten Umschlag mit einem dunklen Fleck an einer Ecke. »Alles hier?« fragte Jik.

»Alles, was mir geschickt wurde. Was werden Sie damit machen?«

»Versuchen finden ehrliche Kapitän.«

»In *diesem* Hafen? Bleiben Sie von den Hani weg!«

»Ah?« Er blickte ihr in die Augen, und die Ohren sanken langsam herab, bevor sie sich dann wieder aufrichteten. Sein Gesichtsausdruck war nicht der eines Dummkopfs, in diesem Augenblick schon gar nicht. »Problem, hm?«

»Viele Probleme.«

»Sie kommen.«

»Wohin?«

»Kommen mit. Wir sprechen mit diese Hani.«

»Nein.«

Jik stand auf. »Ich gehen. Sichere Sache wir reden. Wollen teilhaben?«

»Götterverdammt ... *Götterverdammt, ich habe schon genug Scherereien!* Lassen Sie meinen Namen aus dem Spiel!«

»Die anderen werden neidisch, hm?«

»Sehen Sie mal, Sie ohrenloser Irrer, es gibt Gesetze, es gibt Bestimmungen, die ich schon übertreten habe ... Der *Han* will mir ans Fell, begreifen Sie das? Chanur hat Probleme! Wollen Sie denen noch einen *Beweis* aushändigen, hm? Es ist illegal, daß ich für eine fremde Regierung arbeite, verstehen Sie? *Es ist gegen die Gebräuche!*«

»Sie transportieren Fracht Regierung geben.«

»*Das* ist legal, aber verdammt, Sie kennen den Unterschied. *Sie* treiben Handel, wenn Sie nicht gerade Ungutes im Schilde führen ...«

»Also Sie transportieren Fracht.« Er hob das Päckchen. »Selbes legal.«

»Schauen Sie, Jik, alter Freund! Die suchen doch nur nach einer Ausrede. Sie wollen etwas finden, verstehen Sie? Sie werden uns alle häuten!«

»Welche Wahl haben? Pyanfar, gute Freundin, haben keine Wahl. Päckchen müssen gehen.«

»Schicken Sie es mit den Tc'a!«

Seine Ohren zuckten. »Nein.« Kurz und scharf, ein leichtes Flackern in den Augen, das Alarm auslöste. »Nicht Nummer eins gute Idee, Pyanfar.«

Noch mehr Alarm. Methan-Atmer mit ihren eigenen Interessen. Tt'om'm'mu, der sich hinter seinem Glasfenster aufrichtete, violette und trübe Phosphoreszenz verbreitend.

»Sie kommen«, sagte Jik. »Vielleicht besser Sie sein da, hm, stoppen dummes Mahe sagen falsche Sache diese ehrliche Hani?«

»Nein! Absolut nein!« Sie stand auf und marschierte durch die Brücke, wedelte mit beiden Armen und drängte Khym aus ihrem Weg. Dann blickte sie wieder zurück. Jik stand noch da mit dem Päckchen in den Händen und diesem Tully-Blick auf dem zu schmalen mahen Gesicht.

»Pyanfar.« Er hielt den Umschlag hoch.

»Nein«, sagte sie.

»Chanur«, sagte die Ehrran, Rhif, während sie sich aus einem stark zerkratzten und schmutzigen Sessel erhob.

KSHSHTI HAFENBEHÖRDE stand außen an der Tür in vier verschiedenen Alphabeten, und es fehlten Buchstaben in der Schrift. KONFERENZ stand in nur dreien dort: Die Hani-Zeile war ganz heruntergefallen und offenbarte dahinter nur hellere Farbe.

»Ehrran«, sagte Pyanfar, und fügte mit einem kurzen Blick auf den anderen Hani-Kapitän in dem engen Raum hinzu: »Ayhar.« Jik schloß die Tür hinter ihnen, und sie waren unter sich.

»Sie?« wandte sich Ehrran fragend an Jik. »Hat die Persönlichkeit Sie geschickt?«

»Nein«, entgegnete Jik ruhig in seinem unerschütterlich guten Naturell. »Ich bitten Persönlichkeit schicken Sie.«

Das fuhr mitten durch Ehrrans Schutzhaltung. Pyanfar holte verstohlen Luft und schluckte sie rasch hinunter, schnitt ein undurchdringliches Gesicht, während sie das der Ehrran betrachtete.

Schnelles Umdenken, bei den Göttern! Rhif Ehrran richtete sich zu ihrer vollen Größe auf, den Mund nicht ganz geschlossen, machte ihn dann zu und starrte diesen verwegen gekleideten Mahe intensiv an.

»Setzen, Kapitäne«, sagte Jik. »Ich Sie bitten.«

Pyanfar schürzte die Lippen und setzte sich, beobachtete, wie zuerst Banny Ayhar ihre beleibte Gestalt auf einen schmutzigen Sessel senkte und dann die pingelige Ehrran, die aussah, als hätte sie den Mund voller Salz und wüßte nicht, wo sie es hinspucken sollte.

»Was ich müssen fragen«, begann Jik und setzte sich in diesem abstoßenden kleinen Büro auf seinen Platz am Tisch. »Was ich müssen fragen ...« Er legte den zerknitterten Umschlag auf den Tisch. »Brauchen Kurier.«

»*Wer* braucht einen?« Die Frage kam unter Ehrrans gut gestriegeltem Schnurrbart hervor. »Ich würde gerne irgendeine Unterschrift sehen, wenn es Ihnen nichts ausmacht.«

»Ah.« Jik beugte ein dürres Handgelenk zu seinem Kiltgürtel, zog schwungvoll ein kleines Faltblatt hervor und warf es über den Tisch. »Das gut?«

Die Ehrran hob es auf, als wäre es elektrisch geladen, streckte Krallen hervor, um die beiden Seiten auseinanderzufalten. Sie las etwas, was ihren Kopf hochriß und die Ohren horizontal legte. Stumm schloß sie das Faltblatt wieder und warf es zurück.

Jik steckte es wieder ein. »Kennen Sie, Rhif Ehrran«, sagte er. »Welches Ihre Kurs?«

»Eine *Hani*-Angelegenheit.«

»Ah. Vielleicht haben selbe Sache viele Probleme mit Kif. Vielleicht müssen berufen auf Vertrag.«

»Vielleicht können Sie Chanur überreden, Ihre Arbeit zu tun.«

»Vielleicht berufen auf Vertrag. Brauchen Sie, Ehrran.«

Ehrrans Augen glühten. Eine Kralle kam hervor und zeichnete ein Muster auf die Tischplatte, eine wirklich saubere grüne Linie durch den Ruß. »Ich habe eine Aufgabe, Mahe.«

»So. Vielleicht haben. Ich haben. Haben Hani-Bürger bei Kif. Haben Hani beschossen, ha? Nein, ich Ihnen sagen, *Ker* Ehrran: Sie in mahen Raum, unter mahen Vertrag ...« Jik hob einen mit stumpfer Kralle bewehrten Finger, unterband eine Äußerung von der Ehrran. »Sie *hier,* ah? Ich beanspruchen andere Seite Vertrag, haben Nummer eins Notfall, brauchen Schiff als Kurier ...«

»Wollen Sie weitere Hani kaufen?«

»Götterverdammt ...!« Pyanfar richtete sich auf, aber der dunkle Pelz eines mahen Armes landete krachend zwischen ihr und der Ehrran auf dem Tisch.

»Ich machen Bitte«, sagte Jik. »Of-fi-ziell, ah? Vertragszeug. Nun wir haben kooperative Übereinkunft, Übereinkunft wie ich Ihnen sagen, Ehrran. Sie müssen sagen ja, aber sagen nein. Sie ehren Vertrag?«

Die Ohren lagen bereits an, die schöne glatte Nase gerunzelt, die Augen rötlicher Bernstein. »Was wollen Sie?«

»Sie auf Jagd. Sage Ihnen diese Jagd gehen Mkks.«

»Mkks!«

»Mkks, Hani. Haben anderes Sache Ayhar tun.« Er gab

dem Päckchen einen Schubs, daß es über den Tisch in Ayhars überraschten Griff rutschte. »Sie haben Priorität für Ablegen, Kapitän. Sie müssen machen verdammt schnell! Kennen Sie, kennen Sie, Banny Ayhar. Sie haben viele Jahr, viele gescheit. Ich *wissen,* hm?«

Ayhars Ohren sanken herab. An den Rändern ihrer Augen erschien das Weiße. »Wohin?« wollte sie wissen.

»Maing Tol.«

Banny Ayhar hob das Päckchen auf und zog den Mundwinkel herab, versäumte es nicht, einen Blick auf die Ehrran zu werfen. Aber Ehrran erwiderte ihn nicht. »Kein Problem«, sagte Ayhar ganz ruhig.

»Gut«, meinte Jik. »Sie fliegen, fliegen schnell, *Ker* Ayhar. Sie nicht reden, sie nicht warten. Haben sechs von meine Besatzung achten daß Sie bekommen Wagen, achten daß Ihr Wagen kommen zu Schiff. Docksmannschaft bereits arbeiten daß Sie kommen hinaus.«

Ayhar stand auf, den Umschlag in den Händen.

»Sie nicht öffnen!« sagte Jik.

»Die Götter seien gefiedert, wenn ich das wollte«, brummte Ayhar, blickte hin und her und zögerte, warf noch einen Blick zurück ... »*Ker* Pyanfar, wollen Sie, daß diese Frau weggebracht wird?«

»Nein«, sagte Jik, kam allem weiteren zuvor. »Sie fliegen, machen *schnell.* Nicht fragen warum. Sie nicht in Sicherheit. Nicht haben Wahl.«

»Sehen Sie ...« Aber dann schwieg sie. Was immer Ayhar hatte sagen wollen, blieb ungesagt. Sie betrachtete Jik für einen Moment und drehte sich dann um, den Umschlag in den Händen, und verschwand zur Tür hinaus.

Ehrran war aufgestanden, die Ohren angelegt. »Chanur«, sagte sie, »hinaus!«

Pyanfar lehnte sich zurück und bannte sie mit einem kalten Blick. »Danke, ich bleibe. Ich *kann* hier als Vertreterin der Interessen Chanurs sitzen. Oder ist der mahen Kapitän tiefer in *Han*-Geschäfte eingeweiht als ein Mitglied? Ich bin formell als Zeugin hier.«

Ehrran holte tief Luft, und ihre Augen zeigten dunkle Zentren. Vielleicht dachte sie gerade an die Aufnahmegeräte. »Auf Kshshti ist es bereits zu einem Bruch der Sicherheit gekommen ...«

»Meine Mannschaft, meine Nichte, mein Passagier, Ehrran. Wollen Sie mit mir über das Versagen der Sicherheit reden?«

»Wir klären das noch. Anderswo. Ihre Aktion ...« Ehrran wandte sich Jik zu, und sie hatte für ihn kein freundlicheres Gesicht übrig. »Mein Ziel ist Kefk.«

Jik winkte lässig mit einer schlaffen Hand. »Jetzt Mkks.« Die Hand kehrte an die Hüfte oberhalb der Pistole zurück und blieb dort liegen. »Zehn, vielleicht zwölf Stunden. Sie denken haben Geschäft auf Kefk. Nein. Lausiges Ort, Kefk. Sie nicht gehen.«

»Was soll ich denn machen dort auf Mkks, *was?«*

»Sie bleiben an meine Schwanz, ah? Sie in Dock links, Chanur Dock rechts. Drei Nummer eins Bastarde gehen Mkks-Docks, ah?«

Es blieb für längere Zeit ruhig, und Ehrran bedachte Jik mit einem Jägerblick. »In Ordnung«, sagte sie dann. »Zehn Stunden. Ich vertraue darauf, daß diese Sache weiter oben genehmigt wird, *Na* Jik.«

Sie ging brüsk hinaus. Die Tür schoß zu. »Pyanfar«, sagte Jik und deutete hinter Ehrran her.

»Hm.« Pyanfar stand mit einer Grimasse auf, entschloß sich und folgte Jik hinaus. Draußen warteten drei seiner Besatzungsmitglieder, alle drei ebenso auffällig bunt wie Jik selbst, sogar in fast verwegenem Ausmaß. Sie trugen ihre Schußwaffen offen, und obendrein jede Menge goldener Ketten und Armbänder. Einer hatte ein Messer.

»Alles geschafft«, sagte Jik und legte Pyanfar eine Hand auf die Schulter. »Haben geregelt gut, ah?«

»Sicher, sicher. Geregelt.« Sie drehte sich mit zurückgelegten Ohren zu ihm um. »Teure Regelung, mein Freund. Sie wird das nicht vergessen.«

»Haben Seele wie Kif, diese Hani.«

»Nummer eins richtig. *Was* für eine Aufgabe? Hinter was ist sie her?«

Seine Hand drückte zu, so daß sie die stumpfen Krallen spürte. Die Ränder um die dunklen Augen des Mahe waren gerunzelt, und sein Blick wirkte nur noch müde. »Diese Ehrran jagen Hani-Schiff. Nicht Sie, nein, sie hören Gerücht daß Hani arbeiten viele Seite diese Sache. *Han* viel aufgeregt. Diese Rhif Ehrran, sie wollen diese Renegatin unbedingt. Denken vielleicht Sie, ah? *Han* viel verrückt. Ihnen nicht gefallen daß Stsho machen plötzlich klar Papier, bringen Sie nach Treffpunkt. Haben viele Argwohn, der *Han*. Ich sagen Ihnen, Pyanfar, Sie müssen gehen nach Hause reden vernünftig diese Hani.«

»*Wer* hat unsere Papiere eigentlich wieder freigemacht?«

Jik schob sie in Richtung Tür, aber sie stemmte die Füße in den Boden.

»Wer, verdammt nochmal?«

»Goldzahn reden gutes Stsho, haben selbe Vertrag, ah?«

»Stle stles stlen.«

Jik rieb sich den Nasensattel, wo eine alte Narbe grau schimmerte. »Selbe bekommen Ayhar.«

»*Was?*«

»Stle stles stlen. Machen irgendwie Station Schadenersatzklage, ah? Bekommen großes Rechnung, Ayhar. Stsho nehmen Ayhar-Ladung.«

»O Götter!«

»Sehr große Angst, Banny Ayhar. Stsho schicken hierher, direkte Route, laufen Kurier für alte Bastard Stle stles stlen. Selbe kommen *Wachsamkeit*. Selbe Stle stles stlen haben lange Gespräch Rhif Ehrran, nachdem Sie verlassen Treffpunkt, ah?«

»Dieser Arschkriecher!«

»Eine verängstigte Hani, Ayhar.«

»Verdammt! Worauf ist *gtst* aus?« Aber ihr kamen schon Ideen. Eine bestimmte Rechnung. Ein detaillierter Bericht, per *Wachsamkeit* an den *Han* geschickt.

Und ein weiterer Gedanke verirrte sich in ihrem Kopf, ein

Gedanke, der sich um die zeitliche Abstimmung drehte, um Informationen und mahen Interessen.

»Sie kommen von Kura, wie? Sicher, das tun Sie.«

Jik hob die Hände. »Vielleicht kommen Treffpunkt. Vergessen diese Einzelheit.«

»Zur Hölle mit Ihnen, kann nicht einmal *irgend jemand* die Wahrheit sagen?«

»Viele Wahrheit.«

»Sicher.« Sie riß ihren Arm frei, als er die Hand daran legte, um sie vorwärtszuschieben. Daraufhin hielt er soviel Abstand, wie ihre Reichweite betrug. *»Sicher«,* sagte sie. »Vielleicht fifty-fifty, wie? Was geschieht, wenn ich jetzt abfliege, hm? Vielleicht ein Unfall? Tut uns leid, alte Freundin, die Reparaturmannschaft hat einen Fehler gemacht. Wir wünschen Ihnen eine angenehme Reise. *Verdammt*!«

»Nein. Schwöre Ihnen.« Jik hob die Hände und ließ sie wieder fallen. »Sagen Nachricht kommen nach Kshshti. Ich selbe kommen her.«

»Wer hat Sie hergeschickt?«

»Mahen Agent, ah? Kommen hier, dort Agent, selbe Hani, selbe Kif. Ich nicht sagen mehr, Pyanfar. Sehen? Ich eine Mal versuchen sagen Wahrheit, ich bekommen große Schwierigkeiten.«

Ayhar? fragte sich Pyanfar. Götter, nein! Nicht Banny, nicht dieser Haufen. Sie liebten ihre Freiheiten zu sehr.

Methan-Atmer? Die *T'T'Tmmmi* war vom Treffpunkt kommend hier eingetroffen. Pyanfar hatte sie auf der Liste gesehen. Und das Schiff lag immer noch im Hafen.

Tt'om'm'mus Spion, der auf der Methan-Seite von Kshshti Bericht erstattete? Ein Kreis innerhalb des anderen. Pyanfar hatte ein sehr, sehr kaltes Gefühl im Magen.

Knnn. Aber *niemand* redete mit den Knnn. Niemand konnte es, außer den Tc'a.

»Sie kommen«, sagte Jik, mißverstand Überlastung als Einwilligung, faßte sie an dem Arm, der jetzt keinen Widerstand mehr leistete, und warf ihr seinen über die Schultern.

»Bringen Sie sicher zurück Schiff, Pyanfar. Haben Zeit vielleicht finden Schlaf. Sagen Ihnen Wahrheit ... Ich kommen Kura-Weg, lausige lange Flug. Schlafen machen Sie besser, ah?« Er drückte sie fest und nahm den Arm wieder weg, als sie die normalen Büros erreichten und hindurchgingen. Mahen Mannschaftsleute beeilten sich, die Außentür zu öffnen. Stationswachen mit Gewehren standen neben dem wartenden Fahrzeug.

Kura. Kura lag in Hani-Raum. Und Ehrran hatte die Mappe sehr schnell wieder zusammengefaltet, nachdem sie einen Blick hineingeworfen hatte, in diese kleine Brieftasche, die Jik in seinem Gürtel trug. Ayhar – Ayhar war schon eingewickelt worden, bevor sie dort mit hängenden Ohren eintraf.

Verängstigt. Sehr verängstigt.

Pyanfar stieg in den Wagen, setzte sich neben Jik auf die Rückbank, umgeben von Mahe, deren Moschusgeruch noch durch die Parfüms drang. Ein Posten zog Pyanfars Blick auf sich, eine Mahe mit krausem Fell und ziemlich klein, und der Alarm klingelte.

»Die da«, sagte sie zu Jik und stach ihm mit den Krallen ins Knie, »dort draußen ...«

»Sie heißen Tginiso«, sagte Jik und zog den Kopf ein, um an Pyanfar vorbei aus dem Fenster zu blicken. »Gehilfin von Eseteno.«

»Sie war mit in dem Wagen, mit dem Hilfy fuhr. Ihr Pelz ist nicht versengt.« Für einen Moment kam ihr die Luft sehr stickig vor, und sie hatte das Gefühl, vom Geruch der Mahendo'sat eingehüllt zu werden. Und sie wußte, mit wem sie sprach, einem Jägerkapitän, einem Mahe, während mahen Interessen auf dem Spiel standen. Sie spürte, wie Jiks Arm sich über die Rückenlehne bewegte.

»Abfahren!« sagte er in der mahen Sprache zum Fahrer. Der Wagen ruckte mit einem breiigen Summen des Motors an, und die Räder holperten über die Decksplatten wie ein angstvoller Herzschlag.

Kein Wort von Jik. Nur seine Augen wanderten von einer

Seite zur anderen und beobachteten alles, was an beiden Seiten vorbeizog.

Pyanfar beobachtete ihn, unter anderem. Ein Freund. Ein Gefährte. Ebenso wie Rhif Ehrran.

Der Wagen holperte weiter, wich Fußgängern aus. Jik zog die Pistole und legte sie sich entsichert auf den Schoß. Sie war kein so kleines Ding wie Pyanfars Taschenpistole, war fast so lang wie sein Unterarm und schimmerte schwarz und böse. Die Mahe auf der anderen Seite zog ebenfalls ihre Waffe und betrachtete weiterhin forschend die Umgebung, die vorbeihuschenden Portale, Leitungen, Maschinen und Container, alles Plätze, die sich für Hinterhalte eigneten.

Liegeplatz fünf zog vorbei. Jik sagte etwas zum Fahrer, etwas, was mahen war und für sie unverständlich. »Wir fahren heran dicht«, sagte er dann zu Pyanfar. »Wollen Sie gehen schnell hinauf Rampe.«

»Götterverdammt, mein ganzes Unterdeck ist besetzt!«

Er drückte ihr Knie. »Bringen Sie sicher in Schiff.« Der Wagen bog ab: Ein Schiffseingang und Wachtposten standen im Weg. Er bog noch einmal ab, fuhr mit der Tür an den Schiffseingang heran. Die Tür flog auf, und Pyanfar kletterte hinaus, dicht gefolgt von Jik und der Begleiterin.

Dann ging es in langsamerem Schritt die Rampe hinauf, der lange kalte Weg durch diesen gelben Schlund mit der L-Biegung zur Schleuse hin. Pyanfar blickte zurück, drehte sich wieder um, als sie die Schleuse erreichten und Jik ihr eine Hand auf die Schulter legte.

»Sicher. Hier sicher.«

»Gewiß. Die handverlesenen Helfer des Stationsleiters ...«

»Hören zu! Ich wissen, daß sicher.«

»*Sie* wissen es vielleicht. Was steht in dieser ID, Jik? Wer sind Sie? Für wen arbeiten Sie?«

Er legte ihr jetzt beide Hände auf die Schultern. Sie konnte nirgendwo mehr hinsehen außer in dunkle mahen Augen, in ein alltägliches mahen Gesicht. »Sie haben bekommen Wache auf Ihre Deck, verstehen, Nummer eins gutes Wache.«

»Wen? Wovon reden Sie?«

Jik preßte die Lippen zusammen. »Mahe nehmen Befehle von andere Stelle. Selbe gute Tech, ah? Nicht machen Fehler.«

»Wie diese Gehilfin? So sicher wie die?«

»Ich bringen in Ordnung.«

Diese Äußerung machte sie frieren. Jik nahm die Hände von ihren Schultern und hielt einen Finger hoch.

»Dann«, sagte er, »holen gute Schlaf!«

»Ayhar ist gesprungen«, meldete Khym, der den Kom überwachte, und die Pultchecks wurden für einen Moment unterbrochen. Er kritzelte etwas heftig auf den Lichtblock, und sein blumiges Gekrakel erschien auf Bildschirm drei, als Haral es abrief, eine Kette von Zahlen, die für Khym bedeutungslos waren, die er aber schnell niederschrieb.

Kurs, Geschwindigkeit, Feldstärke.

»Sie sind unterwegs«, murmelte Tirun, und Pyanfar spürte einen Hauch Erleichterung, als sie die volle Scannereingabe auf Nummer zwei hereinbekam: keine Verfolger.

Ein Tc'a war draußen. Die *T'T'Tmmmi.* Auf demselben Kurs hinaus, und das nicht allzu unauffällig.

TC'A TC'A TC'A TC'A TC'A TC'A TC'A

... lautete eine Sendung von dort. In der Harmonik tauchte auch Geplapper über Schiffsfunktionen auf, ein typisches Tc'a-Schiff, ganz mit eigenen Dingen befaßt, wobei der Sprecher nur an seine/ihre Aufgaben dachte. Tc'a logen nicht, erzählte man, konnten es gar nicht. Sobald ein Tc'a erst einmal sendete, mußten die Untergehirne präsent sein, oder die Harmonik versagte und die ganze Matrix verfiel zu Kauderwelsch.

So hatte sich das jemand ausgerechnet, der nicht Tc'a war, nach dem, was *gtst* über das dachte, was die Tc'a vor hundert Jahren behauptet hatten.

Pyanfar wandte sich wieder ihrer Arbeit zu, überprüfte die Systeme, stellte Sicherungen neu ein und probierte sie wiederholt aus, führte im Computer eine Simulation nach der anderen durch, während er ihn neu programmierte.

»Die *Stolz.*« Khyms leise Stimme, als er einen Anruf beantwortete, mitten in der tiefen Stille, dem Klicken der Tasten, der gelegentlichen Verlagerung eines Körpers in einem Ledersessel. »Die Erste ist beschäftigt. Können Sie ...« Die Bewegung eines schwereren Körpers. »*Ker* Tirun, es ist die *Wachsamkeit.* Sie wollen ein Besatzungsmitglied sprechen.«

Tirun brummte etwas und nahm das Gespräch entgegen. »Verdammt«, sagte sie, »Sie müssen dafür nicht die Rangfolge hinaufgehen, Ehrran ... Das *war* ein Besatzungsmitglied!«

Pyanfar drehte sich um.

»Schön«, sagte Tirun und schaltete die Verbindung ab. »Das war eine Bestätigung des Ayhar-Sprungs.«

Pyanfar sagte nichts. Es war nichts zu sagen. Sollte sie Khym anweisen, die Stellung zu wahren und eine Nachfrage nach höherer Befehlsgewalt zu ignorieren? Aber nächstes Mal konnte es etwas sein, was wirklich jemanden erreichen mußte, der mehr Kenntnisse hatte. Die Unhöflichkeit ins Logbuch eintragen? Wer würde es lesen, außer dem *Han?*

Khym war schon wieder in seine Arbeit vertieft, einen konzentrierten Ausdruck auf dem breiten, narbigen Gesicht, während er dem Geschwätz von der Station zuhörte, das an ihm vorbeirieselte, auf alles lauschend, was irgendwie interessant sein konnte, alles, was mit Tc'a oder Knnn zu tun hatte, mit Kif oder Mahendo'sat. Er tat sein Bestes.

Auf Hilfys verwaistem Posten.

Pyanfar drehte sich wieder um, verbog sich dann aber ein drittes Mal auf ihrem Sitz, als sie weiter unten auf dem Korridor den Lift hörte.

»Käpt'n!« Tirun wirbelte gleichzeitig mit ihr den Sitz herum. Pyanfar sprang auf und steckte die Hand in die Tasche, und auch Khym war nicht mehr an seinem Platz.

»Identifizieren.« Haral hatte den Kom an ihrer Station übernommen. Tasten klickten, um Türen zu verschließen, aber die Lifttür ging trotzdem auf.

Eine Hani. Eine eher kleine Hani, eine von ihnen.

»Geran«, brummte Pyanfar und steckte die Pistole wieder weg. Keiner von ihnen jubelte. Es war nicht der richtige Zeitpunkt dafür, noch eine Stunde bis zum Start und Geran am falschen Platz.

»Stimmt etwas nicht?« fragte Pyanfar, als Geran auf die Brücke kam. »Mit Chur alles in Ordnung, Geran?«

»Habe sie unten gemütlich untergebracht.«

»Götter und Donner!«

Geran zuckte die Achseln und trottete zum Hauptscanner hinüber, legte eine Hand auf die Rückenlehne ihres Sitzes, die Ohren halb gesenkt. Sie erwiderte die Blicke der anderen mit verstocktem Gesicht. »Gehe nicht gern über diese Docks, Käpt'n. Unheimliche Gegend da draußen.«

Es erforderte einen längeren Zeitraum gleichmäßigen Atmens, um das zu verarbeiten.

»Geran ...«, sagte sie in einem Tonfall, der leise genug war, um einen Chi zu warnen. »Wir haben noch eine Stunde, eine götterverdammte Stunde, um die Dinge zu regeln. Ihr zwei ...«

»Käpt'n, bitte.« Gerans Stimme sank auf dieselbe Tonlage, zitterte jedoch stark. »Chur würde mich umbringen, wenn sie hörte, wie ich das sage, aber sie hat Angst. Große Angst. Hier zurückgelassen werden – das Schiff und alle anderen –, was wäre dann mit ihr? Was sollen wir zwei hier? Ganz allein? Wo ist unser Zuhause, außer auf der *Stolz?*«

Etwas Abergläubisches breitete sich in Pyanfars Bauch aus, etwas, was nichts mehr mit Vernunft zu tun hatte. »Sieh mal, wir haben nicht vor, Selbstmord zu begehen, hörst du? Jik ist im Hafen. Er hat die *Wachsamkeit* auf unsere Seite gebracht, mit allem, was sie für uns tun kann. Wir fliegen nach Mkks, um zu helfen, hörst du? Und jetzt bring Chur wieder dorthin, wo sie hingehört.«

»Da ist sie. Genau wie ich.« Gerans Krallen gruben sich in

die Sessellehne, und die Sehnen standen auf dem Handrükken hervor. »Was ist denn all dieses neue Zeug wert, wenn du nur eine halbe Besatzung zur Verfügung hast, hm? Chur kann gehen – und sie ist vom Lift aus über das Dock gegangen, und sie hat es gut gemacht.«

»Liebe Götter!«

»Das Plasma hat gehalten; die Wunde reißt nicht mehr auf. Habe sie gut verpackt, und die Zeitdehnung wird ihr ein paar Tage für die Heilung geben. Vielleicht ist sie schon wieder auf den Beinen, wenn wir Mkks erreichen.«

»Der Gravitationssturz wird sie umbringen!«

»Nein. Nicht Chur.«

Pyanfar klappte die Ohren herab, und Geran hielt ihr stand, würde es auch weiter tun, das wußten die Götter. Und sie brauchten diese zwei Hände. Brauchten Hände, die mit hani-spezifischen Kontrollen umgehen konnten, die den Platz einer Hani-Frau an Bord ausfüllen konnten. »Verdammt!« brummte Pyanfar und ging weg, wedelte dabei mit der Hand. »Bring sie nach oben und steck sie in meine Kabine! Sie soll dicht bei uns sein. Bring eine Med-Tasche dort unter.«

»Meine Kabine«, sagte Khym. »Sie kann meine haben.«

»Macht es!«

»Danke«, sagte Geran. Es kam von Herzen. »Danke, Käpt'n.«

»Und komm selbst wieder zurück! Wir haben einen engen Zeitplan.«

»Aye!« Geran hastete hinaus und nahm Khym mit.

Pyanfar blickte zu Tirun und Haral. Tirun achtete darauf, daß ihr Gesicht nichts verriet, und Haral war den Pulten zugewandt und beschäftigt.

»Die Chancen sind gerade gestiegen, Käpt'n«, meinte Tirun.

»Du meinst, wir brauchen verrückte Leute auf unserer Seite?« Pyanfar warf sich in ihren Sessel und schleuderte ihn herum, und das Wissen, daß ein weiterer Platz besetzt war, vermittelte ihr einen schändlichen Trost. Der Lift summte. Er brachte Khym und Geran nach unten, wo sie sich um die Überführung kümmern wollten.

»Empfange eine Bestätigung von der *Aia Jin*«, sagte Haral, die immer noch den Kom bediente. »Empfange eine Ablesung über den Kurs. Sie werfen uns verdammt tief in den Brunnen!«

Pyanfar betrachtete die Zahlen, die auf Monitor eins aufblitzten. »Puh!« Sie gab diesen Satz Daten in den Simulator ein und beobachtete, wie die Zeilen über den Schirm tickten, bestätigend, bestätigend, geht. Es waren immer noch die Pulte der *Stolz,* aber etwas Fremdes reagierte achtern, schickte seine Antwort durch die Stromkreissynapsen des metallenen Rückgrates hinauf. »Puh!« Das machte sie nervös, auf eine Art, wie es der Kamera-Blick nicht tat, der die breiteren Platten zeigte, die schnittigen Linien der Flügelträger. Die Außenseite stand dem Betrachter offen, nicht jedoch Herz und Kern, die die unbeladene Masse des Schiffes um zwanzig Prozent erhöhten und abweichende Anteile in die Zahlen brachten, wenn es um die Bewegung dieser Masse ging. Alte, vertraute Berechnungen gingen über Bord. Sie mußten sich jetzt ganz auf den Computer verlassen, ihm vertrauen, ohne das dazugehörige Wissen, wie die Antworten lauten sollten, wenn er ihnen sagte, daß die *Stolz* jetzt einen Sprung machen konnte, den sie in keiner mahen Hölle vor noch einer halben Woche überstanden hätte.

»Wir sind dabei!« sagte Pyanfar.

Wird fortgesetzt in
DIE RACHE DER CHANUR

ANHANG
Die Rassen des Paktes

Der Pakt

Der Pakt ist ein lockerer Verbund aller handeltreibenden Spezies einer kleinen Sternregion, die sich vertraglich darauf verständigt haben, bestimmte Grenzen einzuhalten sowie Handelsbeschränkungen, Zölle und Navigationsverfahren. Der Pakt ist also ein Verband, kein Staat, hat keine Beamten und unterhält keine Ämter, ausgenommen insoweit, als alle Beamten der verschiedenen Regierungen de facto auch Beamte des Paktes sind.

Die Hani

Die Hani sind Eingeborene Anuurns und können zu den kleineren Arten des Paktes gezählt werden, aber die Unterschiede in ihrer Körpergröße sind besonders bei den Männern so extrem, daß einzelne Hani den Durchschnitt anderer, größerer Arten an Körpergröße und -masse übertreffen. Ihr Fell ist an den meisten Körperstellen kurz, abgesehen von Mähne und Bart, und seine Farbe reicht von Rotgold bis zu stumpfem Rotbraun mit schwärzlichen Spitzen; seine Beschaffenheit von gewelltem Haar über Locken bis hin zu grober Glattheit.

Noch wenige Jahrhunderte vor den Ereignissen, die in *Das Schiff der Chanur** erzählt wurden, hatten die Hani eine feudale Kultur, die in Provinzen und Bezirke unterteilt war. Handel und Gewerbe waren bei ihnen hoch entwickelt, als

* HEYNE SCIENCE FICTION & FANTASY, Band 06/4039

die raumfahrenden Mahendo'sat (siehe dort) mit ihnen Kontakt aufnahmen und sie aus dem Mittelalter mitsamt seinen Vorstellungen von einer flachen Erde und Territorialität gerissen und in den interstellaren Handel geworfen wurden.

Die Lebensweise der Hani sah vor diesem Ereignis so aus: Einzelne Männer steckten als Herausforderung ein Gebiet ab und wahrten es unter Mithilfe ihrer Schwestern, momentan ansässiger Ehefrauen und weiblicher Verwandter aller Art, solange der fragliche Mann stark genug blieb, um weitere Herausforderer abzuwehren. Die tatsächliche Leitung des Gebietes oblag den Schwestern des Lords und anderen weiblichen Verwandten, von denen, wenn der Lord Glück hatte, wenigstens einige sich als geschickte Kaufleute erwiesen, und deren Eheschließungen außerhalb des Clans profitable Verbindungen zu den Frauen anderer Clans schufen. Männer, die lange genug überlebten, um Clan-Lords zu werden, wurden beschützt und gepflegt und auf Drängen ihrer weiblichen Verwandten für den Kampf fitgehalten, aber im allgemeinen nahmen sie keinerlei Anteil an clan-internen Geschäften oder an kauffraulichen Entscheidungen, die als zu anspruchsvoll und belastend für Männer angesehen wurden. Das Männerbild in den meisten Haushalten war das eines fröhlichen, weltfremden Burschen, der sich überwiegend mit Spielen und der Jagd beschäftigte, primär für das Zeugen von Kindern da war und in Zeiten der Herausforderung vergöttert wurde für seine natürlichen Gaben des irrationalen Naturells, und der berserkerhaften Wut, die beim Anblick anderer Männer entflammte. Die Frauen standen zwischen ihm und allen sonstigen Wechselfällen des Lebens. Ein großer Teil der Legenden und der Literatur der Hani – Dinge, die sie sehr lieben – handelt von der tragischen Kürze des Männerlebens; oder der Schlauheit der Frauen; oder von den Wanderungen und Reisen ehrgeiziger Frauen, die sich ein Gebiet absteckten, das dann ein landloser Bruder zu verteidigen hatte.

Unter der Leitung bestimmter großer Frauen entwickelten

sich riesige Güter. Einige Güter umfaßten äußerst wichtige Handelswege, Heiligtümer, Gebirgspässe, Dämme – Dinge, die ganz allgemein Brennpunkte von Ambitionen waren. Gewisse Clans bildeten Amphiktyonien, Vereinigungen, die auf gegenseitigem Interesse beruhten und den Zugang aller Mitglieder zu Gebieten von regionaler Bedeutung sicherten. Dies geschah normalerweise, indem das fragliche Gebiet für geschützt erklärt wurde. Aus solchen geschützten Zonen entwickelte sich der Begriff des Immunen Clans; als solcher wurde ein Clan bezeichnet, dessen Herrschaft über eine spezielle Ressource sich nicht ändern durfte, weil die umgebenden Clans darauf angewiesen waren, daß diese Ressource über lange Zeiträume hinweg von einem Clan mit Erfahrung und charakteristischer Geschicklichkeit gehütet wurde. Solche Immunen Clans widmeten sich dem Dienst an der Allgemeinheit und kleideten sich auffällig. Immune Männer erfreuten sich großen zeremoniellen Prestiges und wurden allgemein abgekapselt und verhätschelt, während die Söhne Immuner Häuser keine Hoffnung auf Nachfolge hatten, außer durch den natürlichen Tod des Lords. Der Angriff auf einen Immunen Mann war ein Kapitalverbrechen, das alle Clans des Gebietes aufrief, dem Gesetz Geltung zu verschaffen.

Es stellte sich heraus, daß diese Form regionaler Herrschaft der Provinz Enafy, wo der Immune Clan Llun seinen Sitz hatte, höchste Bedeutung auf den großen Ebenen des Flusses Llunuurn verlieh. Enafy verbreitete seinen Einfluß durch Handel auch in anderen Gebieten, und weitere Amphiktyonien entwickelten sich, manche davon weniger wohlwollend. Das Konzept der Amphiktyonie verbreitete sich zu anderen Kontinenten und Rassen. Obwohl auch andere Kulturen überlebten, waren sie im allgemeinen klein oder so unterteilt, daß sie nur wenig Wachstum erreichten. Enafy und Enaury auf Anuurns größtem Kontinent dagegen verbreiteten ihre Kultur durch Intrigen, durch Eheschließungs- und Bündnispolitik.

In dieser Situation traten die Mahendo'sat auf, die sich

das Llunuurn-Becken als Landeplatz aussuchten, da es das ausgedehnteste Flußsystem auf dem Planeten war und gleichzeitig das Gebiet mit den am weitesten entwickelten Straßenverbindungen und Siedlungen. Durch diese Wahl ergab es sich, daß der Erstkontakt mit der größten und ältesten Amphiktyonie unter der Lordschaft von *Na* Ijono Llun stattfand.

Na Ijonos Schwester *Ker* Gifhon Llun ging hinaus, um mit den Eindringlingen zu sprechen, da sie weder Hani waren noch (wie es Gifhon in einigen Fällen fälschlich angenommen hatte) männlich. Zu dem Zeitpunkt, als sie endlich begriff, mit wem sie verhandelte, waren bereits Geschäfte abgeschlossen, der Handel angeboten worden und die Welt für immer verändert, einige Jahre lang, ohne daß es Gifhon klar erkannte.

Andere Amphiktyonien fühlten sich durch diese Beziehung der Provinz Enafy zu den Mahendo'sat bedroht, nicht zuletzt dadurch, daß der Llun-Clan vom Aufseher über die Dämme der unteren Llunuurn-Nebenflüsse aufgestiegen war zum Aufseher eines Shuttlehafens und einer Station, die mit den Sternen verkehrte. Die Mahendo'sat spielten eine Seite gegen die andere aus und fingen alle Hani-Anführerinnen im Netz des Handels.

Wie dem auch sei, die Hani-Amphiktyonien begannen jetzt, ob sie nun mit den mahen Absichten in Einklang waren oder nicht (und vielleicht war das von Anfang an die Absicht der Mahendo'sat gewesen), nach dem Konzept einer viel größeren Amphiktyonie miteinander umzugehen, einer Amphiktyonie mit Anuurn selbst als der zu schützenden Ressource.

Auf diese Weise entstand der *Han,* der oberste Rat, Herz und Mittelpunkt der Hani-Regierung, Mikrokosmos einer Welt, in der Bündnisse, Provinzen, Clans und die Immunität weiterhin ihre Rolle spielten – da ja *Han* wirklich eine weitergehende Bedeutung hat als die kollektive Bezeichnung ›Alle Hani‹. Theoretisch war jeder Hani-Lord zeremonielles Mitglied der Körperschaft, und einige besuchten tatsächlich die Versammlung und sprachen zu ihr. Die Sitze, einer für jeden Clan, gehörten den weiblichen Häuptern der Haushalte, oder in der Praxis jeder leitenden Frau in der Nachbarschaft einer der mehreren Versammlungshallen, von denen eine in jeder Provinz stand und heute noch steht. Der *Han* ist auf diese Weise zusammengesetzt und hält nur selten eine wirklich umfassende Versammlung ab, deren Ort jeweils Gegenstand intensiver Verhandlungen ist.

Die Beziehungen der Hani zu anderen sternfahrenden Völkern waren nicht immer positiv. Die Stsho (siehe dort) waren nicht einverstanden mit der Intervention der Mahendo'sat auf Anuurn. Als Motive für diese Einstellung kann man Verschiedenes annehmen – der Widerwille, zu sehen, wie sich der Einflußbereich der Mahendo'sat ausdehnte; die Tatsache, daß sie und die Hani eine Gebietsgrenze teilten; ihr Mißtrauen gegen alle praktisch ausschließlichen Fleischfresser, das auf ihren Erfahrungen mit den Kif (siehe dort) beruht; ihre Angst vor Instabilität im Pakt; oder noch weitere Gründe, die nur verwandte Geister verstehen könnten. Die Kif faßten das Erscheinen der Hani auf der Szene als Gelegenheit auf, bei deren Ergreifung sie jedoch von den vereinigten Mahendo'sat und Hani zurückgetrieben wurden. Die Meinung der anderen Rassen des Paktes wurde niemals erfragt und auch niemals erhalten.

Das Gebiet der Hani umfaßte ursprünglich das Anuurn-System. Der Name des Heimatsterns ist Ahr. Die Planeten des Ahr-Systems sind in der Reihenfolge: Gohin, eine heiße und öde Welt ohne Atmosphäre; Anuurn selbst; Tyo, eine kalte und öde Welt, die für eine Hani-Kolonie teilweise terraformt wurde; die Gasriesen Tyar und Tyri und der gefrorene Anfas. Die Gaohn-Station wurde von den Mahendo'sat in einem Orbit um Anuurn gebaut und an die Llun übergeben, deren Männer die einzigen Hani-Männer waren, die jemals Anuurns Oberfläche verlassen sollten. Die Kilan-Station wurde in einem Orbit um Tyo erbaut, florierte jedoch nie besonders; und die Harn-Station wurde als Schiffswerft errichtet.

Die Familie der Chanur

Als ein sehr alter Clan der Provinz Enafy, gelegentlich unbedeutend, aber öfter unter einer Folge von ehrgeizigen Anführerinen an der Amphiktyonie von Enafy beteiligt, gewann Chanur einen beträchtlichen Bekanntheitsgrad als einer der ersten Clans, die aus dem Fremdweltenhandel Gewinn zogen.

Der gegenwärtige Lord ist Kohan Chanur. Seine Hauptgattinnen sind Huran Faha, Akify Llun und Lilun Sifas. Tatsächliche Leiterin des Besitzes ist seine Tante Jofan Chanur *par* Araun. Seine Schwestern sind Pyanfar, Rhean und Anfy Chanur, deren Gatten aus den Clans Mahn, Anury beziehungsweise Quna stammen und die selbst Kapitäne der Schiffe *Chanurs Stolz, Chanurs Glück* und *Chanurs Licht* sind. Kohans Töchter sind unter anderem Hilfy, mit Huran gezeugt, und Nifas, mit Akify. Er hat auch zwei Söhne, die im Exil sind.

Araun ist ein Nebenclan, dessen Angehörige als Basen der Chanur zählen; weitere Basenclans sind Tanan, Khuf und Pyruun. Jisan Araun *par* Chanur ist die Mutter von Haral und Tirun durch einen unbedeutenden Clan-Lord aus dem fernen Llunuurny, schon seit langem besiegt und durch einen Mann ersetzt, den zu unterstützen sich Haral und Tirun weigerten. Sie überließen ihn seinen zahlreichen, wenn auch wenig ehrgeizigen Schwestern. Nifany Pyruun, Jofan Chanurs Blutskusine, ist die Geburtsmutter Churs und Gerans und eines exilierten Sohnes. Sie ist Verwalterin der Chanur-Büros bei der Hafenbehörde.

Kohans jüngste Verteidigung Chanurs erfolgte gegen Kara Mahn, den Sohn von Pyanfar Chanur und Khym Mahn. Mahn, ein nicht raumfahrender Clan aus den nahen Kahin-Bergen, bleibt mit Kara als Khyms Nachfolger ein unbequemer Nachbar, und mit Karas Vollschwester Tahy als leitendem Kopf hinter Mahns finanziellen Bestrebungen.

Sprache und Religion der Hani

Natürlich gab es mehr als eine Sprache, aber der Enafy-Dialekt aus dem Tal des Llunuurn entwickelte sich zur Standardsprache des Handels und der Diplomatie. Gegen beträchtlichen Widerstand wurde er als Sprache des *Han* angenommen, und er ist die einzige Sprache, die außerhalb des Planeten vernommen wurde.

Die Sprache war das Vehikel, das die Llunuurn-Kultur auf dem ganzen Planeten verbreitete, und sie trägt sie auch in den Weltraum.

Respektvolle Ausdrücke sind: *Ker,* Titel einer hochgestellten Clanfrau; *Na,* Titel eines Clan-Lords; *Par,* Tochter mütterlicherseits eines Clans. *Nef* ist der Titel eines Ex-Lords, der nicht mehr berechtigt ist, den Namen seines Clans zu tragen.

Respektlose Ausdrücke, die die Hani verwenden, beziehen sich auf Unsauberkeit; auf das Alter (mit Arschkriecher ist jemand gemeint, der nicht mehr selbst bewegliches Wild jagen kann); Verleugnung durch den Clan (Bastard ist eine ungenaue Übersetzung, da in einer matrilinearen Abkunft die Legitimität kein Streitfall sein kann); die Gottheiten; den Zustand der Ohren, der sehr viel über jemandes Fähigkeit zur Selbstverteidigung aussagt. Noch eigentümlicher ist der Gebrauch von *›gefiedert‹,* ein respektloser Bezug auf eine religiöse Debatte der Hani; und der von *›Sohn‹,* wie in *›mögen die Götter dir Söhne schenken‹,* da männliche Nachkommen nicht arbeiten und ins Exil geschickt werden, sobald sie in die Pubertät kommen, damit sie in ihren besten Jahren zurückkommen und versuchen können, den Besitz zu übernehmen. Ein Haus mit vielen Söhnen befindet sich in ständigem Aufruhr.

Die Mahendo'sat

Die Mahendo'sat gehören zu den körperlich größten Arten des Paktes und neigen zu Schlankheit und Langgliedrigkeit. Ihr Pelz reicht von glatt und schwarz bis lockig und braun, mit allen Abstufungen dazwischen. Ihre Krallen sind nicht einziehbar und eher ein nützliches Werkzeug als eine Waffe. Die Mahendo'sat sind Allesfresser und Eingeborene von Iji, von wo aus sie ein beträchtliches Raumgebiet beherrschen. Ihre Nachbarn sind auf der einen Seite die Hani und auf der anderen die Kif, mit denen sie umstrittene Gebiete teilen.

Die Mahendo'sat haben mehr als einhundert Sprachen auf Iji. Ihre eigene Verkehrssprache ist *Chiso,* das nicht alle Mahendo'sat sprechen; sehr viele von ihnen haben sogar niemals das vereinfachte Pidgin gelernt, das sie während des Hani-Kontaktes popularisierten. Ironischerweise ist diese Spezies, die sowohl Kunst als auch Wissenschaft um ihrer selbst willen betreibt und die sich ständig mit Forschungen aller Art beschäftigt, nicht in der Lage, mit einem erwähnenswerten Genauigkeitsgrad aus ihren Sprachen oder in ihre Sprachen zu übersetzen. Manche vermuten, daß diese Tatsache mehr als nur augenscheinliche Idiosynkrasien in Psychologie und Physiologie anzeigt.

Daß das Pidgin überwiegend aus der Hani-Sprache entlehnt ist, hat mehrere Ursachen, die zum größten Teil mit der Unfähigkeit der Mahendo'sat zu tun haben, ihre eigene Sprache zu übersetzen. Erstens standen die Mahendo'sat und die Stsho schon unter großen Schwierigkeiten miteinander in Verbindung, vermittels einer Hybridsprache, die auch Kif einbezog, die ihrerseits Stsho sprachen. Zweitens: Als die Hani dazukamen, erwiesen sie sich als fähig, Kifisch und Stsho zu lernen, und aufgrund ihrer umfangreichen Erfahrungen als Händler entwickelten sie ein Pidgin-Hani, das sich mit dem geläufigen Pidgin vermischte und es dann buchstäblich ersetzte. Diese Sprache erwies sich als etwas, womit sogar die Mahendo'sat fertig wurden und womit die

Kif weniger Schwierigkeiten hatten als mit dem Stsho. Deshalb übernahmen die Mahendo'sat diese Sprache mit Erleichterung, doch keinem ist es je gelungen, sie fließend zu beherrschen.

Was die inneren Funktionen der mahen Kultur angeht, so ist nicht einmal der Name der Spezies ganz abgesichert. ›*Mahe*‹ ist im allgemeinen Singular, gelegentlich Plural; und ›*Mahendo'sat*‹ scheint tatsächlich für die kollektive Mentalität der Spezies zu stehen, oder vielleicht auch für irgendeinen Begriff, der sich nicht als Nation oder Spezies übersetzen läßt. Der Begriff ›*Han*‹ ist in seiner Anwendung auf die Gesamtheit der Hani-Rasse eine eindeutige Widerspiegelung des mahen Einflusses in der Formungsphase der Hani-Weltregierung.

Die Mahendo'sat sind häufig Sammler, was sie mit den Stsho gemeinsam haben; aber die Mahendo'sat sind mehr an natürlichen Objekten interessiert und legen auch kunstvolle Gärten an, eine Kunst, die sie den Hani beibrachten, deren Gärten jedoch stets den Charakter hani-typischer Einfachheit und landwirtschaftlicher Nutzbarkeit bewahrten. Andererseits hängen die Mahendo'sat am Entwurf und leiten sogar philosophische Bedeutungen aus dem Wachstumsmuster ihrer sorgfältig gehegten Bäume ab. Sie halten auch Haustiere, ein Wesenszug, den sie mit Stsho und Tc'a (siehe dort) teilen, aber die Mahendo'sat neigen mehr zu schwierigen Exemplaren und zu überschwenglicher Fürsorge für exotische Wesen.

Die Geschichte der mahen Rasse ist eine Geschichte von Taschenkönigreichen, der ständigen religiösen Unruhe, des Mystizismus, von Anführern mit selbst ausgestellten Empfehlungen, die sich erhoben, einigen Erfolg hatten und wieder verschwanden. Man könnte von einer regelrechten Tradition solchen Verschwindens sprechen. Die Mahendo'sat beschäftigen sich intensiv mit abstrakten Dingen und Höflichkeit, mit Symbolen und verborgenen Bedeutungen.

Autorität beruhte früher und beruht noch heute auf dem Konzept der Person, in das Würde und charismatische Anziehungskraft hineinspielen, und dabei werden Persönlichkeiten zu einer ausgefeilten Befehlsrangfolge verknüpft, wobei eine die andere ernennt, jedoch eine höhergestellte Persönlichkeit durch Gesetzesübertretungen oder Irrtümer eines Ernannten gestürzt werden kann. Die Mahendo'sat messen dieser undefinierbaren Qualität viel Bedeutung bei, und sie würdigen sie, wo sie sie finden, sogar in solchem Ausmaß, daß sie auch Angehörige anderer Arten nach diesem Gesichtspunkt ehren oder ignorieren und dabei die dieser Art eigentümlichen Vorstellungen von Autorität völlig ignorieren. Persönlichkeiten können zu beiden Geschlechtern der mahen Rasse gehören und sind üblicherweise in reifen Jahren. Persönlichkeiten tauchen auf vielen unterschiedlichen Rängen und Befehlsebenen auf, aber zu jeder gehört eine Stimme, eine Person, normalerweise aus dem anderen Geschlecht, deren anscheinend selbsternannte Aufgabe darin besteht, die Persönlichkeit zu vertreten und sich zu unerfreulichen Dingen zu äußern, denen sich die Persönlichkeit aufgrund ihrer Serenität nicht selbst widmen kann.

Die mahen soziale Einheit ist vielschichtig und dreht sich um die Persönlichkeit: Paarungen geschehen anscheinend aufs Geratewohl, aber das Konzept der Person hat viel damit zu tun. Die Jungen werden anscheinend mit Hingabe behandelt, aber das hat mit den Bindungen der Person zu tun und auch mit dem Verlangen, die Jungen guten Einflüssen oder überlegener Unterweisung auszusetzen.

Die mahen Regierung liegt gegenwärtig bei einer Persönlichkeit auf Iji, deren Serenität unbeeinträchtigt ist; aber eine Änderung dessen, und überhaupt der gesamten Regierungsform, ist bei den Mahendo'sat immer vorbehalten, wie es so ihre Art ist.

Die Stsho

Die Stsho, Eingeborene des fernen Llyene, sind eine bleiche und unbehaarte Art trisexueller Hermaphroditen, wo eines der Mitglieder einer Triade die Jungen zur Welt bringt; jedoch kann dasselbe Individuum einer anderen Triade als nicht-gebärendes Mitglied angehören. Die Stsho verweigern Erklärungen.

Bei ihnen handelt es sich um Allesfresser von großer Empfindsamkeit und Zerbrechlichkeit. Ihre Glieder brechen schnell, ja, sogar ihre Persönlichkeiten fragmentieren unter Streß, was als soziale Absolution zu dienen scheint. Es ist sehr unhöflich, einen Stsho wiederzuerkennen, der die Persona gewechselt hat, oder wie die Stsho selbst es nennen – die Phase gewechselt hat. Ein Individuum scheint in seinem Leben viele Phasen zu durchlaufen.

Die Stsho treiben Handel. Sie sind Ästheten und erfreuen sich an subtilen Abstufungen von Geschmack und Sicht. Sie haben zum Beispiel siebenundvierzig verschiedene Wörter für ›weiß‹.

Wie die Hani bevorzugen sie Schalen-Konstruktionen als Sitze und Betten. Ihre kunstvolle Architektur wirkt scheinbar willkürlich und allgemein pastellfarben.

Die Stsho sind als einzige eingeborene Lebensform des Paktraumes auf Medikamente angewiesen, um den Sprung zu überleben.

Sie verweigern jeder Sauerstoff atmenden Art das Eindringen in ihr Territorium, sind aber in keiner Weise fähig, das durchzusetzen, abgesehen von ihrer Beziehung zu den unberechenbaren Methan-Atmern, die sie vom Kif-Territorium trennen. Sie haben eine gemeinsame Grenze mit den Hani; Methan-Atmer kommen und gehen in ihrem Raum. Beträchtlich beunruhigt sind die Stsho über die Entdeckung der Menschen in ihrem Rücken, an der Seite des Stsho-Raumes, die Llyene, einer geheimnisvollen und verbotenen Welt, am nächsten liegt.

Die Stsho gehören zu den ersten Raumfahrern der Region, was ungewöhnlich ist, da ihre Politik hauptsächlich darin zu bestehen scheint, sich den größtmöglichen Raumbereich um ihre Heimatwelt anzueignen, aus dem Fremde ausgeschlossen sind. Sicherlich sind sie nicht zu den Sternen geflogen, um Kontakte zu Fremden aufzunehmen. Oder vielleicht haben sie in der Vergangenheit eine Erfahrung gemacht, die dafür verantwortlich ist, daß sie heute so sind. Die Stsho verhindern, daß Informationen über sie aus ihrem Gebiet heraussickern, was die neugierigen Mahendo'sat sehr ärgert.

Der Legende nach ist Llyene eine Schatzwelt von phantastischem Reichtum. Ganz sicher ist der Handel der Stsho in allen Richtungen lukrativ, und sicher ist auch, daß sie die Quelle vieler Technologien sind, welche die Mahendo'sat verschiedenen Zwecken dienstbar machen.

Die Kif

Die Kif sind die körperlich größte Art des Paktes. Kif sind sehr mager und haben buchstäblich kein Körperfett. Sie sind überwiegend unbehaart, abgesehen von einem dicht wachsenden Streifen entlang der Scheitellinie ihrer langgezogenen, langschnauzigen Schädel – einem Streifen, der selten zu sehen ist, da die Kif stets Gewänder und Kapuzen tragen und ihre Köpfe nur selten entblößen. Die Haut ist grau und weich, wenn auch sehr zäh und sehr runzelig, und sie fühlt sich für die Hände von Hani oder Mahendo'sat heiß an. Kif sind beweglich und stark; die Fingerkrallen sind einziehbar und sehr scharf. Die Augen haben normalerweise rote Ränder, und die Kif bevorzugen sehr mattes Licht, da sie hochempfindliche Augen haben. Die Natur ihrer Geschlechter ist eine Sache der reinen Vermutung. Sie könnten zwei Geschlechter haben, aber Fremde gebrauchen oft *es* bei einem Kif, wenn sie völlig im Ungewissen sind, und *er* aufgrund eines Brauches, der auf die Mahendo'sat zurückgeht. Kif bezeichnen sich selbst mit *er* und gelegentlich *sie,* aber ob das eine geschlechtliche Unterscheidung nach Art der Hani und Mahendo'sat widerspiegelt oder eher etwas wie bei den Stsho, bleibt ungeklärt. Die Kif geben nur wenig Hinweise, um die Vermutungen zu stützen.

Sie sind unabhängig in den Weltraum vorgestoßen, vermittels eines Rüstungswettlaufes, und sie erlangten den Sternenflug durch Kontakt mit den Tc'a, deren Weisheit in dieser Frage von anderen Arten in Zweifel gezogen wird.

Kif sind ausschließliche Fleischfresser und nicht in der Lage, größere Brocken zu schlucken. In der schnauzenartigen Kif-Mundregion befinden sich zwei unabhängige Kieferreihen, von denen eine zum Beißen dient und die andere zur Verarbeitung der aufgenommenen Nahrung zu Brei und Flüssigkeit. Die Kif bevorzugen lebende Nahrung, sind tatsächlich sogar sehr empfindlich im Appetit: Aas ist ihnen zuwider, und auch mit gekochtem Fleisch haben sie Schwierigkeiten.

Farben spielen keine Rolle bei den Einrichtungen der Kif, Einrichtungen, die generell auf Nützlichkeit ausgerichtet sind und häufig schwarz und grau. Die Beleuchtung in Kif-Behausungen ist sehr matt. Kif verfügen über eine scharfe Nachtsicht, und tatsächlich liegen auch viele ihrer Wohnungen auf der Heimatwelt unter der Erde, wenn auch einige mahen Wissenschaftler unter Zugrundelegung des kifischen Auges (kleiner als die Augen von Nachtwesen auf anderen Welten) die Frage aufgeworfen haben, ob diese Art nicht ursprünglich ein Tagjäger war und ihre Lebensweise in ferner Vergangenheit geändert hat. Da die Kif jedoch keine Daten mit den Mahendo'sat austauschen und Stsho und Hani kein Interesse an dieser Frage haben, bleibt sie unbeantwortet. Seltsamerweise pflegen die Kif die Kunst, aber sie scheint sich auf Gegenstände des täglichen Gebrauchs zu beschränken, wie Waffen, Tassen, Schachteln und Behälter, die mit taktilen Mustern geschmückt sind. Sie legen wenig Wert auf Massenprodukte, jedoch großen auf Gegenstände, die sie für einzigartig halten, oder auf Verbrauchsartikel wie seltene und bedrohte Arten oder ungewöhnliche Spirituosen. Sie wissen Rauschmittel verschiedenster Art zu würdigen, sind jedoch in ihrem Verbrauch zurückhaltender als alle anderen Rassen: Kif, die sich stark berauschten, wurden nicht selten auf der Stelle von ihren Gefährten umgebracht.

Die Kif sind sehr sprachbegabt und große Imitatoren, und insbesondere sprechen sie fließend Hani, ebenso wie ihre diversen eigenen Sprachen. Ihr Heimatstern ist Akkt und ihre Heimatwelt Akkht. Fremde bringen beide oft durcheinander. Wie man annimmt, bedeuten beide Wörter *Heimat* oder auch *Heimatbasis,* da *Heimat,* wie es die Kif verstehen, mit einem Ort assoziiert wird, an den man sich begibt, um seine Kräfte für die nächste Jagdsaison zu sammeln. Als die Kif mit Fremden Kontakt aufnahmen, versetzten der Schock und die darauf folgende Periode der Organisation ein paar Anführer in die Lage, auf Akkht die Macht zu ergreifen. Letztendlich konnten die raumfahrenden Kif die Herrschaft über ganz Akkht antreten.

Die Kif waren im Verlauf ihrer Geschichte nur ansatzweise organisiert gewesen und normalerweise mit gegenseitigen Streitigkeiten befaßt, mit dem fortwährenden Raub des Eigentums schwächerer Kif. Sie haben den Begriff des ›*Sfik*‹ oder ›Gesichts‹. *Sfik* beruht darauf, daß der Stärkere allen anderen zum Trotz etwas in seinem Besitz behält. Je attraktiver und einzigartiger der Gewinn, desto größer das *Sfik.* Das Interesse an der Kunst dreht sich vielleicht genau darum; von besonderem *Sfik*-Wert sind Verbrauchsartikel oder verderbliche Dinge, die zerstört und in jedem Moment aus kalkulierten Gründen dazu benutzt werden können, den Feind zu frustrieren. Etwas dazu Geeignetes zu erwerben ist schwierig und von großem Wert, und die Kif erzählen von legendären Zerstörungen bedeutender und unschätzbar wertvoller Gegenstände.

Neben ›*Sfik*‹ findet man noch den Begriff ›*Pukukkta*‹, der nur als ›verheerender Schlag gegen einen Rivalen‹ richtig übersetzt ist.

Normalerweise operieren die Kif als Einzelpersonen oder

Besatzungen, in denen einer vorherrscht, und schwächere Kif werden, wenn nicht von ihm, dann von anderen Kif beschützt.

Gelegentlich steigt ein Kif zu einer Vormachtstellung auf, in der es andere nicht mehr wagen, ihn herauszufordern, und von der aus er Angst und Unterstützung von seiner Umgebung gewinnt. Solch ein Kif wird als ›*Hakkikt*‹ bezeichnet, was nach Aussage der Kif soviel wie ›Prinz‹ bedeutet. Die Existenz eines *Hakkikt* bringt gewöhnlich eine Periode mit sich, in der Fremde viel Probleme mit den Kif bekommen. Unter den Kif breitet sich die Erwartung aus, daß sich ein *Hakkikt* erheben wird, der alle kifischen Welten zu einer Macht vereinigt, der der Rest des Paktes nicht widerstehen kann.

Tc'a

Die Tc'a sind schlangenartige Wesen, ledrig goldene Methan-Atmer vom Planeten Oh'a'o'o'o. Sie besitzen vielteilige Gehirne, die in Matrizes denken und durch Harmonien kommunizieren. Die Mundteile dienen auch dem Werkzeuggebrauch. Ein Tc'a kann das zwölffache Gewicht eines Mahendo'sat erreichen und mehrere Junge auf einmal gebären, ohne diesem Vorgang erkennbare Aufmerksamkeit zu schenken. Es ist schon im Verlauf von Gesprächen dazu gekommen. Die Tc'a betreiben Handel und Bergbau, und noch weitere Dinge, die sie für ihre eigene Sache halten. Gewöhnlich leiten sie die Methan-Seiten von Stationen im Pakt, da sie, soweit man weiß, die einzigen Methan-Atmer sind, die ein Interesse daran haben. Sie sind mit den Chi und Knnn (siehe dort) vereinigt, und obwohl viel über ihr Treiben bekannt ist und sie niemals gegen andere Arten aggressiv werden, weiß man buchstäblich nichts über den Tc'a-Geist oder die Geschichte dieser Art, außer daß sie schon vor ihrer Begegnung mit den Stsho in Kontakt mit den Chi standen, und daß sie schon sehr früh die Raumfahrt entwickelten.

Chi

Die Chi sind neongelbe stockähnliche Wesen, die sich mit großer Schnelligkeit bewegen und oft den Eindruck totaler Panik vermitteln. »Verrückt wie ein Chi« ist ein allgemein verstandenes Hani-Sprichwort.

Es ist ungewiß, ob es sich bei den Chi um Partner oder Haustiere der Tc'a handelt. Chi können Schiffe führen, sind aber unberechenbare Navigatoren, und man weiß mit Bestimmtheit, daß sie ihre Technologie nicht selbst entwickelt haben. Tc'a sind nie ohne Chi zu sehen, obwohl Chi gelegentlich in Gemeinschaften nisten können, die von den Tc'a dem Anschein nach nicht betreten werden.

Die Chi, Eingeborene des Planeten Chchchoh, begleiten die Tc'a regelmäßig in die riskantesten Bergbaugegenden. Kein Sauerstoff-Atmer hat je von einem Besuch auf Chchchoh Bericht erstattet. Die Tc'a erlauben das nicht, und es ist ungewiß, aus welchen Gründen. Bekanntermaßen pflanzen sich die Chi fort, indem ihnen an irgendeiner Stelle mitten am Körper ein zweites Gehirn wächst. Zusätzliche Beinsegmente folgen; dann kommt es zur Teilung, und der neugeborene Chi rennt eigenständig davon. Die Anwendung des Geschlechterbegriffs auf die Chi ist deshalb zweifelhaft. Man hat Aktivitäten beobachtet, bei denen es sich um Paarungen gehandelt haben könnte, aber man weiß es nicht mit Sicherheit.

Knnn

Niemand kennt den Namen der Knnn-Heimatwelt. Niemand weiß, ob ihre Schiffe Namen tragen – außer vielleicht die Tc'a oder die Chi, die nichts darüber sagen. Es ist sich auch kein Sauerstoff-Atmer sicher, von welchem Stern die Knnn kommen, außer daß er im Bauch des Paktes liegen muß. Die Vermutungen konzentrieren sich auf einen Stern, der die Nabe der Knnn-Aktivität bildet.

Die Knnn sehen aus wie schwarze Nester aus Haarknoten mit Spinnenbeinen. Sie sind die wandernden Prospektoren der Galaxis, atmen Methan und singen lange komplizierte Lieder über Schiffsfunk. Sie sind (vielleicht) Bergleute und (wie vermutet wird) Händler, aber ihre Vorstellung vom Handel (so gut, wie die Tc'a sie ihnen vermitteln konnten) besteht darin, auf eine Station oder ein Schiff zu huschen und das, was sie mitgebracht haben, auszutauschen gegen das, was sie haben wollen oder was es ihnen angetan hat. In der schlimmen alten Zeit haben die Knnn einfach Schiffe ausgeräumt. Sie gehen in Schwärmen oder einzeln vor, und ihre Schiffe sind die einzigen, von denen bekannt ist, daß sie im Sprungraum den Vektor zu ändern vermögen. Sie besitzen Sprungverstärker und sind zu Wendemanövern fähig, die Sauerstoff-Atmern unmöglich sind. Die Knnn sind nicht beliebt. Man kann mit ihnen nur durch die Tc'a reden, die fähig sind, eine Art allgemeine Übersetzung zu liefern – sofern man selbst die siebenteiligen Matrix-Sätze der Tc'a versteht.

Knnn-Schiffe beachten grundsätzlich keine Flugschneisen-Bestimmungen oder Fluglotsen-Anweisungen, und niemand möchte sie in dieser Hinsicht herausfordern. Manche vermuten, daß die Knnn der Ursprung eines großen Teils der Technologie des Paktes sind. Niemand außer den Stsho selbst weiß, ob die Stsho tatsächlich ihre eigene Technologie entwickelten, und vielleicht wissen es die Stsho im allgemeinen auch nicht. Ganz sicher sagen sie nichts darüber.

Die Knnn waren auf Anuurn unbekannt, bis Pyanfar Chanur sie dorthin brachte. Ihr Volk ist ihr nicht dankbar dafür.

HEYNE FANTASY

Romane und Erzählungen internationaler Fantasy-Autoren im Heyne-Taschenbuch.

06/4204 - DM 12,80

06/4231 - DM 6,80

06/4108 - DM 12,80

06/4109 - DM 12,80

06/4225 - DM 9,80

06/3955 - DM 6,80

06/3956 - DM 7,80

06/3957 - DM 9,80